国家出版基金项目
NATIONAL PUBLICATION FOUNDATION

华北抗日根据地及解放区文艺大系

陈　晋　郑恩兵　主编

《晋察冀日报》文艺文献全编

散文报告文学

第十七卷

关小彬　编

河北出版传媒集团
河北教育出版社

图书在版编目（CIP）数据

《晋察冀日报》文艺文献全编．散文报告文学．第十七卷 / 关小彬编．-- 石家庄 ：河北教育出版社，2023.12

（华北抗日根据地及解放区文艺大系 / 陈晋，郑恩兵主编）

ISBN 978-7-5545-7649-6

Ⅰ．①晋… Ⅱ．①关… Ⅲ．①文艺－作品综合集－世界－现代②散文集－中国－现代③报告文学－作品集－中国－现代 Ⅳ．①I11 ②I266 ③I25

中国国家版本馆 CIP 数据核字（2023）第 064041 号

书　　名　《晋察冀日报》文艺文献全编·散文报告文学·第十七卷
JINCHAJI RIBAO WENYI WENXIAN QUANBIAN SANWEN BAOGAO WENXUE DI-SHIQI JUAN

编　　者　关小彬

责任编辑　谷　华
装帧设计　郝　旭
出　　版　河北出版传媒集团
河北教育出版社　http://www.hbep.com
（石家庄市联盟路705号，050061）
印　　制　石家庄众旺彩印有限公司
开　　本　787毫米×1092毫米　1/16
印　　张　22
字　　数　275千字
版　　次　2023年12月第1版
印　　次　2023年12月第1次印刷
书　　号　ISBN 978-7-5545-7649-6
定　　价　128.00元

丛书编委会

编纂说明

在中国共产党百年发展历程中，文艺始终是党领导人民开展进步事业的有机组成部分，是党在各个历史时期的中心工作的实时反映和重要推动力量。“华北抗日根据地及解放区文艺大系”，是一部全面展示抗日战争和解放战争时期华北地区党的历史创造、奋斗风采和形象建构的大型革命历史文艺文献丛书，对于深入研究华北地区革命文艺史、红色新闻史，弘扬伟大建党精神、梳理中国共产党人精神谱系，是必不可少的第一手资料，是我们在新时代坚定树立文化自信的重要思想资源。

一、编纂缘起

抗日战争及解放战争时期，华北地处各方政治与文化力量激烈博弈的前沿，这种特殊政治、军事、文化、地理环境中产生的革命文艺，具有鲜明的地域性特征，是五四新文化运动以来的革命文艺发展史上的突出标识。

但一直以来，由于史料文献整理不足，对华北抗日根据地及解放区文艺的研究，始终未能深入，其独特的地域性实践价值和蕴含的文化创新意义被严重遮蔽。这些史料文献主要以党报党刊的形式呈现，梳理汇编这些党报党刊中的革命文艺史料，借之以探索华北革命文艺的发展路径、发展方向、创造机制和创新经验，是深入贯彻习近平总书记关于“把红色资源利用好、把红色传统发扬好、把红色基因传承好”，“用好红色资源、赓续红色血脉”等系列重要讲话精神的有力举措，也是新时代文艺研究者不可推卸的责任。

2017 年 6 月左右，我们去中国社科院文学所拜访时任所长刘跃进先生，协商合作研究事宜，寻求中国社科院文学所的帮助。请教过程中，刘先生建议我们结合地方特色，做好地方红色文艺文献的搜集整理与编纂出版工作。经过一段时间筹备，2017 年底，我们以“河北红色经典系列丛书”为名，正式申报“2018 年度河北省省级宣传文化发展专项资金”项目并成功立项，旨在通过选定刊行河北红色经典作品、梳理汇编河北红色经典研究资料、系统阐述河北红色经典发展历史等基础性工作，打造一个集大成式的河北红色经典文献资料库。

项目最初设计共二十四卷，包括六大板块：《河北红色经典史》一卷、《河北红色文艺作品选》六卷、《河北红色经典作家作品索引》三卷、《河北红色经典研究资料汇编》四卷、《〈晋察冀日报〉副刊文学作品全编》六卷、《晋冀鲁豫抗日根据地文艺作品及〈新华日报〉太行版文艺作品汇编》四卷。但在项目实施过程中，我们充分吸收专家意见，认为网络时代和大数据背景下的科研活动有了很大变化，《河北红色经典作家作品索引》与《河北红色经典研究资料汇编》的编纂工作，在当前学术生态中价值不大，并予以取消。同时，在项目实施过程中我们发现，《晋察冀日报》《人民日报》等党报除刊发大量文艺作品外，还有大量记录边区文艺工作者行迹，反映边区戏剧、音乐、文学、美术、舞蹈、曲艺活动与报刊书籍出版发行等各方面情况的文艺史料，以及体现我党文艺方向、方针变化的政策文件与重要领导讲话，是华北地域党和人民对敌作战的重要宣传武器，更是飘扬在华北地区军民心中一面旗帜。这些史料是华北地域革命文艺发生、发展与壮大的真实记录，对我们正确认识革命文艺的特点与历史地位有重要的决定性作用。

为此，我们精心整理了《〈晋察冀日报〉文艺文献全编》《晋冀鲁豫〈人民日报〉文艺文献全编》《〈晋察冀画报〉文艺文献全编》《晋察冀日报社人物志》（共五十一卷），同时收入全国抗战时期和解放战争时期与河北地域相关且被广大群众所喜爱并广泛传唱的红色文艺作品，结集为《河北红色文艺作品选》（共六卷），至此形成丛书目前的五大板块，而且将名称由“河北红色经典系列丛书”改为“华北抗日根据地及解放区文艺大系”，方便以后在此基础上做进一步拓展。

二、地域范围及文艺特质

华北抗日根据地包括当时山东、河北、山西、察哈尔、绥远、热河全部及豫北、苏北、皖北部分地区，分晋绥、晋察冀、晋冀豫、冀鲁豫、山东五大块。1941 年，冀鲁豫合并到晋冀豫，称晋冀鲁豫。其中晋察冀抗日根据地作为开辟最早、地域最大、人口最众的模范抗日根据地，是华北抗日根据地的坚强堡垒，牵制和抗击了三分之一以上的华北日军和二分之一的伪军。

在河北及其邻省周边地区开辟与创建华北抗日根据地，是红军长征到达陕北之后党中央迅速做出的重大战略决策。这些根据地地处对日武装斗争最前线，不仅打开了抗战的新局面，成为华北敌后抗战的主战场，而且进行了新民主主义社会的实践探索，对解放战争的历史进程产生了巨大影响，成为我党开辟东北解放区的前进基地和逐鹿中原的战略后方。随着抗日根据地的开辟，延安文艺工作团、西北战地服务团、东北促进纵队干部队、八路军总政治部前线记者团等大批文艺工作者，随同党政干部一道陆续抵达华北，东北、平津的青年学生也纷纷冒着生命危险来到边区。他们一手拿枪，一手拿笔，深入农村与抗战前线，切身体会工农兵的生活，深刻了解工农兵的需求，从而根本上克服了艺术至上主义思想倾向。所以，华北抗日根据地及解放区文艺，既响应了伟大的民族抗战对文学艺术提出的时代要求，亦充分兼顾到广大人民群众的接受习惯和欣赏水平，真实地反映了华北人民火热的战斗与生产生活。很多作者本身就是农民、战士或基层工作者，他们把自己的经历和熟悉的人和事，通过小说、戏剧、诗歌、报告文学、歌曲、绘画、舞蹈等文艺样式记录下来，语言通俗平实，富有生活气息。由于产生于特定时代、特定区域而又适应特定需要，故而无论是题材、语言还是风格，在体现革命大众文艺共性的同时，又具有强烈的华北地域特性。

华北抗日根据地及解放区文艺的繁荣发展，是专业文艺工作者与工农兵群众共同创造的结果。人民群众不仅是革命文艺运动的主导主体、推进主体、受益主体，还是一切成败得失的评判主体。华北抗日根据地及解放区文艺，归根结底，是“以人民为中心”的文艺。

三、学术价值

今天的河北在抗日战争、解放战争时期是晋察冀、晋冀鲁豫两大根据地的中心区域，有着悠久的革命历史传统和丰厚的红色文化底蕴。据不完全统计，抗日战争和解放战争期间，仅晋察冀边区专区以上就办有报刊四百余种，编印图书五百余万册。如果将这种统计扩大到环绕河北的整个华北抗日根据地及解放区，时间扩展至从中国共产党成立到中华人民共和国成立，数据更为可观。这些红色图书、报刊的出版发行，团结了一大批来自全国各地的著名革命文艺家和专业文艺工作者，其中有大量文艺相关信息，是研究近现代中国革命文艺的重要史料。但因受当时物质条件及复杂局势影响，它们传播范围有限，保存困难，如今已普遍出现老化或损毁现象，面临着消失、断层的危险。

长期以来，由于对抢救、整理和利用红色文艺文献的意义认识不足，现行的科研评价、出版机制亦难以有效刺激科研工作者积极从事老旧报刊等红色文艺文献的系统整理，大量有待整理的红色文艺文献尚未进入学界的视野。特别是华北抗日根据地及解放区的文艺文献，有很多甚至还是学术盲区。如《冀中导报》《救国报》《边政导报》《冀南日报》《团结报》《前进报》《新察哈尔报》《冀热察导报》等各类党报，以及《冀热辽画报》《冀中画报》《北方文化》《五十年代》《新长城》《新群众》《诗建设》《诗战线》等期刊，虽有部分学者对其办报（刊）历程、思想以及传播等方面予以研究，但均无系统的文艺文献整理本。“华北抗日根据地及解放区文艺大系”整理的《晋察冀日报》、晋冀鲁豫《人民日报》、《晋察冀画报》，是当时华北抗日根据地及解放区党报党刊的典型代表，是党的理论和实践同文艺结合的主要媒介和载体，是华北革命文艺重要的传播平台。这些报刊，既客观记录了华北革命文艺的传播与发展，也完整展现了华北革命文艺的特殊使命与风格特征，具有极其重要的史料价值。在此基础上，我们还会将视角延伸到《晋绥日报》《新华日报·太行版》《新华日报·太岳版》等党报，不断地充实这套大型文献史料丛书，以此来系统建构华北抗日根据地及解放区的“文艺史料学”。

四、丛书特色

这套丛书的编纂，主要以抗日战争及解放战争期间华北境内各根据地、解放区出版、发行、制作之图书、期刊、报纸等红色文献中的文艺资料为内容。编纂特色主要包括：

（一）抢救珍贵历史文献，弘扬伟大建党精神。

华北抗日根据地及解放区的红色文献发行于条件艰苦的战争年代，数量少，印制质量粗糙，历经岁月的洗礼，留存下来的品相完好者已经很少，有些到今天已成孤本。这些文献作为特定历史时期和区域的产物，见证了中国共产党领导华北人民争取民族独立和人民解放的伟大历程，反映了华北近代社会的巨大变化，蕴含着珍贵的史料价值和鉴往知来的现实意义，是中国共产党领导的文艺事业、新闻出版事业与意识形态建设发展的历史见证。它们诠释了党的初心和使命，蕴含着坚定的理想信念与崇高的革命精神，到今天仍然具有强大的感染力与说服力，是陶冶情操、磨炼意志，走好新时代长征路的有效精神资源。抢救性搜集、整理与研究这些珍贵历史文献，有利于增强党政干部政治信仰，弘扬伟大建党精神和践行社会主义核心价值观。

（二）文艺与党史密切融合，拓展革命文艺与党史研究的新视野。

革命文艺作品的创作、发表和传播，和党的历史任务和奋斗实践是分不开的。在艰苦卓绝的革命岁月，奋斗前行的中国共产党始终强调，既要拿“枪杆子”，也要拿“笔杆子”。革命的文艺工作者，一手拿枪，一手拿笔，深入农村与抗战前线，以人民大众易于接受和欣赏的形式，宣传党的政策，推行党的方针，为中国共产党顺利完成不同历史阶段的中心任务和伟大使命发挥了独特而重要的作用。本套丛书收入的文献史料，主要是抗日战争与解放战争时期党报党刊中的文艺作品与文艺史料，它们鲜明生动地体现了党的历史，党领导人民争取民族独立、人民解放的奋斗历程和精神面貌，从而为学界从文艺角度研究党史和从党史角度研究文艺提供了有力支撑。

（三）作品汇编与史料梳理并行，还原革命文艺的历史场域。

“华北抗日根据地及解放区文艺大系”的编纂，全面辑录华北抗日根据地及解放区党报党刊上刊登的诗歌、小说、戏剧、报告文学、散文、歌曲、版画等文艺作品，并系统梳理当时文艺发生、发展、传播以及社会各界文艺活动的各类消息和报导，同时选编了大量的河北红色文艺作品作为补充。这种文艺史料与文艺作品的配合整理，还原了革命文艺的历史场域，有利于构建对革命文艺的科学认识。

五、丛书内容

（一）《〈晋察冀日报〉文艺文献全编》共三十八卷：

诗歌三卷

戏剧一卷

小说二卷

文艺评论三卷

文艺史料九卷

外国文艺二卷

散文报告文学十七卷

歌曲版画一卷

（二）《晋冀鲁豫〈人民日报〉文艺文献全编》共十一卷：

诗歌一卷

戏剧、小说、文艺评论一卷

散文报告文学五卷

文艺史料四卷

(三)《〈晋察冀画报〉文艺文献全编》一卷

(四)《晋察冀日报社人物志》一卷

(五)《河北红色文艺作品选》共六卷：

诗歌一卷

戏剧一卷

散文一卷

小说三卷

六、编纂体例

(一)整套丛书题材丰富、门类众多，在体裁上不做强行统一。

(二)丛书中所录作品均为当年报刊发表的原文。为确保丛书的文献性、学术性、专业性和资料性，丛书编辑加工的总原则为保持文献原貌，内容上不做改动。

(三)文字的使用

1. 丛书中文字的使用以2013年教育部、国家语言文字工作委员会公布的《通用规范汉字表》为准。

2. 丛书中的古体字、通假字、俗体字，以及所涉及姓名字号、职官地理等专用字，均予保留。

3. 丛书原文字迹模糊残损，但仍可辨认或可依上下文校正，以字外加方框“□”表示；原文缺字或无法辨识，且无法校补，每字以一个方框“□”表示；如无法统计所缺字数，则以“▨”表示。

4. 丛书中数字的使用，保持原貌。

（四）标点符号及其他符号的使用

1. 丛书在不改变原文意义的情况下，将旧式标点改作现行标点符号。

2. 丛书原文中出现代表文字的符号，如“×”“△”“○”“▲”等，保持原貌。

3. 丛书原文中的着重号、专名号等不再保留。

（五）其他

1. 丛书原文中的注释，保持原貌；编者亦出部分注释，供读者参考。

2. 因为原始文献本身产生于战争年代，保存不易，漫漶不清处较多，丛书疏误之处在所难免，希望专家读者批评指正。

七、鸣谢

本套丛书得以顺利面世，要特别感谢中共河北省委宣传部、河北省社会科学院、河北教育出版社的资金支持，以及北京大学陈平原教授、中国社科院文学所刘跃进研究员、南开大学文学院李扬教授、河北师范大学文学院王长华教授等，为丛书编纂提供了多方面的学术支撑；晋察冀日报社老报人及报史研究会诸位老师，中国社科院文学所现代室、中国丁玲研究会、中国现代文学馆各位专家，也在丛书编纂过程中提出了许多建设性意见；院内外的数十位年轻科研工作者，在原文录入和校对方面付出了艰辛劳动，确保了项目的顺利进行。在此一并致谢。

把艺术交给大众（代序）

——祝贺“华北抗日根据地及解放区文艺大系”结集问世

中国社会科学院　刘跃进

由河北省社会科学院文学研究所编纂、河北教育出版社出版的“华北抗日根据地及解放区文艺大系”结集问世，值得庆贺。

文艺是时代前进的号角。1937 年 7 月 7 日，卢沟桥事变爆发，全面抗战由此而起。广大的爱国知识分子和青年学生，表现出同仇敌忾的民族气节，走出书斋，走出校园，用知识，用智慧，用不屈的精神力量唤醒民众，用实际行动担负起抗日救亡的历史重任。在此后的岁月里，延安文艺和华北抗日根据地及解放区文艺，是中国共产党领导下的两大主体，双峰并峙，展示着那个时代的风貌，引领了那个时代的风气。

随着抗日根据地的开辟，延安文艺工作团、西北战地服务团、东北促进纵队干部队、八路军总政治部前线记者团等大批文艺工作者，随同党政干部一道陆续抵达华北，东北、平津的青年学生也纷纷冒着生命危险来到边区。他们一方面积极创作大量街头剧、活报剧、街头诗、墙头小说、木刻版画、歌曲、舞蹈等革命文艺，开展抗日救亡宣传运动；一方面也通过开办文艺干训班，开展各行业、各阶层甚至全民的文艺创作与评选活动，吸引工农兵群众加入文艺队伍，掀起了“晋察冀一周”“冀中一日”等具有深化性质的群众写作运动，以及“创造模范村剧团”“穷人乐”等群众戏剧运动，为晋察冀文艺史添上了浓墨重彩的一笔。

说到这里，我想起2009年参加《北平学生移动剧团团体日记》捐赠仪式的一段往事。从1937年到1938年，在中国抗战史上唯一以大学生组成的“北平学生移动剧团”在长达一年半的时间里，历尽艰难，转辗于国民党第五战区的各个战场，演出话剧，创办报纸，宣传抗日，鼓舞斗志，谱写出响彻云霄的时代赞歌。移动剧团的成员每人一周轮流记述，用日记形式记录了那段不平凡的岁月，《北平学生移动剧团团体日记》就是这部历史的记录。它不是写给个人看的私密记录，也不是为将来面世扬名。作者完全出于一种历史责任，真实客观地记录了那段鲜为人知的历史，体现出强烈的史家意识。日记封面上有这样一段题记，“北平学生移动剧团·愿我永恒·中华民国二十七年二月二十三日始·璧华”。孤立地看这部日记，也许没有什么轰轰烈烈的战斗业绩，也没有什么感人肺腑的情感纠结。客观、平实是它的本色，正是这种本色，为那个历史年代留下一段真实。“北平学生移动剧团”的抗日活动，是文艺工作者投身抗日洪流中的一个历史缩影。

随着抗战的胜利，察哈尔省会张家口解放，晋察冀文协、晋察冀剧协、晋察冀音协、晋察冀美协、晋察冀通讯社、晋察冀边区剧社、晋察冀日报社、晋察冀画报社等文化团体随中共晋察冀中央局和军区领导先后开赴华北根据地，一大批文艺工作者也随之来到华北，开展丰富多彩的文艺活动。他们坚持毛泽东《在延安文艺座谈会上的讲话》中指出的方向，一手拿枪，一手拿笔，深入农村与抗战前线，既为切身体会工农兵的生活，也为深刻了解工农兵的需求，从而在根本上克服了自身相当普遍和严重的艺术至上主义思想倾向，为工农兵而创作，为工农兵所利用，以人民大众易于接受和欣赏的形式，普遍写人民大众的生产战斗故事。譬如左翼作家邵子南，于 1938 年 10 月随西战团到晋察冀，主持战地社日常工作，主编《诗建设》；1943 年整风运动后，他到阜平任小学教员，在反“扫荡”中与群众、民兵一起转移、战斗，还直接在五丈湾跟随李勇的游击组对日寇展开地雷战；1944 年 5 月随团回延安，在鲁艺任教，后调陕甘宁文协搞专业创作，开始大量创作反映晋察冀边区生活的小说。他以亲身体验为基础创作的短篇小说《李勇大摆地雷阵》（后改为《地雷阵》），运用阜平农民群众的语言，以口语化方式讲述了爆炸英雄李勇的抗日故事，明显吸取了民间说唱文学的优点，特别是在白话叙述中还插入不少快板式的韵白，更适合群众的喜好，因而在当时广为流传，家喻户晓，起到了很大的宣传鼓动作用。其他作品，如《荷花淀》《太阳照在桑干河上》《漳河水》《赶车传》《王九诉苦》《孟祥英翻身》《新儿女英雄传》《白求恩大夫》《我的两家房东》《穷人乐》《李殿冰》《戎冠秀》《没有共产党就没有中国》《团结就是力量》《没有土地的人们》《白毛女》等，都是成功的文艺典范，在现代中国文学史上占据比较重要的位置。

在华北抗日根据地及解放区的文艺创作成果中，还有数以万计的文艺作品和极具研究价值的文艺史料刊发在根据地及解放区所办的报刊上。很多作者，本身就是农民、战士或基层工作者。他们把自己的经历和熟悉的人和事，通过小说、戏剧、诗歌、报告文学、歌曲、绘画、舞蹈等文艺样式记录下来，语言通俗，富有生活气息。人民既是历史的创造者，也是历史的见证者；既是历史的“剧中人”，也是历史的“剧作者”。让故事中的人物自己编词、自己表演的创作方式，很好地反映出人民的心声，并让人民群众从生动活泼的艺术作品中得到教育，这确实是一个成功的尝试。

配合党的中心工作，“把艺术交给大众”，通过文艺唤醒大众，这已成为华北文艺工作者的自觉意识。他们积极响应伟大的民族抗战对文学艺术提出的时代要求，充分兼顾到广大人民群众的接受习惯和欣赏水平，创作了大量的作品，真实地反映了燕赵儿女火热的战斗与生产生活，起到了良好的宣传教育与鼓动激励效果。刘萧无编排新闻报道剧《李殿冰》，编剧与演员一起住到李殿冰家里，以便于熟悉主人公的生活，搜集真实生动的群众语言，还模仿他们的动作，理解他们的心理，甚至还让主人公李殿冰等直接参与剧本的修改和编排。描写群众的生活，邀请群众参与创作，这是当时文艺工作者走群众路线的生动体现。该剧演出后获得当地老百姓的极大赞赏，鲁中实验剧团还专门学习该剧的创作方法，创编了三幕五场话剧《过关》。艾思奇《前方文艺运动的新范例》更是誉其开创了前方文艺的新范例。抗敌剧社的《王老三减租小唱》、冀中火线剧社的话剧《我们的母亲》，也都具有这种特色。

这些文艺作品，可能略显仓促，有的甚至急就于战火中，所以在素材提炼、人物形象塑造以及语言的使用、细节的刻画等方面还有很多不足。但是，这不是一般意义上的创作，而是燕赵大地为争取民族独立、人民解放的集体记忆和行动号角，是中国革命事业的重要组成部分。华北抗日根据地及解放区的文艺，有很多这样未经沉淀的纪实作品，不管其艺术性如何，但在发动群众、组织群众、铸就抗击日寇和国民党反动派铜墙铁壁方面，发挥了无可替代的作用。20 世纪五六十年代，河北地区涌现出大量的红色经典，便是华北抗日根据地及解放区文艺的传承和发展。

2017 年 6 月，河北省社科院文学所郑恩兵所长来京与我们协商合作研究事宜。我根据所了解的信息，建议他们结合地方特色，做好地方红色文艺文献的搜集整理与编纂出版工作。“华北抗日根据地及解放区文艺大系”就是那次商讨的成果。全书由五个部分组成：第一部分为《晋察冀日报》文艺文献全编，第二部分为晋冀鲁豫《人民日报》文艺文献全编，第三部分为《晋察冀画报》文艺文献全编，第四部分为晋察冀日报社人物志，第五部分为河北红色文艺作品选。全书收录各种文体的作品六千余种，包括小说、诗歌、文艺评论、戏剧、报告文学、散文、文艺通讯、美术、书法和音乐、文艺史料，还有文艺信息、文艺广告，基本涵盖了华北抗日根据地及解放区的文艺创作情况，具有很高的研究价值。

时值中华人民共和国成立七十五周年之际，我们有机会阅读这部皇皇五十余册的“华北抗日根据地及解放区文艺大系”，更加深切地感受到新中国的建立真是来之不易，她是无数条战线的可歌可泣的人们不懈奋斗的结果。在这样一个特殊的日子里，我们感念当年那些有名无名的作者，感谢参与整理工作的学者，当然，更要感激我们这个伟大的时代。

目录

凭君寄语报平安

闻捷

【新华社西北十日电】在陕北瓦窑堡以南羊马河战斗中，胡军□五师一三□旅遭到歼灭性打击□，记者从□堆战利品中找到一批书信，其中有□束信存得完整无损，说明他的主人曾经加以万分珍惜。记者随手打开来，发现第一封信的背面写着“凭君传语报平安”，但是抽出信笺来一看，内容□是满纸凄苦，一字一泪，不忍卒读。收信人杨华久，是该旅的译电员，发信人是他的妻子陈雁□。信是去年十二月廿七日从□□寄发的。开□□说：“□□前□死了，我心里真难受，但有病，连药都没有吃过一服呀，做父亲的想想，该怎样对得起您的孩子……”接着写道：“□□□念在夫妻情面上，好在孩子们身上多少寄些钱回来，帮我渡此难关吧……”这位□困的译电员大概是无可奈何回复了一封束手无策的回信，因此旧历腊月十一日他的儿子裔康和女儿裔宁激愤地寄来了□□封信，向这位可怜的父亲提出无情的抗议。裔康的信说：“看到您的信，没有说钱的事，□您不要我们了吗？我们□□长得□□五弟死了□□妈妈天天哭……”裔宁的信直截了当地说：“又要过年了，希望父亲快寄钱来……”穷迫的译电员□□读这封信时心如刀割，痛苦之情是不难想象的，于是他只得向妹妹宋涛、弟弟九峰告贷求救。然而宋涛从汉口寄来的信第一句就是：“兄言借钱之事，未遂兄之目的，内心难过极了……”接着她反而询问起她丈夫的行踪，“望儒离家至今未得一信，不知队伍开往何方，望兄代为打听，嘱其速兑款回家。”至于九峰的回信，除了哀诉自己负了二百万元重债外，竟以自己在绝望中处理家庭的办法劝说其兄：“希望你抛去家中牵挂。”至此杨华久是由于他疾于行军奔命呀，还是接受九峰的建议，忍痛暂时抛开家庭，与他的家庭失却了联系？但无论如何，不管杨华久是活着还是无谓地死于内战战场了，这幕即将爆发的家庭悲剧是谁都预料得到的，而蒋军官兵为了防止蒋介石特务的检查，而抑压在“凭君传语报平安”□□□□□□□□□怨恨，血泪呻吟能压抑到几时？

（《晋察冀日报》1947 年 7 月 13 日）

王元寿访瞎牛

子野　布克

平定七区白泉是个七百多户的村子，这次新获解放。解放后搞过一次改革斗争，因为村干部都是敌伪时代的坏分子，斗争弄得一团糟。斗争是几个区的村子联合参加的，有三十六村。在坏分子的主使下，把斗争目标弄乱了，结果形成三十五村集中斗白泉全体群众，甚至喊出：白泉是汉奸村。弄得群众人人自危，个个心惊。

不久以前平定县上工作团下去，群众心存疑惧，加上奸人造谣，群众更不敢和我接近。是一个非常糟糕的僵局。工作团的领导同志王元寿、石文臣等用了九牛二虎之力，才算把僵局打开。现在群众已初步发动，贫农小组也建立起来，农会也加强了，坏干部也撤换了。

打开僵局的主要关节，是王元寿、石文臣等同志在穷人身上用了苦功，把基本群众发动了起来。这里介绍的是王元寿发动瞎牛的故事。

一、找到穷人如获至宝

老王在上白泉串游了两天，一个对象也没找下。走到谁家谁家也用惊异的眼光来看他，什么也不敢说，问甚也是哼哼哈哈。老王不免有些焦急，心想仅是乱跑弄不成事，还得打听打听谁家最穷，找到穷人就好说。问这个也不知道，问那个也不道。最后好容易碰到一个老汉才指点他有个瞎牛家，要了两辈子饭，现在一家八口，有六口是要饭的。

老王一口气就问到瞎牛家去。一孔破烂不堪的窑洞，走进去一抬头就可碰到窑顶。一条脏炕，破席上睡着个生病的小女孩子，身上穿的衣服数不清有多少窟窿，比那白毛女穿的还不如。炕上炕下到处堆着破烂，发出叫人作呕的怪气味。

老王进去一看，心下有些嘀咕，四不嫌（注）可以，和有病人在一起，招下了病呢？转念一想："为群众服务，讲不得招病不招病。胆子壮点就行。"

瞎牛不在家，和他老婆一说要在她家住，可把她弄糊涂啦，八路军怎么找到讨饭的家来住呢？没敢问什么，把厨房的破炕"腾倒了腾倒"，让老王和瞎牛一起住。

二、滚在一块，建立感情

瞎牛是个五十开外的老汉，一把花白胡须，破衣烂裳，脏手脏脚，样子实在难看。可是老王偏爱这样的人。他常常说：富人吃好穿好，漂漂亮亮，样子确实不赖，内里的心是黑的。穷人外表不好看，内里的心是红的。

瞎牛开初知道老王是干部，一时摸不清头脑，心下着实不安。将老王细细一看，穿着和老百姓一模一样，像个受苦出身的庄稼人，脚下穿着一双破鞋，大拇指都露出外面。他越看越觉得他没什么可怕。

老王和他扯拉，先问他光景苦，他哼了一声。可是问到村里干部对咱好不好。瞎牛说："都不赖，都不赖。咱是要饭的，谁能短下咱，只有长化，没有短欠。"

一听这话头，老王想不能急，暂时把问苦的事搁下，转到别的话头上去。

瞎牛□孩孩病在床上，想喝点米汤，找米没找到。老王说："我一天领三两小米，咱二年没吃糠糊糊，真想吃你们的糠糊糊，省下米来给咱孩孩们吃。"瞎牛两口自是感激不尽。于是瞎牛家吃什么，老王也跟着吃什么。

瞎牛下地，老王也跟他下地。瞎牛对老王渐渐熟起来，谈的话也多了，一连三天，老王没敢提到问苦的事。

三、以苦引苦，见甚说甚

老王跟瞎牛上地，地里的草很多。老王说：“你这地这么些草。”瞎牛叹口气说：“咱只有二亩‘猫眼睛’也不□的地，咱成天在外头讨饭，照顾不来。没工没粪，指甚不荒?”老王说：“你是这么说，财主们又有另外的想法，他们会说：‘瞎牛该倒运，二亩地还荒下个这。’”

两个人都是上了年纪的，锄了会草，身上又热又累，老王说：“我扛了三十多年长工。夏天里掌柜家喝着西瓜水，掌柜的喝了老婆喝，老婆喝了孩孩喝。咱也喝着哩，喝的是白开水。”又说，“扛长工有三死：吃了吃死，饿了饿死，受了受死。实际扛长工就是门里要饭。”老王的话句句打动瞎牛的心。老王又说到穷人的命不值钱，这下瞎牛的话就来了：“有一年咱病在床上，动弹不得，一点吃的也没有。老婆出去要饭，等到晌午要下了不多一点，孩孩们也在饿着，就叫孩孩们吃了，咱就饿了一天。”

回到家里，瞎牛的老婆盘坐在炕上补破烂，扛长工的儿子也回来了。老王问他几岁了，大孩子回他“十八岁”。老王就对他娘说：“你拉把（扶养）这□个孩孩真也不容易。怀他们时要去要饭，孩子养下了□放在家里等要饭回来才喂奶；孩子会走了，牵上去要饭；孩子大了懂点事时给他个碗教他去要饭。”转回头对那大孩子说，“你看你长了这么大，你娘养你可不容易啦!”

瞎牛的老婆听老王这么说，手里的针停了，直直望着儿子，眼睛一红，流下了泪水。

四、心动了，开始算账

在三天中老王和瞎牛的友谊越来越亲密。老王讲他也愿意听，老王和他谈了关于穷人的苦处，富人的罪恶，□□地农民翻了身过好光景。到第四天瞎牛的心里开始变了。老王和他谈起地主的可恶，瞎牛瞪眼说："说起地主呵真叫人气死。那年咱村的鬼七毛（邓富）修盖房子就不用本村人，他告人说：'用下外村人，吃上能落堆屎；用上本村人，吃上就回他家屙他妈□□。'你看可恶不可恶，穷人的屁眼也还要受剥削哩！"

老王看出瞎牛心动了，该下手啦，就和他算他大小孩子给人看长工的账。算来算去，四年工夫，财主家该给他十二石粮，这一算可把瞎牛算醒了。他跳起来要去和财主家算去。老王再问他"只有咱长化，没有缺欠"，对也不对？瞎牛摇手说："那是我糊涂，那是我糊涂。"

后来瞎牛在诉苦会上比谁都积极，他理直气壮地说："你们算不算我不管，咱是一定要算的。咱这十二石米是凭苦挣来的，这理走遍天下也能说得通。"

五、吃上白面，感激八路军

瞎牛分下一块麦地，能打四五斗。老王帮他去收割，这一次瞎牛可是乐得不行，对老王说："财主大爷的麦咱也割啦。财主家的耳朵垂不厚。"又摸摸自己的耳朵说，"咱的耳朵垂可也不薄啦！要不是八路军老人家来，这麦就割来啦？这地就退回来啦？"

端午节日，瞎牛全家吃了白面，工作团还送给他四两肉。瞎牛笑眯眯地说："咱长了这么大，胡子也白了，过年也没这么吃过。"

（注）四不嫌：一、不嫌糠面饭；二、不嫌衣服破烂；三、不嫌铺破席片；四、不嫌虱蚤咬。

（《晋察冀日报》1947 年 7 月 14 日）

邺县农民翻天覆地记

董吾法

邺县（新县安阳以东）五区分麦分田后，群众有了饭吃。全区八十九个村，建立了民主政权，各村涌现四十以上的积极分子。农民伸出手来要全部土地，到处打听老解放区如何实现了“耕者有其田”。某村一个农民说：“我盼共产党已四年了，去秋八路军从我村路过，我一夜烧了四锅水，还烙了六斤饼，谁知天明又到远处打敌人了。我的房地都被保长要粮、要款出完，你们那里是老区，怎样实现‘耕者有其田’？给咱说说咱也干。”一伙人围住工作员问：“盼望共产党来作主已七八年了，现在站到这里，有想头没有?”工作员立即讲：“咱们马上就实行土地改革，种地人都要有地种。”李正□老汉说：“托你福了。”六月十八日，区里即召开了贫雇积极分子训练班，连着有九百三十名参加。首先讲蒋军必败、我军必胜，坚定了胜利信心。接着以两个社会做对比，引起了庞家湾一个老汉说：“我家六口人五亩半地，汉奸程道生要粮、要款，要得我什么也没有了！就是剩下一把派条。共产党是说真理的，我拿着派条要伸冤!”他拿着一把派条在大会上一一念着：“一年每亩地派二十多万元，还有二担麦子。每把派条上并写着三天交不到，三分行息，五天交不到，五分加利，十天交不到，一毛，二十天或上一个月交不到，加倍。……”诉完后大家怒气地说：“我们听说过借粮、借款出利，哪听过出粮出款也出利钱!”杨家庄一个人说：“汉奸程道生作恶，共产党来了我才敢说，他闺女出嫁给我村，派了二条骡子、一辆轿车、一对板箱、六个竹帘子、一口大猪，这非清算不成!”前曲店一个青年说：“我家原是好光景，程道生抓了我三次兵，就把房子、土地卖光了。谁不知道当了程道生的兵，三辈不安生，三辈都没有，亲戚也得顶。”赵村小组集体诉苦说："我村除四个地主外，都是拉□锯（木匠）的。四个地主十顷多地，每两银子三十亩。俺老百姓每两银子十三亩半地，还是坏地，人家种的是好地，我们就穷到这上头了。我们为反黑地，全村老百姓给地主打了十年官司没有赢了，现在来找共产党给俺说清这道理！"

从小组诉苦到大会典型发言中，虽提出的问题各色各样，但总的只是一个"要土地"！农民主要痛苦是被奸霸程道生及恶霸地主征粮、征款、派丁、高租、重利，而把所有房屋土地卖光了，甚至逼死人命和卖儿卖妻。领导上根据群众总的要求，作了简短的发言，说明了穷人是被汉奸地主剥削穷了，不是命运。现在是咱们的天下了，是报仇的时候了，大家要有仇报仇！有冤报冤！共产党政策就是叫分土地，叫种地的得土地种，消灭封建，实现"耕者有其田"。

群众真是兴奋极了，一早起一上午便把如何干讨论好了。庞家湾马上要求回去扣坏蛋，崖门子、瓦店集提出没枪不能打敌人，压不住地主的火力。这时，即把区上存的六十多支长短枪，完全发到各村，并决定谁知哪里有枪，可以搞，准大家搞。这时大家劲头更大了，高喊："要干咱就一齐干！闹他个大翻天。""村村点火，一齐冒烟。""要砍砍大旗，砍倒大树有柴烧！""解除地主枪，保家保时光！""地主不服气，坚决干到底！"喊完口号，大家都拍手叫好，兴奋地跳起来。

积极分子背枪回去，当夜晚上即发展农会，瓦店集第二天发展二百多人。有的贫农听说是分地，就把他家里都写上了；当场把领回的枪背上，觉着特别胆壮。一个积极分子举着大拇指对区长说："我小名叫杜秃子，大号叫杜永田，过去没人当我是人，现在当了自卫队长，三五里谁不知我老杜，我一定领大家翻身到底！"

各村群众力量初步显威后，即召开全村诉苦清算大会，瓦店集打锣的说："开锁门大会哩！"（即封地主门之意）五百多人集合起来，给地主算账，民兵背枪维持会场，村干部积极分子把手往桌子上一拍，两手叉腰，号召群众发言，给每一个地主算清剥削账，如对魏五宵家提出："你种上学产四十亩，叫老百姓给你出粮银，对不对？"对魏九宵提出："你放账滚利，把老百姓血汗你都吸干了！"说得地主闭口不言。这时积极分子提出："叫他拿土地、房屋还债好不好？"下边喝道："好！"即数路进军，将魏家地主的财产拿了个一干二净，光土地就六顷多。经过这个运动，有些地主投机，梅福村地主王克□外号叫"铁毛鸡"，在群众大会上要求自动"献出"，群众叫他坦白："你为什么前二年不自动？"他假意说："前二年黑暗，现在光明了。"群众说："自动就自动，都自动去拿吧！"群众知道他是假开明，一下混进了他的后院，刨出三十个包袱、十石多麦子，群众在他院里即指问："你大会上说话是狗放屁，自动你为什么把东西埋起来！"有人提议扣起来，当场捆起，并向他要枪，他才拿出二支新捷克式大枪、一支新二把盒子。三天时间即有四十五个村打开局面，到六月二十五日，全区八十九村已"一锅端"，完成土地改革。

经过一阵翻天覆地的斗争，群众胜利地得了几千年所盼望的果实，各村街头上摆满了农具、箱、柜等，男男女女游来游去地参观。□曲庄一个老汉说："是时候了，旧田旧产归原主，老牛老马回旧圈。"大会上选出了一部分人成立了保管评议委员会，负责分配果实。瓦店集选出三十七个人，马上把所有果实评价、编号、作等，分给了群众。

按：程道生系豫北著名汉奸地主头子土霸王之一，蒋介石委任为河南二专署人民自卫总队司令，于豫北战役中为我军俘虏，已被人民公审枪决。

（《晋察冀日报》1947 年 7 月 19 日）

蒋军不垮是无天理

——冀南军官教导团被俘蒋军军官诉苦集

海涛 辑

一、弄个锹盖盖脸就行啦

一八一旅五四三团八连连长袁□臣，在全旅是一个漂亮的连长。在城武□□集□□时，给蒋介石当了炮灰，当时他的排长报告团长："连长阵亡啦，接□□□！"团长说："阵亡□阵亡吧！□在那□□□□火□稀点，弄个锹□他盖盖脸就行啦！"我们听了太寒心啦，一个上尉还是全旅出类拔萃的上尉，结果竟然如此，我们就更不用再提啦！——一八一旅五四三团上尉连长赵东岭。

二、丈夫打死　妻子改嫁

一八一旅五四三团一个营长张魁武，在陇海线作战时阵亡，马上停止了眷粮。他的妻子在后方马上弄得衣食无着，每次当她碰见一八一旅任何一个官兵时，就哭哭啼啼地问："你们见□张营长没有？知道他到底死了没有？"东一头西一头地打听问□。今天找瞎子算个命，明天□摊子上测个字。两□月过去□，生活□天天困苦起来，找朋友，朋友不给设法；求长官，人家是一毛不拔。这时坏蛋们就给她说："张太太，你还不赶快想你的终身办法，将来怎么办！"她的下场到底怎么样，这就不必再明讲了。——一八一旅五四三团上尉连长赵东岭。

三、大官太太睡抬子，小官女人剃和尚

八八师二一旅下级军官的眷属，上级根本不给予一点照顾。行军作战时，大官们的太太可以骑马、坐车、坐抬子，变花样让士兵给抬，而下级军官却根本不能随部队行动。但留在后方吧，生活又没法维持，后来大家推代表请示旅长："怎么办?"罗君彤（旅长）说："要想跟上部队走，你们就叫理发师来，把这些女人都剪成光头，跟上一块走。"天哪，这算什么话呢……——八八师二一旅六三团中尉排长马□云。

四、吓得我连老婆也不敢娶了

在考□驻防时，我到漯河去运被服，既到了后方，□少不了到□玩玩乐乐，住在旅馆里叫茶房找个姑娘来。不一会就给我领来一个摩登，哈！一看原来是□旅□排长的太太，这一家伙把我从头冷到脚跟了。由此我对娶老婆的幻想降到零下一百度，我怕自己老婆也……——一二□旅三七四团□连少尉排长伍大钧。

五、只要大官一句话，下级脑袋就搬家

中□战役被打败了，退却时混乱得不像样子。那时，我在四七军一〇四师输送连当排长。师长叫我这二十八□□马给他驮小伙房的东西，弄得□牲口都是腊肉、香肠、火腿、大米、鸡、酒……夜里很混乱，我失掉了联络，一直跑到□乡才找到了部队。到家□我的二十八个牲口不仅没有失落一个，而且还收容了□□匹骡。心想回去□该记上一功哦，哪知参谋长一见，就是破口大骂："你妈的是什么责任?为什么失掉联络?路上，我连小伙房的饭都吃不上，饿了好几顿。这

你知道吧？”马上就要叫警卫□拉去就□枪决。我的魂□时都给吓跑了，同□们听说就给买酒买肉，请我吃“倒头饭”，后来大家多方恳求，才免了死罪□挨了□顿扁担，撤了职。这一下，弄得十八年才由二等兵升任的少尉排长也就垮掉了。——□一旅辎重营营部中士排副唐明元。

六、“这婚是你替我结的！”

给高级军官当随从□简直是比奴仆还不如，啥事要给他们干，替军长的姨太太洗月经布是常有的事。我跟十三军副军长石□当卫士在西安驻防时，他看见一个漂亮的女学生，想娶人家当姨太太，托人说媒，人家不答应，因他已经快□啦。但是这个家伙却想了一个办法，用了个上尉领章给我一挂，用我的名义来给女的结婚，结果就成了。他马上又给了我□□万布置结婚，我心里信以为真，当然很高兴。不久热闹的结婚仪式举行了，第一天他主持着闹了个通宵，第二天就派我出差去，并直接给我讲：“这□婚是你替我娶的，今后再不准和这个女人说一句话，不然就要办你这个家伙！”结果当天晚上，他就□□房里，可是女的□如此情形，当夜被侮辱后就上吊自尽了。——□□师谭□□旅长□中尉随从副官贾健芝。（新华社晋冀鲁豫十八日电）

（《晋察冀日报》1947年7月21日）

强渡黄河

胡征

【新华社晋冀鲁豫二十三日电】六月三十日晚，是旧历五月十一，月亮正明。刘伯承将军兵团的一个旅，在静寂的平原上迅速地越过一个个村庄，向黄河岸挺进。

一列列大炮架在堤岸上，河防指挥部里坐着颜参谋长，在他的望远镜里，对岸敌人的哨兵像虫子一样在沙滩上畏怯地蠕动着。沿岸的防线五十米一个暗堡，十五米一个单人掩体，暗堡与掩体之间是一条二尺宽的壕沟。联系着这条沟面前，滔滔奔腾的便是蒋介石所吹嘘的“四十万大军”——浊浪排空的黄河。

年青的旅长萧将军在河防指挥部的工事里抽着烟，看着表，时针指到十点半的时候，他用电话通知背后的某部队，五分钟内到达河沿。十点三十四分钟，该部突击队就到了，这些英雄们每一单位每一人都是带着自己的立功计划来的。白天动员的时候，萧将军对他们的要求是占领交通沟、巩固前沿，只要坚持半点钟，第二梯队就到了，而该部的计划却是要在半点钟内占领对岸河堤。他们的二小队计划占领东于谷和营里村，三小队计划夺取河堤上的碉堡。二小队一排副李祥云怕别人抢去自己的敌人似的，最先提出自己的要求，计划要带一个班坐第一只船，他头一个上船，头一个下船，头一个登陆，头一个占领暗堡和东于谷，头一个占领河堤上的碉堡……

不仅我们部队的计划是科学而周密的，就是其他各个参战的部门都一样有了充分的准备……

渡口的船夫——水上的英雄们和部队是一样的勇敢与神奇，全体水手都挤上了“奋勇队”的名单，他们申言着“为了全国老百姓的总翻身”，要用一切力量把大反攻的兵团迅速地摆渡到对岸去，并提出“不完成任务不下船”！他们中间三分之二是十年前玩过船的，自黄河改道以后，十年来没搞过这玩意儿了。十年前河面比现在窄小，划子每次来回需半点钟的时间，这次经过短期训练以后，已缩短二十分钟了。这天晚上，他们提出只要十三分钟，但在事实上，他们却计划来回只用十二分钟。

正是十点三十六分，各级指挥员简单地接头以后，船只都在渡口上摆好了，一切都在静寂中进行，连咳嗽的声音也没有。船只管理股长陈尚超和大队长贾秀山用手势指挥着各船的位置，部队走出壕沟，走□渡口。二小队一排副李祥云按计划走来了，他带领十三个人和一挺机枪，顺着船长指定的地方，轻快地跨上小划子。这是聂言金的快艇，第一号冲锋船，把机枪架在船头上以后，李祥云和聂言金轻轻地说了一句什么，手一摆，坐下去，船就开动了。

当聂言金□动第二桨时，第二号、第三号……各小划和大船上的人都上满了，这时候月亮升到顶空，水声掩盖了一切声音，船的影子在放光的水面上像浮雕一样，划着一条长线。人们兴奋的眼睛盯着河对岸，每个人的心都紧张地跳着，汗从脸上流到脖子上，水上的英雄赤裸着全身，摇起二十斤的长桨，全身劲捷地在明亮的月光中闪动。河背后的树林扫过一阵大风，把波浪往斜对岸推送，摇桨的英雄展开了翅膀，乘风破浪，往斜对岸飞驶……

河的宽度是二华里，而四十五度的斜渡，起码要加长了半里，第一只船离岸三分钟已到河心，这时候对岸敌人叫了一声：“来了！来了！快去报告……”话声刚落，一阵机枪打过来。李祥云的机枪随即打了过去，于是各船的机枪都响了。机枪声一起，颜参谋长在河这岸发出了口令：“开炮！”于是一排列的大炮口吐着红火，齐声轰击过去，对岸的碉堡要塞在这惊天动地的轰响中，突然冒起几丈高的大火，沙土哗哗地震落到水里。

经过五分钟的轰击，夜色全变了，云彩迅速地向东南飞去，月亮更高更亮了。敌人的枪声忽然远了而又很快地停息了。这时候，聂言金的船第一个抵岸，李祥云第一个跳下去，带领全班第一个登陆，却是扑过壕沟，占领暗堡再向东南赶过去。二小队、三小队的全体英雄跟着跑过泥淖地带，向二里外黑色的树林冲过去。

他们占领了于谷村，这是敌人五十五师米文和的五四三团一个营的据点，团长姓寇，是这天上午才接受了紧急命令从后方赶来的，而现在在他刚到任不到十一个钟头就逃跑了。

解放军战士到村以后，没有停顿，就往河堤向前追赶，时间正是十点四十八分，离上船只七分钟，从河东岸黑黑的树林里面发出了第一次号声，这是先头部队已占领河堤及堤上碉堡的信号，接着这声音，西岸的人们已站满渡口，发出大笑大叫和拍手的声音，迎接第二次摆渡的大船队。

在黎明前的两小时，萧将军和所有的后备队都出现在河东的高堤上，年青的将军蹲在堤上展开地图，用手电筒照着，寻找敌人的方位，然后向各部队发去紧急命令："追！"……

七月一日于郰南

（《晋察冀日报》1947 年 7 月 25 日）

唐大娘诉苦

□唐　俊鸿　李华　子卿　□胜　文太　铁弓　志儒

"唉，苦命人，我活了六十八岁，要了一辈子饭，现在□一□孙子。我二十四岁守寡，大伯因卖地气死，媳妇病死，二儿在窑上压死——原先也是有大有小的人家！"她流下泪来。

"猫（指武祥同志）！二小活着，还比你大几岁，那天讨饭回来，在窑场里睡觉，坍下土来压死了。第二天还不知道，有人说：'你二小压死了！你快去看看吧！'我急得跑去看……不像个人样了！满身都是血……"她说不下去了，只是哭，武祥和天恩都哭起来了。

"我找见本家兄弟□万德，把尸首刨出来，借了四千块钱买下了一寸厚的一口棺材，回来一看是五分板，我说板不对，人家说：'就是那板，活人还花□人□钱吗?!'骂得我话□说不上来了，心里想：命苦！算了吧！打算埋吧！谁知道人家本家不让，说怕新坟坏了风水，只好另找个地方埋了。"她掀起自己的衣服，"这是二小的衣裳，那时候我没有□的，心里想着很难过，又想：人死如灯灭，不用给他穿啦……唉！孩子死了也没有穿件囫囵衣裳。"

"短着两千块棺材钱，每天要，非要我那二亩好地不行，值好几□米的地，人家给了四斗玉茭、三斗米。克扣了一石多米，和人家要，人家说：'再要！打断你的腿！'

"二亩地给了人家，光景也就不能过了，财主们瞅住了，又想买我的地，我说：卖了远地留近地，老婆孩子们也能过去，一块地人家只给八百元。本家李三德说：人家给八百，就八百卖了吧！要不然，再管上你十年白面；结果卖了地什么也不管。我告到村公所，人家扣呀！捆呀！也不说个上下，一块地卖下了一肚子气，真是天下衙门朝南开，有理无钱进不来！

“穷人们穷，一天比一天穷。财主们富，九出十一进——拿上九块钱，就进十一块！财主们行善，是剳上穷人的肉行的!! 恶霸地主康文忠□妈康大妈，一件衣裳就花了十袋米，咱有那十袋米来，稠稠的能吃几年！

“康大妈一见穷人就变脸，夏天穷人到她地里拾麦穗，她把脸一变，把篮子摔在一边，怕沾上穷气。我讨饭到她家时，人家端了□子喂□，咱也要不□！唉！咱还不如□哩，人家喂狗，我说：少喂点，救救人吧！人家不理，人家小子们出来，变着脸：‘麻烦，快走开！’狗咬也不给打狗，财主们真是吃人的狼仔子！

“我要了三十来年饭，八路军来了，我有了吃的了。猫！要是我儿和媳妇活着，分房分地，该有多好……”

那一天我在街上碰见了康文忠，他孩拿着糠饼子，我说：你也能吃这，你妈活着时抱着你出来，见人就说：“俺孩耳垂厚哩，是有福气的。”现在你也不厚啦！说得他一声不响就走开了——嘿！走你的吧！这是穷人的天下了。

（《晋察冀日报》1947 年 7 月 25 日）

迈进群众路线途径的王元寿

《晋冀日报》社论

彻底的土地改革，必须依靠彻底的群众路线，一年来的痛苦经验，这样教育着我们。

群众路线本来不是什么神秘的东西，按照刘少奇同志的指示，就是要有“一切为了人民群众的观点，一切向人民群众负责的观点，相信群众自己解放自己的观点，向人民群众学习的观点”；“我们同志有了这些观点，有了坚固的明确的这些群众观点，才能有明确的工作中的群众路线，才能实行正确的领导。”（见《修改党章报告》）很显然，群众路线不是什么□不可解的问题，就是要高度地发扬民主，干部要老老实实地当群众的勤务员。但我们不少的同志，不完全相信群众的力量，不善于运用民主，不习惯于“有事和群众商量”，愿意做群众的上司；因而遇事或则包办代替，或则强迫命令。有的同志在大喊“群众路线”，由于没进行彻底的思想革命，走来走去还是那条老路；有的同志确实体验到群众路线的重要性，急求改进，但苦于不摸门，或则曲折前进，或则踌躇不前，向领导上要经验、要办法。

在这方面王元寿从实践中给了我们很宝贵的贡献。给我们作出了榜样，冀晋区党委及冀晋工农妇青联委会，同时发出了学习王元寿的号召，我们认为是有着重大的意义的。

王元寿同志在学走群众路线上的成就，不是偶然的，而是由于他树立了坚定的阶级立场及明确的革命人生观。他清楚地知道，他的天职就是为被压迫的阶级服务，他体验到没有贫农骨干就没有真正的群众路线，因而每到一村，即找穷人、访穷人，以穷人的心帮助翻穷人的心；他有健康的阶级感情，他最同情痛苦深重的工农群众，因而当他发现了穷朋友瞎牛的时候，高兴得如获至宝；他保持了工农的本色，过着朴素的生活，不嫌吃糠壳饭，铺破席片，使格巴碗，挨虱蚤咬，□大□□，他有优良的工作作风和老实的工作态度，不高高在上要官僚、摆臭架，是以群众中一员的身份去接近群众；他“相信群众自己解放自己”的道理，因而他“根据群众的觉悟程度，去启发和提高群众的觉悟，在群众出于内心自愿的原则之下，帮助群众逐步地组织起来，逐步地开展为当时当地内外环境所许可的一切必要的斗争”。（见《论联合政府》）他与群众气息相关，因而群众把他当成“自己人”“知心人”，“无话不对老王说”，“无事不对老王言”。正因王元寿同志明确地树立了这些观点，因而在土地改革中他很自然地迈进了群众路线的途径。

为了彻底完成土地改革这一历史任务，我们必须坚决地抛弃旧作风，学习新作风，变王元寿式的人民公仆为千百万。第一，树立明确的革命人生观及坚定的阶级立场，决心为人民当勤务员，反对在群运中看不起贫农、不要贫农、不发动贫农、不首先为了贫农的富农思想。第二，高度发扬民主，改造工作作风，凡事与群众商量，要善于启发与等待群众的觉醒。既不犯急性病，又不生慢性病；既不强迫命令，又不放任自流地踏实工作，从一人、一户、一组着手发动群众。第三，放下干部架子，到最“脏”、最穷、最“落后”的群众中去。

（《晋察冀日报》1947 年 7 月 27 日）

军爱民，民拥军

钢团到西线执行任务，×月十五日，到达崞县南×村，特务连电话班驻的房东，是个六十多岁的老太太，她守着三个儿子，只有三小子小两口与她住一起。

电话班刚驻到她家，她就把一切用具（碗、筷、盆子）藏了，整天价噘着嘴，代理班长苏秀元，晚上架线回来，肚子饿了，找她借个饽饽头吃，说明明天还给她，老太太很冷淡地回答："哼！我还没吃的哩，哪有你借的……"苏班长碰了个钉子回到班里，就把这事说了，当时大家纷纷议论："抗战好几年还没遇到过这样的房东！……"有的同志很是气愤。

苏班长立即进行解释，劝大家拿实际行动感化她。第二天早晨，全班把院子打扫得干干净净，水缸担得满满的。这样一来，先把她家儿媳妇感动了，她说："你们太好了！我们的院子从来也没有这样干净过，还给我们担水。叫他（指她的男人）担吧，你们走了一天路子，疲乏了，休息一下吧！"可是她的婆婆理也没理。

院里拴着一只大黑狗，好咬人，她要放开，电话员郑丑林劝她说："老人！你放开咬着人怎么办？还是不要放开好……"她把脸一沉，说："狗是牲口，咬人不由主。"丑林火了，大声地说："咬着我，非打死它不行。"苏班长听见跑出来说："丑林！你不要这么说，好好地给她解释才是。"他又耐心地对老太太说："老人！你不要放这条狗，当兵的出门在外，咬着是不好的，对你的面子也不好看呀！……"老太太停了一会才说："真的，圈起它来吧！你们在这里能住几天哩，咬着你们也不好看，圈它两天吧！"

郑丑林感到这样的老人太少有了，到街上和一个四十来岁的妇女

□起话来，她说："那老人是个别扭人。过去她大儿媳妇和她的大儿子感情不和，婆媳闹得挺不好，以后便离了婚。从此以后她就变了，常给人家钉子碰，村里没有一个能和她说到一起的，这人真是个'老鳖骨子'。"丑林回去把这些情形说了，班长就向大家说："没有争取不了的群众。大家耐心些，地里的活咱们不能帮她干，家里的事，该做什么就给她做。做得好好的，看她对咱们的态度怎样！"大家一致地说："对！下决心干下去，一定把她争取过来。"

这时，副班长张文林病了，班长领回点炭给他烧水喝，想拿炭换她一点柴烧，她说："我没柴火，你们烧了我烧什么？"碰巧她三小子回来了，一看这种情形就说："同志们！烧点水还说什么换不换哩，拿上烧吧！"将他妈叫到屋里说了一顿，出来就说："我妈年老了，同志们不要与她计较，实在对不起你们，你们太好了。"全班异口同声地说："没什么……"后来班长与别家换了点柴，给病号烧了水喝。她牲口圈里的粪，堆得满满的，苏班长看见了便领着全班给□出了，可是她也没哼气。

当天下午连里吃大米饭、猪肉菜，大家自动提出："每人少吃一两口，给她送上一碗，看她高兴不高兴……"

计镇同志便端了一碗给她送去，往回走时，老人也跟着出来，满脸笑容地说："你们吃吧！可不要给我，你们年轻人，够吃不够吃的……"苏班长说："够了，我们多着呢！"

第三天老人和过去不一样了，有说有笑，电话班刚下课回来她就给他们拉起了她的家常话，谈到她的大儿媳妇不好好过光景，离了婚，三个儿子分家后，光景不强。郑丑林和宋五妮、郝兵海就给她解释：说明民主政府的婚姻政策，旧式买卖婚姻不好，弄得婆媳不和闹不到一起光生气，老人连忙地点头说："媳妇不存心过，就是麻烦生气，八路军的政策就是强呀！"后来又给她宣传土地改革，说明这就是要使咱们这些庄户人有地种、有饭吃，老人高兴地说："我的儿子都没地种，这回土地改革，可能分给我几亩地！"

她经常给电话班烧甜甘草水喝，当部队出发时，她很抱愧地对电话班说："你们在这里，叫你们受了几天罪，请你们担当点，以后再过来，可到我家里看看，烧点水喝……我从来也没有见过像你们这样的军队呀……"（冀晋子弟兵报社稿）

（《晋察冀日报》1947年7月29日）

威震津沽的武洪游击队

吴群

在天津、塘沽、芦台三角地带的宁河县，有一支年轻英俊的小游击队，它生龙活虎般出现在敌人眼前，以坚韧的努力保卫冀东边沿区的人民土地，进而威胁北宁路，这支力量就是威震津沽的武洪游击队。

游击队是去年夏天蒋军进攻宁河时组成的，敌人用优势兵力按据点、“大围剿”，妄想消灭它，但这才白十几个人扩展起来的人民武装，却越打越大、愈战愈强，装备也越来越好。

当地铁路沿线敌方流传着两首歌谣：“在队不要瞎胡闹，出外不要乱打要，坏名传出不得了，武洪大队把你找”“宁受三年穷，不见大武洪”。从歌谣里也可以知道：武洪游击队是拯救人民打击敌伪的能手。今年旧历大年初一，敌人到杨福庄抢吃的，他们听说年也不过，一跑十八里赶上就打，毙伤敌人廿多，敌人把抢走的上供肉、馍馍和鸡蛋都扔了，还狼狈地扔掉十四个尸体。宁河伪保安三中队长崔国弟是人民最痛恨的，一天深夜，侦察员和一个班就出现在芦台市里，神不知鬼不觉地活捉了他，下了他的手枪。蒋记宁河县长王绍鹏，他是孙连仲的外甥，美蒋的一条忠实走狗，是率领蒋伪进攻解放区很疯狂的一个，他屡吃败仗受到美蒋斥责后，五月初，他集中一百多人，带了所有机枪小炮，进到金钟河两岸侵扰，抢割人民的芦苇，装备一百多只船，准备运到天津购买军火，扩大武装进一步屠杀人民。谁知就在那天夜里，武洪游击队就突然包围了所有船只，从芦苇中冲出的战士手拿卡宾式和机枪，由岸边向船上猛攻，敌人多从梦中惊醒，手足无措将头藏在船舱里，盲目抵抗。子弹把芦苇打得燃着了，在火烧战船中，绝望的敌人喊出交枪，战士迅速跳下船去，一共缴了十挺轻机枪、一捆捆的步枪。王绍鹏负伤跳下水去，两手攀着船沿，企图幸免，一个战士直截了当地赏了他一粒子弹，让他下河喂鱼去。一百五十多个蒋伪军，只光着身子跑了十三个。这歼灭战出色的地方是：他们除了无一伤亡外，竟以少数武器缴获超过他们所有的自动火器。据说事前王绍鹏曾屡次吹牛说："有我就没有武洪，有武洪就没有我!"这次真的实现了他誓言的后一半。

助蒋内战的美军对这游击队，也是感到万分棘手。他们曾不客气截获侵入我区的美军吉普车，四月初又炸毁美军助蒋内战的新河军火库，给反动派是沉重一击。

炸火车、打汽车，武洪游击队都是行家。敌人在北宁路上每隔四五里修下一个护路碉堡，但他们照样活跃。三月二十八号夜晚，在距汉沽二里许用地雷炸翻火车头后，工兵冲上去看见车头毁坏得还能修好，就又放二公斤油田药在电锅、电瓶及各线管结合部中，再次让它彻底炸毁。去冬到今春，他们先后在平津洋灰公路上截获蒋军运输汽车六辆，并缴获天津北宁护路司令部美式载重卡车。那次是在白天，事先他们隐蔽在席圈被盖的大车里，侦察员化装成车夫赶车在路上游荡，有人问车里拉的什么？他答："白薯。"卡车开来，大伙一跃而出，没费几粒子弹就坐上大汽车胜利归来了。天津的《大公报》《民国日报》经常登载有关他们的战报，但熟悉的人士都知道应从反面去看。

武洪游击队几乎每人都会浮水，都会使船，夏秋是他们在水里打仗的季节。战士因本地人多地形熟习，常以勇敢和智慧结合去大量杀伤敌人。如□坨伏击，他们是藏在路边苇垛里的，蒋伪军走近，突然猛击打他个落花流水，打得敌人以后出发看见草堆苇垛都害怕得直乱打枪。

我在武洪游击队待了半月，每当队伍转移一村，人民对子弟兵的亲切热爱真是难以形容。住到一个不常去的村子，队部门口总是挤满了人，男女老少都伸长脖子看，还打听着："哪位是武洪队长呀?"这位游击队领导者是个大高个子，今年才二十五岁，可是他已参加革命十二年了。他是陕西人，但他在冀东为人民解放已苦斗十年之久，他是一九三七年随邓宋支队挺进冀东最早的八路军之一，他先后负伤七次，有六次血是洒在冀东土地上的。他热爱这片土地，就是当日本投降冀东解放之时，上级调他去他区工作，他对这片土地仍是恋恋不忘。去春他又要求回到冀东来，来后就组织了这支游击队。

从武洪的历史里，谁也可以明白：为什么他那么坚决勇敢带领着他的弟兄们，去和美蒋反动派作斗争了。因为他亲身经历了冀东八年的抗日苦斗，所以他是特别珍贵今天已得到的胜利果实，他不能忍让这胜利果实被人抢去！

（《晋察冀日报》1947年8月10日）

革命军人的榜样吕顺保

逸峰

在“南海部”，吕顺保的名字又鲜明，又响亮。就像一面大红旗迎风飘扬，唰唰响。他对革命的忠心、他对战士的热爱、他的群众工作，样样是模范。他是人人称赞的一位好班长。

一、两重伤、难分辨

他走过一段苦难的路，他是从刀山爬过来。十五岁以前，他生活在人吃人的家乡——国民党统治区河南内乡县白河边的一个村庄。他全家都给姓王的一户老财当牛马。父亲在他家扛长活，母亲在他家当奶娘，他自己放羊割草。哥哥为摘树叶吃，上树摔断腿，残废了。两个妹妹都是刚生下就叫父亲闷死在尿桶里。——父亲这样残忍吗？不，他这样做，是拿刀割他自己心上的肉。他哭着，他向吕顺保说：“有你妹妹，你娘的奶就不够王家少爷吃的了。当不成奶娘，吃不上饭。……”吕顺保听了一边痛哭一边想：有老财，穷人就是活不成。

十五岁的吕顺保就被国民党抓去当兵。他是黑夜从羊圈被警察用铁丝拧着瘦够的小胳臂牵走的。父母亲提着小包袱，拿着几毛钱，哭着追了二十里，最后终被打回来。从此吕顺保就扛着和他一般高的枪，在国民党的十五军一九〇团五连当了娃娃兵。

娃娃兵，日夜受苦刑：连长的军棍鸡蛋粗、六尺长，天天打在他身上。队伍过黄河，进了中条山，一路都是十个人一串用绳子捆着，十个人一块吃饭，一块睡觉，一块□尿拉屎——等不及的只好拉在裤子里。离家更远了，日子苦难当，吕顺保成天想家，成天哭，他到底支持不住，病倒了。他偷偷给家里打了信，但回信却是姨母写来的，说他一家都出门逃难了。吕顺保哭红了眼睛，伤透了心……就这样熬了三年。

一九四二年春天，日本人扫荡中条山，整个国民党十五军不战而降，上万的官兵当了俘虏，吕顺保也被从阶级敌人的滚油锅换在民族敌人的滚油锅里□煎。又是整整的三年，他被日本人押着，从中条山到新乡，又到开封、到北平、到东北，再回到天津，每顿只吃十两高粱米，却被迫当最苦的“苦力”：下煤窑、挖仓库、修汽路、开坑道……他两次逃跑没跑成，被日本人悬空吊打，打得浑身没有一块好皮肉，腰里见了白骨头，死去活来有好几次。直到今天他身上还留着一道一道紫黑的伤疤，只是连他自己也不能分辨：究竟哪些是国民党打的，哪些日本人打的了。

日本投降使他跳出了“天津野战仓库”的囚笼。他随着一大群“俘虏苦力”到了北平，原想回老家，找父母，但国民党又把他们编起来，要他们开到保定，再重新穿起军装打内战。这时候，二十二岁的吕顺保，再忘不了才过三年的事。他跟别人一样，不愿再给老蒋当兵，替老蒋送死。他们一哄而散，都跑了。国民党又抓到他们，押他们上了火车直往保定开。最后还是人民解放军把他们搭救了：火车开到徐水北，地雷机枪同时响；火车停下来，八路军一喊话，他们就排队下车了。

吕顺保对八路军并不生疏，在中条山时听说过，还打过。那时被欺骗，也说“匪”。但在东北、平津和许多被抓去的解放区老乡一起干活，就纠正了这种认识。他听说：八路军，真心为穷人，帮助穷人大翻身。这样，他受了半月训，就第一个报名参加八路军。

二、战场上赤胆忠心

吕顺保编在营部机炮排里当战士。再一个时期的整训，使他进一步换了脑筋，明白了人穷不是命，都是地主老财剥削的。他决心刨穷根、打老蒋，跟大伙儿一齐把身翻。

去年八月，吕顺保第一次出现在集宁战场。他们班的一挺九二式重机枪，架在山头上射击敌人，连着打了七箱子弹，枪身都打红了。正在这时敌人进行了疯狂的反冲锋，离山头只有五十米，二营奉命转移。但机枪怎么卸呢？枪身是红的，烫得手都不能挨。吕顺保对革命太负责了，他听见敌人喊着杀声冲向机枪来，毫不犹豫地掏出手巾裹了打红的枪身。连枪架一起，把九十五斤重的整个机枪扛在自己肩上，冒着枪林弹雨，滚着跌着下了山。大家一看，他的手巾、衣裳都烧着了，两手乌黑，肩头烫起柿子样的大血泡。他烫伤了，累坏了，但他高兴地笑着，因为他最爱的重机枪没有被敌人夺去。第二天战斗，他还忍着伤痛，一直扛着枪身爬上十里高的山头。

当天黑夜，部队通过敌人封锁线，吕顺保又负责掌握十二匹牲口的胜利品——其中有三挺重机枪。他们随部队走了两天两夜，打了两天两夜，五架飞机跟着轰炸扫射，炮弹一颗颗落在他们身边。有好几次，牲口惊了，鞍架被掀下，重机枪反吊在马的肚皮上，赶马的跑散了，还一度跟部队失了联络……但是吕顺保完成任务的决心没有丝毫动摇。他一个人把驮着整个重机枪的鞍架不止一次地扛上了马背，他要大家解下绑带、皮带来，代替被马崩断的鞍带，重新把武器捆稳。他向大家解释："不要怕，敌人上不来，飞机没准头——不说五架，五十架也不要紧！"连续的战斗使他们不能吃一点东西，睡一会觉。他们拼命地走，鞋子都破了，扔了，最后终于打破敌人的封锁包围，吕顺保胜利地完成了任务。

第三天黎明后，部队在金黄的阳光里聚集。副营长李长海同志走到吕顺保跟前，他看见吕顺保两只光着的脚染满了血，禁不住流下了眼泪。他弯下腰，一边摸着吕顺保通红的脚，说：你真是好同志……

一边脱下自己的鞋，一定要吕顺保穿上。吕顺保接了鞋，看了看副营长，陡然想起五年前在国民党军队的情形，心一酸，眼泪也掉下来了。

去年十二月吕顺保被选为团的“爱护武器模范”。实际上，吕顺保已绝不仅仅是爱护武器的模范了。没有对革命事业的无比忠心，没有最大的勇敢，战场上的吕顺保能够这样吗？

三、战士的亲弟兄

吕顺保是战士的亲弟兄。

今年二月，机炮排成立了六〇炮班，上级提拔吕顺保当班长。全班两个老战士，两个解放战士，四个新战士，连他一共九个人。第一天吕顺保召开了谈心会。他拿出自己的津贴、烤火费，买了纸烟和花生。他说：“上级命令我当班长，我知识能耐什么也没有，论说带不了一班人，全靠大家帮助。咱们都是为人民服务，谁有多大能耐就使多大，会什么不藏着，互相学习，取长补短。”又详细谈了自己的出身、经历、个性，然后也让别人一个一个谈。这样，大家才来一天就熟了。

吕顺保对同志的关心是动人的。他把自己的衬衣、鞋袜、包袱皮多送了别人，自己连换的都没有。吃饭，他让战士先吃饱。他从来没吃过一块肉，同志们让他，他说：“我不爱吃肉，你们吃吧！”感动得谁也不愿多吃了。每次吃好的，大家都让着。行军，最重的东西总在他肩上。到一处，别人全睡了，他烧开了水，一碗一碗盛好，又打好洗脚水，才轻轻叫起大家喝了洗了再去睡。解放战士谢德山，行军累得躺在炕上叫不醒，吕顺保就替他解绑带，端上洗脚水，让他洗了又给他盖好被子睡觉。第二次吕顺保又替他解绑带，他再也不让了。礼拜天，吕顺保帮助大家洗衣裳，还拿自己钱买胰子买碱。他对新同志们说："你们在家衣裳哪用自己洗？我出门年代多了，什么都自己干，比你们会洗。"说着就夺过新战士手里的脏衣裳，让他们学习，让他们玩。

然而吕顺保，不是单从生活上关心同志们。正像他说的，他是"先从生活上暖住大家的心"。他更关心的是同志们在政治和军事技术上的进步。他们班里的互助组是最好的，不但在打炮组和弹药组之间有互助，在新老同志之间、解放战士和本地战士之间也有互助。六〇炮，在一开始只有两个解放战士会打，他提议在班的立功计划里订上一条：半个月，人人学会打六〇炮。他自己以身作则，虚心向解放战士学习，不明白就问，影响推动大家都来学，结果不到半月全都学会了。反过来，他又号召解放战士向新老战士学政治，换脑筋。

谁有一点优点，他就在会上表扬；有缺点，他就个别谈话，一次不行两次、三次……直到缺点克服。他说："人有脸、树有皮，谁愿当着众人被批评？"他将自己比别人，回想自己当战士时候、离家时候的心情：喜欢什么、怕什么、希望什么、想什么。根据这些他去关心同志们，体贴同志们。他了解每个战士的出身成分、思想感情、进步程度、身体强弱，就像了解自己的手指头，所以他分配战士的工作没有不合适的，他找战士谈问题总是针针见血。

吕顺保政治警觉性也高。他为了团结巩固他的班，向破坏分子"解放战士"赵××做了坚决无情的斗争。夜行军，大家都累了，赵××叹一口气说："唉，就是人心不齐，咱们要都躺在地上，就是不走了，当官的又有什么办法！还不是逼着他号房子住下？"吕顺保一听就不是好人说的话。他以自己的模范作用和教育工作，把全班团结在党的小组的周围，使破坏分子完全孤立起来。当赵××活动得最厉害，企图带人逃跑的时候，吕顺保和副班长以及另一个党员同志，每天夜里轮流不睡觉，监视坏分子。他们眼睛都熬红了，最后终于粉碎了破坏分子一切挑拨煽动的阴谋，吕顺保班更加团结、更加巩固了。

吕顺保牺牲自己的一切热爱同志、关心同志、帮助同志、保护同志，他是战士的好班长，又是战士的亲弟兄。

四、人民的好儿子

吕顺保是人民的好儿子。

他的群众工作是出名的，他是营部支部的民运委员，又是民运组长，他天天帮群众做活，向群众宣传，冬天起得早，夏天从不睡午觉。他的嘴和手，是他做群众工作的两桩宝，结合得好，运用得也好：说不忘做，做不忘说；边说边做，边做边说；先说后做，先做后说。他不但自己这样，还把班里的同志根据各人不同的特长分了工，人人都做群众工作。南线战役后，他又发明了随军广播筒，到处向群众宣传，一个月就广播二十七次，听到的群众有几千家。

在他们班，规定了一条：每到宿营地，放下被包就挑水、扫院子和宣传。有时过于疲劳，他叫大家先休息，三件工作自己都做了。凡住两天以上，就找村干部进行调查，请房东开座谈会，问有什么活做，生活怎么样；又打问过去驻军的情形，好的叫战士学习，不好的地方他代为解释道歉。

他做群众工作，出于真心，自觉自动，所以特别感动人。南线战役时，有一次部队走了一夜路，又打了大半天仗，直到第二天太阳偏西才到盂县东兰村。这里是阎占区。战士们又累又困又饿，倒下就睡着了。吕顺保找了房东。房东是个老头子，病在炕上，说什么也听不见，一个劲向吕顺保磕头作揖。吕顺保知道这不是用嘴的时候，就扶着老头躺下，倒给他一碗开水。接着又把屋里扫得干干净净，替老头把丢了的铁锨找回来，一看水缸是空的，挑起水桶又走。但是老头子跳下炕来抱住了扁担："老总，不打不骂就念佛啦，再给挑水，那世道不翻啦!”吕顺保满脸堆笑说：“老大爷，这是咱们常干的事。你上年纪啦，又有病，我去挑担水还不应当呀?”老人的头低下了，他难为情地说：“唉！实说吧，我也不聋，也不病；怕你们。假装的!”……吕顺保挑满了水缸，同志们多起来了，大家争先恐后地扫街扫院子，老头又把吕顺保拉进屋去，屋里多了两个人，一个是他老伴，一个是他闺女，都是刚从柴垛叫出来的。炕桌上，摆好了几碗热面条，硬要吕顺保吃。吕顺保一天一宿没吃东西了，肚里咕咕叫，但他知道老乡难，死也不吃。老头又把别的同志叫来，吕顺保一个个给他们使眼色，同志们谁也忍着饿，不肯吃。老头急得直跺脚：“真没见过你们这军头，请还不吃！二战区的（指阎军）吃了还要打人啦!”回头对他闺女说：“快叫你叔叔他们回来吧！跟他们说：‘活菩萨下世啦!’”于是不久院里来了一群人。他们一齐向吕顺保弯腰打恭说：“老总！我们是来伺候你们的！有什么事？要什么?”吕顺保站在台阶上，亲切地向众人说：“老乡们，弄反了！我们是来伺候你们的！八路军是老百姓的子弟，老百姓是八路军的爹娘！我们是替老百姓打仗、做事的队伍！……”他就把土地改革的主张，各地的胜利消息向老乡进行了宣传。全村的人再不怕八路军，都回来了。第二天队伍出发，老乡都拥在街头，拿着鸡蛋、棒子饼、纸烟……吕顺保班的房东老太太，两手捧着五个熟鸡蛋，眼里含着泪花走到吕顺保跟前：“同志，瓜子不饱，这是俺的心呀！……”但吕顺保没有拿，他谢了再谢，向老乡敬了礼，一转身就走了。

在另一个阎占村，老乡也跑了，只剩一个六十多岁的老太太，穿着又脏又破的衣裳在那里捉虱子。吕顺保亲切地坐在她身边，也替他捉起虱子来。老太太背上痒痒，自己抓了半天够不着，吕顺保又替他抓。有的战士笑话了：“哎呀，你也不嫌脏?”吕顺保说：“老百姓是八路军爹娘，儿子还嫌爹娘脏呀？我看你们就是说在嘴上。”老太太拍着吕顺保的肩膀笑起来："你呀，真是个大好人!"就亲自带着吕顺保，去把老乡找回来。

在徐水，我们住的一家房东老太太，说什么也不腾房。吕顺保不但不着急，反亲切地说："大娘，老百姓是八路军爹娘，我们来了，就是你孩子们家来了，你叫住哪里，我们就住哪里。我们哪怕住院里，只要你当娘的过意得去就行。"老太太还是不理。班里性急的同志背后说："这样人，非用尿浇教育不过来!"吕顺保瞪瞪眼："别胡说！越对落后的人，咱们越要做工作。要都那么进步，还要宣传干什么!"老太太儿子正往地里送粪，吕顺保马上借了两付筐，全班人一齐动手，一会就帮助送完了。他们背起被包要走，老太太急忙拉着说："全弄好了，快进屋去吧!"进屋一看，打扫得一干二净，炕上还铺了被子；桌上两个盆里冒气！一盆是红山药，一盆是绿豆汤。……这一来，街坊四邻嚷开了："日头从西边出来了。过去军队住她家，总要把人折腾走，今个怎么啦？也知道拥军了。真是变天了!"

还在怀来前线时，二营部帮老乡往地里送粪。但是找不到铁锹，很多人都要回去了，吕顺保挽了挽袖子伸出手，说："不要回去，这不是铁锹!"说着就不断用手把粪挖在粪筐里，叫别人一担一担地挑。……在我们部队里，帮老乡干活的事不是很平常吗？但像吕顺保这样的，实在不多呀!

吕顺保浑身流着穷人的血，他的心就是穷人的心。他保护穷人的利益，代表穷人的利益。在土地改革的讨论会上，吕顺保发言说：

"地主老财坑穷人，就是凭仗有二地！穷人没有地，一辈子翻不了身！现在穷人分地完全是应当的！有人说，清算斗争太过火，我说他没经过旧社会，不明白穷人受的苦！要和地主老财压迫穷人比一比，不光不过火，还不够劲呢！现在咱们解放区穷人都翻身了，我希望赶快反攻到蒋占区，也让咱们那里的穷人分地翻身！天底下，穷人多，地主万不抽一，有穷人拥护，咱们到哪里都能胜利……”

部队驻在西刘营，他就领导大家积极参加土地复查，向一切害怕变天的群众宣传，鼓励他们大胆参加斗争。

五、祝贺吕顺保

吕顺保，二十四岁的青年，经历重重苦难，今天在人民解放军已锻炼成优秀的共产党员和革命军人。南线战役以后，他又升为排长，立了特等功。我们向这一颗革命的珍宝——人民的功臣吕顺保同志祝贺！希望他更加努力，多用脑筋，发扬创造性，使自己不但对革命忠心，而且在战斗、带兵、群众工作各方面能有更多更好的新办法！

（《晋察冀日报》1947 年 8 月 12 日）

洗脸擦灰种种

苑丁　星火　林放　闻远

硬擦擦跑了

武强工作组到了东刘堤村，一不深入群众调查了解，二未对村干部进行启发教育，甚至连复查两字也不提及，开口便斥责村干部立场不稳，去年贪污斗争果实，……今天必须洗脸擦灰。至于立场怎样不稳？究竟贪污了多少果实？因没有调查了解，所以也说不出来。洗脸擦灰的意义，村干部也没法晓得。所以越擦人越少，擦不到两天村干部都不见了。

细擦擦好了

在束鹿双柳树村是这样做的：经过调查了解后，启发诱导，首先使村干部知道自己脸上有灰。“你们拿救济款当村差对吗？”“救济也是救济俺村，当村差也是当俺村的差，左右还不是一样？”“可是救济时谁落多？”“穷的。”“拿差时谁拿多？”“富的。”“这样是不是穷人吃了亏，富户沾了便宜？”“可不是，真是做错了。”村干部恍然大悟。“去年分果实时，水车、牲口、柏木棺材，贱价卖掉对不对？”“卖了大家分钱，便宜也是本村里，哪有什么不对？”“可是贫户连吃的都困难，哪有钱去买那些东西？结果还不是越贱越便宜了富户，穷户倒少分了钱，你说谁吃亏？”这样由浅入深，使他们开始知道自己脸上有灰该擦。

硬洗不如诱洗

宁晋八里庄村长，平日工作很负责，去年发动群众时也很积极，只是有些强迫命令。去年多分了果实，又借果实又借村粮，引起群众不满。复查开始，我们劝他退出多得果实，他说：“没东西，我着什么退？”态度强硬。后来通过表功忆功，并劝他在复查中继续立功时，他说群众不信任、没法干。问他为什么，他说无非嫌多分果实，爱吹人。后来和他商量用什么办法恢复威信，他自己说出向群众认错，退出果实。果然他立即把粮食背到贫农小组去，接着就进行了坦白反省。

上下一齐洗

深县县级干部复查出发前，先自己进行了洗擦，他们说村级干部有灰，县级干部就有灰，上梁不正下梁歪，这样精神一直贯彻到区村。晋县县府张科长在吕家庄领导洗擦时，首先自己反省说：“去年我的领导方式不民主，斗争还半生不熟就不辞而去，群众没翻透身，这一切应由我负责。”村干部们说：“县干部还这样坦白反省哩，咱们的灰更该擦了。”

洗净了光，洗不净脏

八里庄村长把粮食一背到贫农组，大家的气早消了几分。他又诚恳地坦白了一番。最后说：“你们若看我能改过，我就戴罪立功；看着不行，就另选。”群众齐喊：“一家人，没说的，还干吧！”吕家庄村干部洗擦之后，洗净了的，群众便立即表示拥护，说他是用开水净水洗的。妇会主任灰尘太厚，曾替地主隐藏过东西，但只坦白点小事，大错不提，因此人们就说她是洗脚水洗的，越洗越脏，叫她另洗。

下上齐使劲

武强南堤岸村武会主任张继秋，见工作组疏远了他，群众也不接近他，知道自己的错误必已暴露，整天坐在家中作内心斗争，曾为这事痛哭了三天。他的老婆也责问他："咱的日子可是全凭八路军才过好的，以先县里区里来了净住咱家，怎么这回不来理咱？你犯了什么错误吧？"由领导上与群众和他家庭各方的教育督促，他才决心坦白悔过，并动员儿子与地主的女儿离了婚。

大海里大洗

赵县七区，集合蜕化回家的县区干部四十二人，集体进行洗脸擦灰。从表功忆功、检讨到缺点错误，由小而大，由浅而深，进行洗擦。最后又宣誓今后立功赎罪，致力复查。二区、四区、七区也以同样办法改造了二百六十多个村干部。他们说："在小脸盆里洗，不如在大海里洗得痛快。"（新华社冀中分社稿）

（《晋察冀日报》1947 年 8 月 20 日）

王元寿自述

子野 记

我今年四十五岁，家在平定一区郝家庄。因为家贫，娶不起媳妇，现在还是独身汉。没有念过书，文化低，不识字。从小家里六口人：爹、妈、弟兄三人、姊妹一。

养种四五亩“干骨”地，一家六七口人不够吃，租种人家八亩。租八亩代两亩，交租要交十亩。一亩交三斗五，十亩就是三石五。年年吃官谷（义仓），一石还一石二。地不强，好年景打四石谷、两石玉茭。赶到秋天盘盘租，还还官谷，只丢下石数来玉茭，冬天全家喝糊糊。

租地租重，有时打下的谷不够交租，少交一斗，租贴就送回来。父亲就得去给人家说好话。和财主家说话真难，去早去晚都不沾，挨骂受气也得受下去，短租子借借也得补上。掌柜的红胡髭，我们小时赶着叫爷爷，那东西一发脾气，我父亲就给他打上一壶酒，烫热了跪着送上去。我父亲是个老实人，省事，不敢惹人。

我九岁上给人家放牛，赶上十五六岁就开始扛长工。民国九年遭下荒年，我那时十八岁，家里光景不能过，父亲走荫营，我去寿阳要了一冬饭。

从九岁算起，我扛长工扛了三十年。在旧社会里扛长工的实际上是门里要饭的。一年到头只吃人家五顿白面：过年初一、十五两顿，六月六一顿，七月十五一顿，十月十五下工一顿。人家锅里一边放的是白面馍，一边放的是窝窝，筷子伸下去就只能插那黄的，不敢去动那白的。

一天干活两头黑，早上天不亮人家正睡得香，咱们扛长工的就得起来啦，吃过晚饭别人都去歇了，扛长工的还要给人家推磨、担水。扛长工的中间流行着两句话："天雨不要晴，天黑不要明。"其实天雨天黑也不能歇。

乡下人逢年过节，谁不爱听个戏，可是扛长工的就不敢多看，看多了怕第二天起不来。

赶上秋收一完，关了场门，戴上一顶破帽，夹了几件破衣服回家。有钱的关了场门准备杀猪宰羊过年，穷人们忙着要饭。

我那时相信穷是命苦。

民国二十七年抗战以后，村上成立了工会，第一次叫害怕，没有去。第二次叫看见别人都去了才敢去。后头工会选上我顶主任。那时看长工一年赚三十元，顶多也不过四十元。小米价是八块钱一斗，三四十元只能买四五斗。县上工会主任来说工资太低，要增加，扛长工的齐心和掌柜的争，胜利了，增到石数来米。心想这可不赖，开始认识到共产党八路军确实能给穷人办事。

还在事变以前两三年传说西边出现了神兵，一打就没有了，一不打就有了。我心想：那是怎的？事变后才知道那就是八路军的前身——工农红军。

我脑筋里考虑着：八路军力量虽还不大，可是顶事。

民国二十九年参加党。我顶村工会以后又顶了一年多抗联主任，日寇投降前提拔为小区委员，又顶了一年区工会主任，去年才调到县工会上来。

顶小区委员时工作中碰过一次钉子。前年七月派我去张家井扩军。村干部能力比我强，文化比我高，瞧我不起。他们要捆放羊工人，我说不沾，村干部和我生气，说我破坏扩军，打击我。我给人家道歉一顿，心里很受委屈，可是我没有垂头丧气，回到区上把事情说清楚。

我做工作也记着几个条条：不要贪污，不要腐化，不要爱人家的东西，不要欺负好农民，不要乱搞男女关系；起模范作用，牺牲自己。

以前有些干部下去，一钻就钻到商号里、好房子里去，总想弄点好的吃吃，住得舒服些。我和他们在一起很不习惯，看到他们那样亲亲热热，有说有笑，我在一边拘拘束束，插不进去，也不想插进去，找个空子溜走，走到穷人家去吃、去住。和穷人在一起，什么也能谈，无拘无束，像回到家了一样。我老是觉得自己是穷骨头，不懂得享福，只会交接穷人。人家递给香烟，自己掏出旱烟来抽，不去动那。

以前我也不知道这样做对不对，也不知道什么叫群众路线，这次在县上开了会才知道了一点点。

报纸上登了介绍我的文章，上级又提出号召向我学习，这真是我梦想不到的，又高兴，又感到肩膀重了，以后更要好好努力学习，特别是学文化。我常常感到没有文化的痛苦，只是年纪大了，怕学不进。

（《晋察冀日报》1947年8月23日）

"单怕遇见旧朋友"

——一个煤矿工人的诉苦

若虹

爹是在煤窑里烧死的，爹死时我才八岁，娘哭着对我说："你长大了再也不能干这营生呀！就穷到死吧，再也不能下窑呀！"

好，不下窑！不下窑！等到娘泥一把水一把把我养大，做官吗？不是。开店吗？也不是。路只有一条：下窑，还是下窑！你不下窑除非你不要吃的，你要吃的你就得下窑！

爹是在宝盛窑上动弹，爹刨炭。一天，炭窑里起了火，爹来不及跑，遍身烧得乌黑，别人把他抬回家才断气。按照窑上的规矩，工人死在炭窑里的窑上给衣衾棺木，爹是抬回家才死的，窑上就什么也不给了。

我自小就拾[铁]拾炭，十三岁就给人装炉（注一），二十天挣五百钱，那时六块钱一斗玉茭，后来涨到十七八块钱一斗。粮食涨了，工钱没有涨，我挣的钱养不活娘。娘是讨饭把我养大的，我长大了难道就不该养活娘！只要能养活娘，我啥也得干，好，想来想去，我就跑到三矿去下窑。

爹是在窑上烧死的，照理，爹背过的害我应该躲过，我总算没有烧死。可是变成了残废，害得我这半辈子不能动弹。这就叫作"卖×老婆洗了手，单怕遇见旧朋友"。谁是咱的旧朋友？穷呀，没地呀，没吃的呀！

我记得是九月二十九，是事变后第三年，我在窑上值夜班，又打连班，累得慌。我下窑去推车，看见那个叫作后藤的日本鬼站在那里，手里拿一根羊角锤锤（注二），心里怕得慌。我想：就多推几回吧，免得受洋气，就急急忙忙走，走到窑底，脚不留心碰在车轮上，痛得不能再走，我刚叫别人替我推，身子还没离开，忽然哗啦啦一阵响，从上边煤层上落下几块大炭来，我一弯腰，炭恰恰打中我的下半身，我大叫一声，就晕过去了。等我醒过来，已经躺在窑房里不能动弹，腰和腿都打坏了。我叫人家不要告诉我娘。过了几天，娘也知道了，她跑来看我，一进门就大哭起来，娘说："我说过你再也不能下窑呀！……"我眼泪吞在肚子里：我何尝不知道哩，不能下窑！不能下窑！谁不知道这是卖命的营生哩，只是为了穷呀，没地呀，没吃的呀！

在窑上受伤的工人前前后后数不清，我受了伤，谁管我！我说，抬我去治治吧，没人抬。窑上只雇一匹驴让我骑回家，另外借我十斤面、二十块钱。我一共打了十八个工，每个工三毛钱，后来算账，光骑驴就扣了我五块！我说人都打成残废了，骑骑驴还要花钱吗，谁睬你这话。结果我倒欠下窑上的钱，我还不起，窑上就把我二舅的工钱扣了。二舅也是个讨吃要饭的，好容易顶上几天工，倒给我赔账，你说资产家狠心不狠心！

回到家，叫了一个放羊的来医我，医来医去，还不是一个残废！我再也不能动弹了，再也不能下窑了，这回真的洗了手，手是洗了，旧朋友还是离不开，反而靠得更近了。

唉！以后的日子……我告告你们：又是娘讨饭来养活我！娘六七十啦，她讨饭来养我，我一看见她提个篮篮走回来，我就想哭！娘把讨来的递给我说："猫儿（注三），我吃过啦，你快快吃下吧。"娘越催我越不能吃，我怎么能吃呀！我怎么能吃呀！炭窑吃了我爹，又吃了我的腿，我落得个没吃的，现时让我来吃我的娘，我，我……我怎么能活下去呀！

一天，我趁娘要饭去了，偷偷地喝上半碗黑□，等死！肚痛了半天，拉了好几阵黑水，偏偏不死，同院的有人在问：“谁在茅房里倒了黑水？”我躲在屋里不敢应，唉，穷人连寻死也是丢脸的呀。

顽军来时，人家都走了，我不能走，不走也不沾，就搬到这边人家的空炉窑上来住。住不几天，房东就对娘说：“又丢了东西啦，又丢了东西啦，你见过不？”唉，我想和人家闹一场，可是没有气力，落得别人说你没偷何必心虚。人穷就惹不起人，只好忍气吞声。

这回八路军解放了咱这地方，清算了地主，改换了朝代，穷人当了家，我分得了两亩地。头一天，我就拿把镢头一拐一拐到地里去，我举起镢头，心里在想：“旧朋友，这回就请你滚蛋吧，这回就请你滚蛋吧！”

（注一）装炉就是给制铁锅的炉窑做工。

（注二）日本人用的手杖，鞭打工人的东西。

（注三）长辈对后辈的亲昵称呼。

（《晋察冀日报》1947年8月24日）

立功运动中的晋察冀军火工人

良辰

前线的每一个胜仗，对于我们的军火工人来说，那一种高兴是不同于一般人的；他们都在想象着自己亲手造成的炮弹，如何由炮口里打出去，打在敌人的身上，打死了那些鬼东西，解放了人民……

在为人民立功、准备大反攻的浪潮里，晋察冀的军火工人，以工人阶级无比的热情和毅力投入了这一运动。他们自动降低了自己的待遇，慰劳前方，增加工作时间，尽力提高生产效率，节省原料，减低成本……一切的一切，都是为了一个目的。

工友孙照禄的快板，表明了大家的心愿：

“……你生产多来我也赶，人和人来股和股，

都提竞赛和挑战，大家热潮直上升，

你如飞来我似箭，质量数量提高了。

又快又好出炮弹，咱的炮弹出得快。

老蒋越快进棺材，叫同志，加油干！

前方大炮要吃饭，早一天打垮‘蒋该死’！

解救人民出火坑……”

一、多么惊人的成绩！

上级给了完成股这样一个任务：“在十天当中，要完成××箱以上的炮弹。”这任务，对于现有的工人数、生产效率等条件，几乎是绝对困难的事。可是，天大的困难，难不倒工人阶级的革命热情和毅力。五天过去了，完成的准备工作还差得不少。一天，又一天，时间飞快地过去。人们忘记了是在按步做工呢，还是怎么着做呢？限期的

最后一天，随着工人、干部、职员愉快的心情，××多箱敌人的干粮（炮弹）完成了！

二、两个单调的数字

在“车”一种零件的时候，几个小伙子干上劲来，董国奎努努劲，完成估工百分之三百，另外还有二十个半成品。王振海完成估工百分之三百二十，刘俊臣又完成估工的百分之三百三十，刁健则完成估工的百分之三百九十。

另一种零件，原先最高为估工的百分之二百五十，魏广卿赶到百分之二百六十，病刚好的张玉彬，则完成估工的百分之三百一十。

三、“唱唱我的压力机！”

压弹翅子，现在的手搬压力，和宣化时候电动压力的估工数相等。工友鞠克俭、孙照禄干了一千七，又干到了两千，完成估工的百分之二百五十。

他们写了这样的快板，歌唱他们的宝贝：

“你这压力机，真是好宝贝，我要想立功，完全靠着你。

你要好使唤，我的心欢喜，你要有了病，我的心发急。

牺牲了午睡，加个义务工，给你来治病，给你来修理。

望你的身体，灵活得无比，多多来生产，多做点炮弹。

打垮那蒋贼，胜利早实现！我要立了功，咱俩都光荣！”

四、一个月是四十一天

猛一说，你一定奇怪，为什么三十天会成了四十一天？

工友谭永镜在一个月内加义务工七十六小时，他的动力机开得真好！有一次火伤了脸，听说动力出了毛病，带着病去修理好了。

他的助手李万明，是全厂加义务工最多的一个，共达九十九小时，他好几次都是一清早进工房，半夜里才回去。平时他每天都多干四五个钟头的加工。这一个月下来，他的日历不是卅天，而是四十一天。

五、也是“轻伤不下火线”

就像是前方的“轻伤不下火线”一样，在生产战线上，工友们也是这样。工友张永义为保证全厂动力的使用，他帮着摇把，摇把飞打在他脸上，牙打掉了，嘴破了，血流着，他仍在紧张地工作着。

重伤号柯玉河，痛苦地挣扎着帮助糊翅子，尽管干部怎么劝他休养，但有一种什么力量在鼓动着他，偷偷地也要去工作……这样的太多了，举不清的例子。

六、他们不是为病而哭的

工友们一旦病了，那就是再没有的难过了。他们不是为了自己病倒在床上，主要的，他们的心在工作上：想着自己的生产任务，想着因自己病了而加重的别人的负担。当赵良柱、刘杰这两个小工友病到不请假不行的时候，他俩都哭起来了，厂长安慰了他们，但他们更难过得竟大哭起来。常常有这样的事，刚在厂部里请了假，但工作室里立刻又发现了他们的影子。

七、女工们例假不休息

在这里的劳动保护条例上，女工们每月照例有三天的假期。通常她们除了休息外，还做几件针线活。从女同志的生理特点上说这是完全合理的规定。但在这紧张的火热的立功运动中，她们，如像李志辉、曹瑞芳、刘素梅、姚佩君……好多好多的女同志，都自动地在例假期中加工，而且是义务加工。她们的全力为人民、为战争服务的革命热情并不落后于任何男同志。

八、十九个人、六百四十九万

记不清的劳军数字就不说了。这里是十九个正在为安装新的机械而紧张工作的同志的来信，内容是这样明了："……我们以高度的热情紧张工作着，准备大反攻，支援前线，干净、彻底消灭蒋贼和四大家族专制的政府，为了人民立功……"这就说明了一切意义，你也许觉得这很"俗"了，好同志！不是的！这是成千上万工人阶级的意志，这是个一致的意志。六百四十九万元交到了前方。像其中的岳致中、岳致和小哥俩，一个献了一百二十万，一个献了一百万，这几乎是他们全部的积蓄。在他们心里旋转着的是："自己的亲人，自己的同胞，仍然在水深火热中。"早一天解放吧！早一天！早一天吧！

九、保卫工厂、抓住特务

这里虽然不像前方，但工友们都有着高度的警觉性。青年们在做完工之后，挂一条枪，厂子周围走走。工友侯明民捉住一个向工房投石头的家伙。运输队的工友，抓住一个傅作义派出来的装疯卖傻的特务。一切实情供认了。厂子安全如常。

十、充分利用机械的效能

在劳动强度达到一定程度时，再想提高现有的水平，那只有再让机械的能力来帮忙了。在这里，天才的创造不断地涌现，工友们研究了带滚珠的自动钻头，研究了"车"弹带的刀架，使用了并排刀，研究了专门引信头车床，使学徒也能熟练地生产，研究了尾管堵头刀具，研究改进了切口机……机械的效能在进一步地发挥着，生产的数量和质量在大步提高着。

十一、一股劲，一条心！

为了完成一个紧急任务，得到工人的同意后，礼拜日照加义务工，干部、职员们带着干了些不是技术性的工作，厂长、秘书、工会主任、科长、股长、材料员、司库员……忙个不停。不一会，一个慰劳队出现了，抬着瓜、桃、香烟、糖、绿豆汤来了。这是干部职员们节省下来的伙食费。他们在慰劳工友的辛苦，工友们感动极了！这两天——胜利完成任务的时候，一个喜气盈厂的团结大会束紧了人们的心。

就是这样，晋察冀的军火工人在完成自己的光荣的任务，他们知道祖国和人民需要什么！他们知道自己的父母兄妹命令了自己的是什么！他们像是一把铁锤，这是击碎蒋家小朝廷的一把铁锤！胜利的远景已经在望，再进一步地行动起来吧，伟大的工人阶级弟兄们！

（《晋察冀日报》1947年8月25日）

我的朋友陈全

李亚东

我下决心交陈全做个朋友。

陈全今年四十岁了，家里有四口人，有一间半房子；过去有四亩四分地，去年土地改革，他又分得胜利果实六亩地，这样现在他一共有十亩零四分地。他还喂着两口小猪，以外就没有别的财产了。他从十三岁就给人家扛活，直到去年分了地才不扛活，只是时常给人家打个短工，可以说是劳而久苦的人了。

最初，我和我的朋友下地去薅苗，那时候我心里很不踏实，和朋友生活在一起的决心还不大，处处都有些勉强。干了半天活，晌午了，我朋友的态度并没有什么变化，也没表示什么亲热。到晌午吃饭的时候，他说："同志，下晌见吧。"就走开了，也没叫我跟他一起去吃饭。我往回走，一面自己想：为什么他不和我说知心话呢？后来我才检讨出是我自己未从思想上下最大的决心和努力，去帮助他解决困难。

下午我到地里帮他薅苗，他说："同志你又来了。"我说："不但今天来薅苗，你的地不薅完，我总给你薅。"他听了我的话笑着说："同志！你们都是这么勤，不像我们村的农会主任，那家伙不但不肯干，还欺负我们穷人，独吞胜利果实。"

这天下午，我不去多问，只是一个劲儿地干活。

第二天我们见面时，他的态度就和往日不同了。他说："我今天告诉了你大嫂，晌午到家里吃饭去吧，咱们做的是小米菜干饭。唉！就是我的房子太不好，也没有个蚊帐、竹帘子什么的，黑夜间咬得太厉害。要不，你就搬到我那去住。"我说："中！我就搬去住。"

这天，天气燥热，全身都是汗水。在地里干着活，他告诉我说：“这个天气下地还不算苦哇！那些年，我给南下庄子扛活，五六月间下地耪苗、锄草，都是送饭吃，怎么热的天气也得挨着，东家连个树阴凉也不叫你去。把我热得没法，只好在地下泼点凉水，用脚踏着吃饭，不然，就吃不饱。”

从这天起，我就搬到朋友家去住了。每天晚上我和我的朋友商量着地里的活计，感情就越发接近了。有天，在地里干活，他说：“咱们俩人，不分里外，今天我把我有生以来所经历的苦事都和你念叨念叨，我心眼里好痛快。”接着他告诉我说：“我十二岁那年，父亲死了，只剩下我们娘四个。每天都吃些山里的野菜、河沿上的杂草，有三个月没见一粒粮食，全身都肿了。到村里赵财主家去借粮，人家不借给。后来我娘和卖豆腐的商量好，用柴换豆腐渣，这才算是过着好日子啦。”

“十六岁那年我给人家放猪，只管吃，不给工钱。头一天吃的是高粱米干饭，真是几个月没看见粮食，那饭真香呵！第二年赵家看雇着我便宜，就不叫我到别人家去干活，到他家里去挑泔水喂猪。那时候我身上没有力气，他非叫我挑不可。有天，一个不小心，被井沿上的辘轳把我打到井里去了，虽然水浅没淹死我，却把骨头摔坏了一根。姓赵的不管这些，还叫我出去放猪，骨头痛得厉害也只得挨着，真是一点人心也没有。提起来姓赵的缺德事多着哪。他们在遵化城里开斗局子，小斗出大斗进，不知坑害了多少人。”说到这里，我的朋友小声对我说，“这话真是上不传父母，下不传妻子。今天我就跟你说了吧，民国三十四年，有一个爆炸组员，被我村农会主任兄弟两人勾结卜子店敌人，把这位同志给捕去啦，在大集上把人崩了。卜子店的汉奸团长姓谷，和赵家同过事。那时候农会主任给敌人送情报，和赵家都有来往。”

我帮我的朋友把地里的活计做得差不多了，昨天才岔完青。这几天里，有一件事使我感动。那天做完了活，我的朋友也累得差不多，他在地北头，我在地南头，他的鞋放在南头地边上。他说：“亚东，你把我的鞋拿来，我穿上。”我就把鞋给他拿过去了。他又说：“我先不穿，你给我拿着吧。”我想：“他真不把我当外人了！”（《冀东日报》）

（《晋察冀日报》1947 年 8 月 28 日）

树叶掉下也怕打破头

——白泉复查访苦故事

石文臣 口述　王子野 笔录

我们到白泉的第二天，决定深入贫苦户，分头访问穷人。在我们到以前，村干部老早布置好了，挨门挨户通知，不叫群众和工作团说话，谁说错等工作团走后和谁算账。群众果然害怕，见着我们像老鼠见着猫，怕得不行，不说真话，甚至连谁家穷也不敢说。王元寿同志开始也是碰了钉子，最后才找到瞎牛。

我也在街上乱跑了一天，一点门也摸不着，后头在街东头问到一座院子，住了三家，心想这塔的农民光景好点的都是一家一院，一院三家，其中必有苦人。走进去第一个见到的是刘牛毛。

牛毛看去有五十来岁，背是驼子，眼睛半瞎，穿得赖。一眼看去就是个受苦人，心下很高兴，这下可走对了。

说起牛毛的一生，真叫人伤心落泪，他那背驼得很怪相，和普通的驼子可不一样，右边高左边低，像块扭股糖。不是娘生下的，也不是一下受了横灾残废的。他从二十一岁上就给人家拉磨，整整拉了三十一年，白天拉、黑夜拉，拉着拉着就拉成了这个怪样子。拉磨拉久了，离开磨盘几乎不能走路，一走就摔跤，眼睛也半瞎了。只差还有一副人的脑袋，还多一张嘴会说话，不然就是一个两脚驴。牛毛一生的历史，也是由人变驴的历史。

我一见牛毛就告诉他想搬来住。牛毛结结巴巴地说："咱一辈子没惹过人，树叶掉下也怕打破头，你想住，同村干部说去。"

我去找了财政，财政说："可不要往那里住，白虱跳蚤咬得受不住。"我说："你别管我白虱跳蚤咬不咬，我看那房子就顶好，你给我说说去。”

我住是和牛毛一条炕，吃饭是派在刘喜和家。老刘也是一个贫苦老汉，一辈子装炉、下窑、租种地，也要过饭。

住是住下了，苦人也找到了，可是人家不太高兴，爱理不理，问两句也答不上一句。他们躲我，看我在家，把门一锁走了。吃饭单另给我做好送来，叫他们一块吃，他们不。

我瞅着他们在家，跑进去望望水缸，看见水不满了，告老刘说："挑担水去。"喜和两口都说："不用，不用。"我手快脚快，已抢了水桶出门了。有时也给扫扫地，喜和他们看见我这样，过意不去，也倒上几句，不谈要紧话，只谈日常生活上的琐事。

想帮老刘锄地，老刘硬不答应，锄头拿起了还给夺下。我从旁面去打听老刘的地在哪塔，等他走了以后，一个人蹓蹓跶跶，绕了几个弯寻到他地里。这时老刘再不好意思拒绝了，只好让我帮他锄。

这么住了几天，惯了，逐渐建立起感情。吃饭也在一起吃了，也不故意锁门躲我了。

牛毛和喜和比起来，牛毛更老实，更怕事。睡觉时想引他谈再也谈不起，他睡他的，我睡我的。我想先突破刘喜和。一次和老刘叨拉，口气中露出对上次改革分的东西不满，穷人分的尽是破烂的，好的都给干部分去了。他还把分的几件烂衣裳拿出来给我瞧。

黑夜去了个人，悄悄叫他谈了谈。第二天他见了我再不谈了。我怀疑是昨夜去的人破坏了，一打听，那来的是顽军在时的间长。

我问老刘为什么怕村干部，他回答："干部有权有势，咱可惹不起。"我说："干部的权势是群众给的，群众选出干部，交给他权势，是要他给老百姓办事，他要拿着权势欺压老百姓，那可不沾，老百姓可以撤他的职，收回他的权势。"老刘听说可以撤干部，将信将疑，问我："可是真的？"我说："怎的不真。我们来就是给群众撑腰，对谁有意见都能提。群众说怎办就怎办。”

以后和老刘一块锄地，我问他：“上次斗争是怎的?”老刘说：“看你们调查来调查去，就没调查出上次的事。告诉你罢，上次的斗争是假斗争。地分了不敢种，衣裳分了不敢穿，给人家好好存着。人家说八路军在不久，顽军来时还叫退回去。”

牛毛看到老刘敢和我谈，他的心也动了。以前和牛毛叨拉，总说吃人家现成饭，有什么苦?黑夜睡觉时，他谈出过去拉了几十年磨，没过一天好日子。没面磨就出去要饭。那年去下白泉要饭，没有要饱，天气又热，回来走到半道，看见一片萝卜地，挖了一个萝卜，一下给人家捉住了，地是财主家的，罚不出钱，吊起打了几十扁担，以后决心饿死也不挖萝卜吃。旧社会没咱穷人的理，吃一个萝卜就要受这样的罪。

在训练班上诉苦，喜和和牛毛对红胡须都提了不少意见。牛毛也敢提意见，大家都很惊奇，谁不知道牛毛是个最老实本分的人，树叶掉下也怕打破头。其余的人看到牛毛敢提，胆子都壮了。

（《晋察冀日报》1947年8月30日）

纪念“九一”贯彻为人民服务的精神

新华社

【新华社陕北三十一日电】今天我们解放区的新闻工作者，正以百倍奋发的精神，来迎接本身的节日。在这一天，我们应该检阅本身的队伍，计划如何提高我们的业务，磨砺我们的武器，以便更有效地服务人民、服务爱国自卫战争、服务土地改革与战胜敌人。在这一天，我们对蒋区那些被独裁卖国政府拘捕的新闻战士，和那些藐视敌人残酷迫害而始终坚持祖国独立、和平、民主事业的新闻同仁与侨胞记者，遥致恳切的慰问与战友的敬礼。为着我国人民新闻事业，我们解放区的新闻工作者愿与蒋区和海外的新闻先进同仁携手前进，共相策励。

表现在新闻领域方面犹如表现在其他领域方面一样，解放区与蒋管区是截然不同的两个世界。虽在爱国自卫战争的战时景况下，解放区的新闻事业正在欣欣向荣；而充满卑鄙颟顸、人兽同列的蒋管区新闻事业则正备受摧残，凋零枯萎。独裁卖国贼最惧怕人民的正义呼声，目下蒋管区容许存在的就只有四大家族的各种御用报、党棍的通讯社与法西斯化的报章，和少数自命为自由主义的如《大公报》之流，而实质则是小牢骚大捧场的帮闲报纸，并被用来作为镇压、恫吓和欺骗广大人民的工具。在我们解放区则呈现另一种完全不同的图景，人民享有完全的爱国的言论自由，民营报纸（单哈尔滨就有七家）未受任何限制，而且得到了民主政府的种种帮助。我们的新闻工作日趋发展，同时获得广大人民的衷诚爱护，这是因为它具有如下的特点：明确的人民的立场，为人民服务的极负责的态度与实事求是的作风。唯其如此，我们的新闻通讯事业成为人民解放运动中一个有力的思想教育与思想战斗的武器。经过八年抗日战争和两年爱国自卫战斗的锻炼，我们解放区已建立起一整套为人民服务的通讯社、通讯网和报纸，由各个大战略区的对开日报起到各个分区的四开日报，县的铅印、石印或油印报，村的黑板报以及部队、机关、学校与职工会的铅印、油印报或手抄壁报，而围绕和供应这些报纸的是广大的各方面（由农场到作坊、由城镇到穷乡僻壤）的通讯网。在爱国自卫战争的火线上，我们的记者正在和解放军的战士一同冲锋陷阵，而已经有不少记者流血牺牲成为我们的英雄。我们的新闻事业就这样得到广大人民的衷心爱护和支持。由于共产党、解放区和人民解放军今天已成为全国人民希望寄托的所在，我们解放区的新闻事业就不仅反映和指导解放区的工作，不但与反动派进行全国性的紧张的宣传斗争，而且已经在全国政治生活中占了十分重要的地位，经常影响着中国时局的演变，影响着世界舆论的动态。可以说，解放区新闻事业的伟大成就，乃是中国人民新闻事业的光荣与模范。

自然，解放区新闻事业的这种成就绝不是轻易得来，它的每一步都印着血迹，都经过艰难困苦的奋斗；它之具有如此壮大的规模、求实的作风和坚强的气魄，乃是因为它一直在毛主席的感召与旗帜之下奋斗的。毛泽东思想最突出、最具体地反映在我们新闻事业上的，就是始终为人民服务的精神。抗日战争时期，国民党所有的报纸敌踪未至已望风而逃，非依大后方的安全城市便无法存在。可是，我们的新闻工作者在这时候却向沦陷区挺进，深入敌后，在战争环境物资奇缺以及敌寇残酷“扫荡”“清剿”的情况下出版了百数十种日刊，创造了并扩大了人民的通讯网。我们的新闻工作人员与敌后农民同生死、共患难，一同呼吸，一同战斗。这样，我们终于学会了如何克服困难，如何将最新式的宣传技术在最缺乏和落后的农村环境中运用起来。这证明我们的新闻工作者不但没有被当时的困难所吓倒，反而因为他与人民在一起经受长期的锻炼而有了更明确的立场，有了更丰富的生命力，并因而更虔诚地捧其全部精力献给农村，献给占全人口百分之九十的工农大众。这种始终认真为人民服务的精神就使我们的新闻事业面对着一片无限辽阔壮丽的远景。在这“九一”节中，为增加我们新闻工作的力量，我们向解放区、蒋管区、海外侨胞的记者同仁号召，大家都来学习毛泽东思想，努力成为毛泽东旗帜下的优秀战士！

我们解放区的新闻工作者是已经经历了和正在经历着思想上的深刻锻炼的。由八年抗战、日本投降到爱国自卫战争的过程中，民族统一战线，已因美帝国主义代替了日本帝国主义和蒋介石代替了汪精卫，便由包括蒋介石改变为逐出蒋介石，并为结束这个反动统治而奋斗；同时我们的土地政策也已由减租减息改变为平分土地。因此，全国的形势变了。由于百分之九十的农民正在经历着大翻身的解放，复杂的新问题与大量的新事物出现了。在这时候，我们的新闻工作者在思想上就必须：第一，彻底肃清任何与蒋介石反动集团和平共处的思想，在这伟大的爱国自卫战争中坚决站在人民方面，敢于为着葬送人民公敌蒋介石而牺牲而流血。第二，坚决为农民、为彻底土地改革与消灭封建剥削服务，坚决为维护农民的利益而斗争。土地改革运动与爱国自卫战争对于我们全中国的新闻工作者都是一个思想上深刻的锻炼，我们号召每一个同仁，无论是解放区的或蒋管区的、国内的或侨胞的，都要在祖国土地改革的大浪潮中、在彻底结束蒋介石卖国统治的大事业中深刻地检查自己的思想与立场，以便进一步贯彻为人民服务的精神。

我们知道解放区内的新闻工作者在如何贯彻为人民服务的工作中间还存在着许多的缺点和弱点。特别是在土地改革运动过程中，我们的工作甚至思想还落在现实的后面，还未能完全与群众打成一片，因而未能在报导群众斗争中间发挥应有的作用；个别的报导甚至还与事实脱节或与事实相反，我们的队伍中还存着许许多多“客里空”。这种现象值得我们严重警惕，我们必须严格检查我们的工作，看它是否符合和贯彻群众路线。同时，我们在思想上还须克服如下两种错误的偏向：一种是认为新闻事业唯有依靠少数的文化水平高和写作技术好的干部才办得通。这种错误思想的存在就是我们某些地区的新闻组织对艾柏一流干部尚加留恋的原因，这种想法必然使改造现有的新闻干部成为困难；而另一方面，所谓写作技术就更与群众脱离，鼓励了新式科举，抛弃了基本群众，形成产生“客里空”的社会根据与封建残余堕落文人的防空洞。如放任这种偏向，我们的事业就会退化而脱离了人民。另一种错误偏向则认为新闻事业可能超乎任何历史性的社会化变革之外。就是说，在土地改革运动中它仍然可以运用其原有的百年不变的陈旧的机构、作风和通讯方法来工作。必须明白土地改革正在改变着整个中国社会，我们的新闻事业在土地改革运动中当然必须加以彻底改造，特别是我们的通讯工作必须依靠基本群众中和群众不断生活在一起的积极分子，以之为骨干来大规模发展工农通讯员，使之成为能代表大多数人说话的基层组织。为人民服务的精神的贯彻，以及以基层积极分子组成的工农通讯网的建立，才可以保证新闻工作领域内必需的群众路线，才可以保证思想上改造过了的新闻干部在这基础上得到群众的监督，而又为群众服务。这种就必定使我们解放区的新闻工作面目一新，不但将提高工作的质量，而且将把我们的事业大大推进一步，将我们的事业与人民的联系和为人民的服务大大推进一步。与反动的蒋家报纸相反，我们解放区的新闻事业的前途是无限远大无限光明的！

（《晋察冀日报》1947年9月2日）

吴占山的苦水血泪

孟欣　杜志清

苦从何处来？只为世间有地主。

大仇何时雪？彻底消灭蒋介石。

吴占山今年三十四岁，八旅直属侦察连一排三班的副班长，正藁县周辛庄人。下面是他的血泪史：

拉长工二哥丧命

七岁的时候，家有弟兄四个、姐妹四个、父母亲共十口，有二亩半坟地。因生活所迫，父亲长年打短工，母亲不断去给人做饭。二哥去给地主拉长工，到第二年的夏天一天的黄昏得了病，地主不但不给请先生看，也不叫休息，到晚上病重了，地主狠心得连炕都不叫上，马上送到我家来了。因家贫病重，到第二天的早晨二哥即死了。

生活无着卖占山

二哥死了，家中再也无法解决吃饭问题，全家叫苦连天，母亲两眼落泪将自己亲生儿子占山卖给了九门村的地主，换了七块钱。占山从今以后便给人家放羊，主家还有个女孩子，明里是领着放羊，暗地里是监视逃跑。地主和老婆子老头子，还成天吓唬占山："我们俩就是你的爹娘，再也不准叫你那个爹娘了，要不听说就打死你。"因受不下去，过了七八个月便又跑回自己的家来。后来中人说着，地主又找回去了。

吃糠咽菜实难熬 逼得我哥当了兵

大哥和三哥都给人家做活，得的工钱家中几口仍不能维持生活，大哥便将地主的□猪糠晚上偷到家去。老吃糠，大肠发干拉不出屎来，全家痛得受不了，母亲便用钥匙给弟兄们掏，又痛又难受，母亲的泪也止不住向下流。后来两个哥哥在地主家做活，也实在受不下气去，逼得无办法便在旧军队中都当了兵。

卖了妹妹还了账 父亲无路走他乡

三个哥哥死了一个，两个当了兵，剩下一些老的老小的小，生活比前更难了。这时占山的父亲向当时的刘老棉家说了不知多少好话，借了二十五块钱，时间不长吃完了，又借了五块钱，第三次又借了点粮食，经过二年的过程，利滚利，二十五元变成一百二十五元了。这时，刘老棉好像催命鬼一般，整天价要账，威胁说：还不了账，就要拆我们的房子。逼得父亲跑了。母亲没法，便将小妹子卖了九十多块钱，又向姐家借了三十六元，才还了刘老棉的账，后来听说父亲跑到浙江的宁波县做苦工，死在那里。

年轻力小没有劲 到处挨打受窝囊

占山跑回家后，日子不多，又给人家放羊，这时才十二岁，赶着六十多只，因吃了人家一嘴庄稼，地主说："羊吃庄稼就怨人。"又把占山打了一顿。到十三岁又到另一家做活，和地主家的一个年轻人在一起割谷子，因为跟不上，曾被地主打了几次，后来实在受不了这气，当地主要揍他时，占山便摸起铁茶壶照着地主的脑门子，就是一家伙，幸亏那家伙贼□躲过去了，要不也得让他小命见阎王。占山看没有打上，可也知道闯了祸了，便三十六计给他一个"走"，走投无路，便索性也当兵去了。

听说母亲嫁了人 好比刀刺自己心

自占山走后，只留下了母亲一人。年已五六十岁□，摸儿不在手，叫女叫不应，那种苦痛整天的挨饥受饿，无办法便出嫁了。

三十七年蒋家军见日本不打仗，一溜烟往南直窜，占山看着跟着这军队也没个出息，便乘便回家了。一到家听说母亲出嫁了，心里真好像滚油煎，又似刀子扎。后来终于没法，又将老母叫回，母子重逢，一场痛哭，从此又度起那艰难寒苦的岁月了。

今天到了翻身年 不消灭老蒋心不甘

把老娘找回来，占山便指着给人打短，有时便拾些庄稼柴禾，这样来苦度时光。谁知地主们就又□上他了，说："谁的庄稼少就找他。"晚上带了几个狗腿子，破门而入，将占山拾的那一点庄稼和棉花，全都抢去，还罚了六块钱。

后来正藁一带，土匪闹得很凶，地主们想找看家护院的，又想上占山在队上干过，弄枪弄炮比别人懂眼，胆子也大，和他说了好几回。占山虽然穷，可有志气，就不当这狗腿子的差事。地主们看事不成，毒计便来了，便要想法搞死他，占山得讯后，知道在家也待不住，只得忍痛撇下老娘，跑到正定。不幸，被日本又抓走了，送到黑龙江当了一个时期的苦工，才挣脱牢笼跑出来当了八路军。

占山同志最后说："蒋介石地主们统治的天下，我把罪受够了。在八路军里，我找到了家，诉了苦。为了彻底翻身，我一定要加紧练武，直到把蒋介石败类们消灭干净，才算拉倒。"

（《晋察冀日报》1947 年 9 月 4 日）

他们看。驴子吃草忽然吃多了，我也能高兴地和他们谈论一整晚上。有一个时期，连我自己也几乎相信我真的完全改变了。——但是不行！挖土担粪我全不怕，只要咬牙就能成，只有一点终归骗不了自己，心里总好像有一块不能侵犯的小小空隙，一放开工作，一丢下锄头，那空隙就慢慢扩大起来，变成一股真正的寂寞，更禁不住外界一点刺激。好像靠枪替考了一百分的小学生，一当堂试验就露了马脚。

就说有一回，我接到一个远方女友的信。信上说：成都的情调像北平，深巷里听到卖花声。她问："你呢？"接信以后的几天，我的寂寞感达到了最高度。一个下午，我独自蹲在刘家院里的石槽旁边，望着墙外那渐渐朦胧的树梢，试听听看吧——院子里的石碾子发出极沉重的噝唔噝唔声音。那是刘老太婆拉着碾子在压黑豆钱钱，粗麻绳套在她肩膀上。接着刘金宽的女人站在院心发出一声长吼："尔唠唠唠唠……"立刻一口大黑母猪带着一群小猪直冲到我身边的石槽上来吃食。大猪叫道："哞哞哞！"小猪叫道："吱吱吱！"这现实环境和那信简直是个极具讽刺性的对比。我禁不住轻轻地"咨！"了一声。刘金宽正走了过来，偏偏听见了。他就说："老吴你愁什么？——噢！一定又愁咱们少下的那只猪娃子了。"于是他就告诉我，后晌她们寻着了它，原来它跌在茅坑里，闷成了一个屎圪蛋，不知还能活不。刘老太婆和刘金宽女人也都接过口来，这一个黄昏，她们全家老小就只在谈论那掉在茅坑里的小猪，吃饭也在谈，做活也在谈。我本来知道，我应该随着一起谈的，但是那寂寞既经来了，就不肯去，越扩越大，像一块石磨一样压住我的心思。我一言不发地吃饭，连饭都吃得很少。放下饭碗，背着手走到院心，在这阵寂寞的袭击之下，我把别的道理一下子都忘了，心里堵着一个念头："即使是唐三藏取经，路上也得歇歇腿。就随便有个什么地方让我散荡散荡也好啊！"真真凑巧，正在这时候，村长忽然跑进门来招呼我，说专署今天又派了一个知识分子干部到刘家庄来了。

那个人叫罗平，是做经济工作的，我在城里认识他，但是一点也不熟。老实说，我还有点讨厌那家伙“嘻嘻嘻哈哈哈”一套敷衍应酬的作风。但是不知道什么缘故，这一下我听到他来，高兴得好像孤身一人在遥远寂寞的异乡遇见了至亲骨肉，好像他是我专心盼望了一个多月的唯一知己。听到消息，我立刻跳起来就一直跑到村口去欢迎他，替他背挂包，扛行李，拉着手跑进村来。我招呼他吃饭啊、喝水啊、洗脚啊，当天晚上我特别跑到村合作社去和他睡在一起，东问西问城里的情形。我把我自己所知道的刘家庄情形——干部、劳动英雄、风俗人情，甚至我个人的生活情况全都告诉了他。他跟我讲讲城里最近开的美术展览会，新来的外国人以至某某人的恋爱纠纷等等。我觉得这些东西到了我的耳朵里真惯熟真滑溜，好像这些才是我自己那个世界里的东西，不知不觉就谈到快鸡叫才合眼。

和他扯的时候我很高兴，脑子里无罣无碍什么也没想，一直到合上眼以后，朦朦胧胧，突然一个念头跳到我的意识中间，这晚上的情景忽然使我联想到三七年流亡在汉口，曾有过依稀相像的感觉——朋友！你还记得吗？那一次看电影，我告诉你的一句话，我说：“一进了这淡蓝色墙壁的电影院，电灯一暗，银幕一闪，音乐台前爵士乐的调子铿铿锵锵奏起来，我就感觉一种说不出的熟悉的气氛，好像脱离了这个酷热而生疏的汉口，回到自己原来熟惯的一个优美安适的世界。”这个旧话在刘家庄半夜里涌现出来。我猛然觉得好像有一个人站在黑暗地方比着手势嘲讽我，那个人在笑：“哈哈！嘿嘿！你原来还是老样子！”我真觉得没有地方可以躲开他的嘲笑。

我真还是老样子吗？——可不是！到了这时候，寂寞也排遣完了。自己睡在这个生地方，想起刘金宽家不定怎么等我找我呢，倒觉得自己好像一个开小差的兵似的，难受了整整一夜，在合作社那床上怎样也睡不着。第二天一大早，我红着脸跑回刘金宽家去，这一天帮他们做活做得格外卖力。

我跟刘金宽的变工组上山去种谷子。刘金开和王相如一组，我和刘金宽一组，他耕行子，我跟在后面拿粪点籽。谷雨过后的小春风，在山上荡来荡去。一个山峁接一个山峁，像被风掀动的大浪。谷子地旁边的麦苗已经有三四寸高，漾起一层翠绿的小波纹，一波赶着一波。我鼻子使劲一吸，肺里立刻充满了磅礴清新的大气，再长长地呼出一口去。刘金宽在前边听见了，回头问我："老吴怎么了？为甚又长出气？"我说："没什么！我觉着这地里怪美的，景致多好！"他说："是啊！今年地里墒气实在好。你看那片麦地，齐格蓬蓬满山绿，保险请你老吴吃好面啦！"我赶紧也转过话头谈起庄稼来。他耕得很深，含着湿气的黑土翻起来，埋过我的脚面，土里好像有一股饱满温热的香味，也给翻了出来，闻着很舒服。太阳升高了，我出了汗，一上午那份不安才渐渐消失下去。我自己问自己："我在这个红太阳绿麦田的世界里不也很快乐吗？这也是我的世界，为什么总留恋那个淡蓝色墙壁的世界呢？为什么不能拿刘金宽当作我的知心朋友呢？为什么……"——一面出汗一面想，两人越耕越快，一会儿就赶上了前面的王相如和刘金开。听见王相如刘金开正在议论着刘金宽的地垧数实在，不像陈发兴虚报垧数，对减租又是明减暗不减。

刘金宽忽然大有感触地挺起胸来，大声说："那谁还不知道？他从老人手里租黄家七垧地，现在又成了五垧，这是图瞒哄自己庄上人，还是图瞒哄老吴？看人家老吴起早睡晚替咱谋虑，跟咱上地受苦，心眼里全是为咱嘛！昨晚上因为我的猪娃子跌在茅坑里，老吴愁得饭都吃不下，就是自家老人、自家亲兄弟，看能不能赶上老吴这样待咱们亲？"

我脸上猛然一发烫。他这句话正撞上我心里自怨自艾的念头。我不说你自然也知道，我到那里本是专为去向他们进行教育的，尽管和刘金宽天天在一起，吃在一起、住在一起，但他在我心里的地位，只是我的一个工作对象，是许多对象中间的一个，犹如满山高粱中间的一根。但是，他对于我却正相反。他真把我当成知心朋友看，或者说比知心朋友还要高一层。我刚到时候，刘老太婆曾经告诉过我，刘金宽那年是四十六岁，他家连租地带自地一共十五垧，但是刘金宽后来却对我说：他其实只有三十七岁，地亩也还多着七垧。他说他妈谎报，她太落后，相信别人的造谣，怕前怕后，怕我们要拔他去做公家人；她又相信地主黄四爷是恩人，不愿意减租。此外，我还从他嘴里知道了他一辈子的几件奇耻大辱——黄四爷十九岁的小老婆打过他的嘴巴，小少爷拿他当过马骑……。我早就看得出刘金宽是一个很要强不低头的人，这样事怕很少和人谈过吧，但是却拿来和我这个相识只有两个月，过去生活天差地远的人来谈。他这样曾使我很惶惑，特别是那晚上我为了逃避寂寞跑去找了罗平，第二天反倒在山上听见刘金宽这些夸我的话（还说我为他愁呢！），我真觉得他比骂我还利害。从这一个由头，勾起我想到刘金宽平日待我那些情形。我在自己心里暗暗评量：假如我妈也在解放区，她若是不愿意减租，或偷偷埋怨革命等等，我能把这些事都告诉刘金宽这样的人不能？——不能够！这简直不可想象！我一向自负是心地最纯厚的人，只会自己吃亏，没做过亏负人的事。但是，这时在刘金宽的面前，突然使我感觉到，自己有点像旧小说里写的那种负义之徒，人家待他义重如山，向他托妻寄子，他却看不起这八拜之交，另外去和宰相尚书家里攀结亲眷了。

我从后面看着他。他站在铺满阳光的山坡上，土地在他的犁□底下一片片开花，高大的背影衬在碧青的空间，格外显明，好像一根大粗柱子，在青天和大地中间撑着。这一比，比得我多小啊！

从那早上，我拼命地下了决心，要真心和刘金宽他们做朋友，和他们在一起要真能快乐，不再寂寞。实在的，以后我在刘家庄觉着心上轻松多了。吃饭说话洗脸刷牙，不再觉得像背着一个重担，你知道，一个施粥的慈善家和受施舍的穷人，是没有办法成为朋友的。我在刘家庄，开始觉得自己是他们中间的一个的时候，我就开始快乐起来了。

以后我还去找过罗平。但是，和刘金宽处久了，倒觉得那些外国人和恋爱纠纷之类，到了耳朵里反而生疏。同时，他那嘻嘻嘻哈哈哈的应酬作风，重新引起了我的反感。我无论工作有困难或生活有问题，都更爱和刘金宽商量。因为刘金宽真能帮我解决，而和罗平说话太绕弯子。我一和老刘在一起，就觉得眼睛也亮了，勇气也来了。我曾经拿他作仗腰子，在那地主朋友面前吐出了一口窝囊气。

现在该说那个地主朋友了，他就是刘金宽的东家黄四爷，名字叫黄宗谷，他家也住在刘家庄，我认识他是以前在城里开参议会的时候。老实说，过去我见了他心里常有点兢兢业业的，因为那家伙有一个出名的脾气，专爱考人。不论哪个工作人员见了他，他总是说来说去就把肚里那一套搬出来了。什么《左传》呀唐诗呀，弄得县上许多干部都怕见他。他们几个老头子组织了一个诗社，县上都称他们作“文化界”。我亏着爹娘供我念那几年书，还可以凑合着和他们对答。那个黄宗谷就故意把我当成知己似的，一见面就“咱们念书人”“咱们这些人”，把他做的诗给我看，硬要我批评。甚至要我同他唱和几首。你知道我那旧学，不过是几本国文课本和自己翻着玩的几首诗，我自然害怕在他面前露马脚，一见面就提心吊胆的，惟恐被他笑话了去。本来，莫说共产主义思想和黄宗谷风马牛不相及，就是我那十几年的资本主义教育也使我难以接近这套试帖诗式的风雅，但是县上的同志都说：“亏了老吴给咱挣面子，不然咱这统战工作可要丢脸。”这使我又隐约地觉得，别人没法和他们攀交，独有我能，而且能谈得来，能称为朋友，这却是一桩能耐。我曾为这感到暗暗得意。

这次到了刘家庄，我自然知道自己是为做下层工作来的，该多和农民在一起，少去接近地主。但是，又觉得譬如一个走江湖卖艺的人，到了一个码头，也总该先去拜望当地的要紧人物，场面才能撑得开。因此我还是去看了看黄宗谷，受了他蛮够交情的招待，直到我和刘金宽他们成了朋友，我才开始觉着这黄宗谷是两面国的人，拿给我们县上干部看的是一张脸，拿给刘金宽他们看的却是另一张脸。只是，在村里路上碰见他，大家都还是蛮客气，他总又是有什么新开的桃花请我去吟咏，还像好朋友。我照例还是一听见他谈诗论文，就又有些心虚。

这一直继续到县里发动查租的时候，要地主把去年秋天长收的租退出来。刘金宽是刘家庄减租会的首领，领着租户伙子带着麻袋布袋，到黄宗谷家去了。那天下午我赶到黄家，他家那五十多步宽的青石板大院早都站满了农民，连水磨砖的花台上也蹲着人。吵吵嚷嚷的声音连街上也听见了。从大门一直到三门都敞开着，例外的没有恶狗咬，也没有老妈子应门待客，我悄悄地溜进去，望见黄宗谷站在正中的台阶上，手里还拿着那三尺五的白铜旱烟袋，只是那张瘦黄脸却涨得像他身上的紫铜色绸袍一样，红里透紫，紫里透亮。我看他张着嘴"啊啊！"了几声，说不出个下文来，觉得很有趣。本想躲在人背后多看他一会，不料我还没站住，他已经看到了我，细眼睛里立刻发了光，好像抓到救星似的，三脚两步就走下台阶，赶到我面前来，嘴里连声嚷着："老吴老吴！老吴同志！"一面叫一面就来拉我的手。我那时无可退缩，只得点一点头，从人背后挤出来，满院的农民忽然看见这一幕，都睁大了眼睛看着我和他，都不吵嚷了。院里突然静悄悄的，大家慢慢地向两面闪开。黄宗谷满脸全是奇怪的笑，引着我向廊沿上走，嘴里高声向上房、向厢房、向全院子所有各角落喊叫："张妈！春子！张妈！来客了！倒茶呀！"立刻院里全充满了他的声音，回头又满面春风地让我："快请！快请！我正有点东西要请你教正啦！咱很久没有叙一叙啦……"说着笑着，倒好像突然完全忘了有这一院农民存在似的。——我可怎么能看不见那一百多双熟悉的眼睛？我清清楚楚知道，他们低声咕哝的全是我。刘金宽正在台阶口上，见我走近，叫了一声："老吴！"我刚答应一声，黄宗谷又亲手掀起堂屋的毡门帘，又哈着腰连叫“老吴老吴！”一定要让我屋里坐，我不进去，他就亲手把凳子端出来放在廊沿上，嘴里还若无其事地跟我直套交情：“外人不知道，老吴你明白啊！我一向是嵇生疏懒，不问家事，呵呵！不爱那求田问舍，家里这些人也实在糊涂，不懂法令，呵呵！你我知交，自然能原谅……”我心里又气又恼，他采取这种态度，简直是故意拆我台。我直挥手叫他停止，他却滔滔不绝，好像老伶工背台词一样，使我连开口的空子都没有。——亏的是刘金宽替我解了围！

黄宗谷正说着，台阶口的刘金宽突然上前一步，很严正地又叫我一声：“老吴！咱做甚来了？”我突然地满脸通红，赶快一蹎脚从黄宗谷的凳子上站起来。哎呀！台阶前面站的刘金开、王相如他们八九个一拥上了廊沿，院子中心的人群乱动。人们中间发出呼叫：“肚里饿呀！”“不要骚情呀！”……许多小孩子也从人腿缝里挤进来，喊着“盘粮！”“盘粮！”。有的叫：“棉裤脱下顶口袋，今天也得盘粮！”黄家的老妈子刚拿洋瓷茶盘托着两杯茶，从上房门口露出半身，一看这景象，马上又缩回那毡门帘里去了。我急忙一扭身，站在刘金宽他们这一群的前面。刘金宽在我背后说：“咱和他算账。”我说：“对！”黄宗谷才有点慌了，连忙着来拉我的手，嘴里说：“老吴看我薄面……”我一抬头，看见他那张瘦黄脸上的小眼睛，正向满院子惶惑地张望，脸上勉强堆出笑容。我突然感到，这家伙当着这一院子的农民和我套交情拉朋友，简直是我莫大的耻辱！平日我对他那些胆怯敬畏的意思此时忽然像春雪见太阳一样消灭干净，脑子里的观念异常明确：咦！我怕你什么呢？你是什么？你不过是一个违法盘剥的顽固地主！我立刻用力把手一甩。

下文不用说了，刘金宽他们的减租自然是胜利了的。虽然黄宗谷以后为这件事还做了一首诗，说自己好像竹林七贤，因为不治生产，误收了些租。但是我和县上所有那些怕见他的干部，这回看了这首诗，都忍不住拍手打掌哈哈大笑起来。

现在你自然懂得了，我所说的良师益友，是指的三个朋友中间那一个——和刘金宽一起，真是胜读十年书！你们外边人老爱过分称赞我们这些会摇摇笔杆的人：其实，你听我说了还不知道？我们还不是照样有这么多往昔的依恋、寂寞、梦幻，真丢人，常常分不清谁是自己的朋友，稀里糊涂忘掉了自己的脚站在什么地方。只是，我一到了刘金宽跟前，这各种破东西就被他一层一层剥掉了。你要问我的改变，这就算改变，是跟着他这良师益友学来的。

你也许不满意？但是我早说过我讲不出稀奇东西，这只是在我们这地方，到处都发生过的平平常常的故事。

（《晋察冀日报》1947 年 9 月 7 日）

扭转郧二傻

——蔡春吉班报导之二

杜导正

二傻同志，心眼笨，样儿笨，有股二性子，是平原部一营驰名的“老调皮兵”和“老笨兵”。可是二傻能吃气力大，一吃二斤面，全连暗地称他“半匹牛”。高兴起来，工作科目谁也不是他的对手；一不高兴不是装病就闹情绪，谁也扭转不了他。反攻前部队在路西整训时，他一次背了一百一，爬山过岭一气走过十八里。学文化他为学习“朱总司令”几个字刻磨了他三年多，终于学会。不过绝多时候因跟几个班长闹不对，他就多是“一天两饱儿（吃饭）一个倒儿（睡觉）”，不打架就睡觉。

二傻的牛脾气，就是称了心要啥做啥，他都万不落后；但一不对头，他就天也不怕你。去年在炊事班，因班长光说不做，却对二傻摆架子，背地三长□短的。二傻闹蹩了便常常和他调皮捣蛋，整天不吵架就打架，成天不舒心，傻气便向别处发泄，抽个空子偷鸡摸狗，偷偷摸摸犯纪律。口袋里总短不了什么偷来的辣椒、大葱、蒜头或个把咸菜，去年秋他更犯了严重的错误，被连□押起来。

禁闭室里，他虽然反省过错误，但是他觉得坐禁闭解决不了问题，郁闷时心里常想：“怎么也是扣啦！犯罢！”

二傻犯了错误后，成了全连的老调皮兵加犯纪律大王。坐禁闭出来往班里调，谁也不想要他。二傻也决不愿到一排去。他听说过蔡春吉班不赖，蔡春吉同志也听说过二傻的脾气和气力大，知道二傻调皮犯纪律，但是他心眼不坏。蔡春吉说他是个“吃软不吃硬”的顺毛驴，连部正愁安插不了二傻时，蔡春吉要求调他到自己班里来。

蔡春吉在二傻没来班以前，召集了党的小组会和班务会讨论怎样团结改造二傻的办法。他提出："二傻是犯错误的，大家不要讽刺他。人常说：打人不打脸，说人也不能光揭短。要照顾他的面子，不要打击，使他失了进步的信心。况且，二傻也有长处，他气力大，一人能干两人的活。只要大家尊重他想办法，二傻可以变样的。"大家讨论后决定，他来选他做民运小组长，一方面表示大家信任他使他上进，二方面借以克服他犯纪律的毛病。

二傻来班前对蔡春吉班有个好印象，来后大家待他这么好，还当了民运小组长。隔了十来天，蔡春吉同志鼓励他："二傻，一年来这个连老同志都立了功升了级，独独剩下你一个落后分子了！"又告诉他练习口令练习带兵方法，暗示他只要努力就有前途，果然大家同他称了心。二傻心里想："咱是犯错误的全连吃不开的调皮兵，班长和同志们还待咱这么好，不发态度不讽刺，让咱负责任。"他暗地说："大家看罢，我郧二傻落不了后。"从此他心里吃上劲，说话做事啥都想走在人前头。做科目出操、扫街扫院他不落人后，行军他给弱的同志背枪背弹药。班里他想和大家和和气气，时常怕犯了旧脾气，不过免不了和大家招几句，党员不跟他一般见识眼，看他要吵闹了，大家就来个收兵回营。有一回不小心和刘顺河吵了三五句，顺河让了他，他反倒觉得自己不对，跑去给顺河说好话。蔡春吉同志见他有进步，发动全班在会上鼓励他："咱班行军不掉队全凭咱二傻哩，你们看二傻像金大力也似的。"又号召"全班向郧二傻同志的努力看齐"。今年春部队北上定兴，急行军连续三天，全班累坏了。别的班有些年幼的同志累得更厉害，他一个人一下抢来同志们的一挺机关枪、两支步枪、一门小炮他自己一人背上，加上他自己的大行李、大米袋、子弹带一共竟达八十四五斤，背着走了四十里，还是走得挺舒气。人们乐得开玩笑，感谢他赞扬他，说他背的东西像个"驮子"，人像个

“半匹牛”，以后大家给他登了报。

自从二傻当上民运小组长，可就再也不好意思犯纪律了。

十一个月，二傻学习情绪又高涨起来。每次开会有言必发，他说：“当八路三年，开会几百次，从没发过言。”他说原因是：“在别的班人不对心，学他干什么，况且哪有心学他呢？”前几月他从“山杠子”（他的朋友）那里借来一枝破钢笔又歪歪扭扭地学起字来。我访问他时他已能写出“打倒日本”“共”和“郧二傻”和“大王八”等近二十个字。我觉得后三字有趣，就追问他是什么道理，他自然地说：“我的挑战书上有这么一条，学不会字要背大王八。”故决心学会这三个字以勉励自己。

（《晋察冀日报》1947年9月13日）

南征散记

王匡

一、过黄泛区

八月十七日，行程八十里

从邓郭以南的胡岗店出发，走五十里即进入黄泛区。村庄被大水分隔着，像一个个的孤岛，高粱只露出半截穗子，泥水发出令人作呕的臭味。从这个村子到另一个村子，必须走上五六里的水程才能“登陆”，我们挽着臂膀，溅着淤泥，涉过过膝的深水，其他人马车辆成排成队地推进着，平静的水面被搅得哗啦啦地沸腾起来。

拖炮的牲口陷在泥巴里了，炮兵们即互相抬着炮箱，背着炮架，抱着炮弹□□慢地走着；汽车在泥水中呜呜地喘着气，半簸半颠地走着，车夫们几十步就得下来打一次火；护送大车队的战士们群集在大车后面，推着车身，叱咤的鞭子急速地嚷喊着。脚底下是如此凹凸不平，我们朝着前哨部队在远远的“小岛”上点着的一盏小灯前进，一不小心，扑通一声，就会滚得满身泥水。整个部队在黎明时分到达彼岸，在晨光曦微中，每个人互相看着满身泥浆而谑笑着。

八月十八日，在项城的黎庙庄休息

这一带地势较高，但仍可见到高墙上为水所浸漫的痕迹，黄水在人们脑子里刻下极其恐怖的印象。民国二十七年六月，蒋匪在花园口和中牟赵口决开河堤，一泻千里的黄水，吞没了三十二万人民的生命和财产，这笔血债深深埋藏在他们的心里。一个卖梨的老头告诉我说：“谁知道明天会怎么样？只要姓蒋的喜欢开个口子，咱全家老少就得完了！”

老百姓穷困不堪，一斤麦面要走三四个村庄才能买到，每家的牛羊□都和人睡在破落潮湿的小屋里，能用能吃的东西，大都给蒋匪散兵游勇抢光了。人民解放军游击队今年春夏间曾到过这里，一度将土匪赶走，他们都以期望的心情谈论着魏司令（即豫皖苏副司令魏凤楼），望他快来宁静地面。

二、夜宿前庄营

八月十九日，行五十里，过汴河到前庄营

半夜抵达宿营地，老乡们听说是八路军大军南下，都提着灯笼引着我们看房子，自愿地烧茶做饭。“同志，歇歇，辛苦啦！”寒暄声从村的东头传到西头，带来的牲口马鞍还未解下来，就被拉到老乡们的马槽里吱喳吱喳地吃着新加的草料。

我们住的一家老乡只有一个妇女和她的两个孩子，大的叫张书风，十五岁，小的才八岁。主人家整天忙碌地帮我们做饭，招待得十分周到。

“你掌柜的呢，不在家吗？”我们问。

“不……”她摇摇头，“他被抓壮丁的抓走了。”接着她告诉我们她的男人已经被抓走七年了，他正在地里做活，“中央军”一下子就抓走了，同时被抓走的还有七八个人。那时她做好了午饭送到地里时，只见到他丢下的一把锄头和一个水罐。她在地里昏迷了好几次，不是为了两个怀抱的孩子，早就要寻死了。

提起蒋匪军抓丁，谁都愤恨与害怕，一批七八个，再一批又是八九个，一两年的光景，蒋匪军前后已经抓过四次了。五六十家的前庄营，一共抓走四十多人，抓的办法是突然将田野、村庄、路口包围起来，然后一个一个抓起来。被抓走的人都和张书风的父亲一样，再也不见回来。

三、北向店的早晨

八月二十七日，行程三十五里

过孙铁铺（光山□山间）到北向店，开始进入原来的中原解放区。

沿途可以看到被蒋匪涂抹和改写的标语，这些标语是去年中原新四军和八路军所写的，“坚决执行停战命令”被涂上了“剿尽奸匪”，“实行政协决议”□□抹上了“活捉匪首”，两者字体清晰可辨。我们的宣传员用白灰又把它抹掉，在上面写上：“鄂豫皖的人民团结起来，打倒蒋介石！”

早晨七点钟了，街上的铺子还紧闭着大门，通讯员小郭要买电池，轻轻在敲着一家杂货铺的门板：“老乡，请开门，我们是人民解放军，别害怕。”但是没有回声，小郭又喊了一回，里面有人低声说话了，一个人低声说：“是北方兵啦。”另一个说：“不要开，除非他是八路军。”小郭急了：“老乡，老乡，就是八路军呀！你出来瞧瞧。”老板从门缝里往外瞄了瞄，“呀”的一声门开了，老板责备我们为什么不早说是八路军：“是八路军么，去年来过的，好名誉。”他大声叫嚷，像一只老公鸡一样，将附近的店铺都喊开了。

街上的人，围绕着我们问着：“同志，去年到哪里去了？”还有一个卖粽子的老太婆对我说：“蛮熟的，我像认得你。”

四、进入大别山

九月二日，行程六十里

沿着大别山的背脊向东南行进，已经是第五天了，满山上松柏深密，青葱气爽，川中和半山上的梯田尽是金黄色的稻子。

在柏湾镇休息，一位老太太亲热地搬个椅子来坐着说：“开头听说你们是八路军，我心里只是欢喜，后来眼看着你们过了七天七夜，老天爷哪，真不知有多少人呀！我又是怎样的欢喜！”

八里庄的老板们，他们看见我们驮着几个木箱子，问我们是不是和新四军一样是来演戏的。——不，我们打完仗以后一定要到这里来唱两天戏。还有一个老板指着新写的标语问我：“‘耕者有其田’是个么意思？是不是二五减租？”当我告诉他就是以前的分田地时，他连声说：“懂得懂得！”原来他是个分过田地的人，红军走后，土地又给地主照原样的拿回去了。最有意思的是老板们问我们这个“红军”是否再打汉口？并且告诉我们说：“同志们只有三百多里路，没得好远。”

九月三日，行程三十里，沙窝宿营

沙窝一带的老百姓对八路军很熟悉，去年为保卫这块地方，八路军曾在这里流过血，打过仗。

我们才进街，老百姓就说：“四五天不见乡保长来，一定是知道穷人的军队要来了。”他们中间还流传着一个这样的预言：“八路军头回南下，赶走日本人；八路军二回南下，一定赶走中央军。”（新华社中原二十五日电）

（《晋察冀日报》1947年9月18日）

一　堵　墙

——山村记事之九

萧也牧

芝麻沟村里的群众，斗争和清算了恶霸王殿臣。斗争当中，佃户安年年很积极，他被选为清算委员。他以前没地，现在也分了廿八亩地和四间屋，这屋就在王殿臣的院里。

安年年和他的老婆，整整搬了一天家，从那间进门就得弯腰、人畜同居的土屋里，搬到新屋里。他挖了一担白土，从房顶到墙根，从炕沿到锅台，刷了个雪白，顶上的纸也换了新的。又托人从城里捎来了两张伟人像贴上，一张是毛主席，一张是朱总司令。又请小学教员写了两句口号，作为对联，右联写的是：拥护中国共产党；左联写的是：粉碎蒋介石进攻；横额是：团结翻身。屋子收拾好了，他老婆盘腿坐在炕上，凑着窗子里射进来的亮光，给民兵们缝子弹带；安年年靠着铺盖，躺在炕上，抽着旱烟，迷糊着眼睛，望着伟人像。他俩浑身都觉着说不出的舒展。

他这新屋对面就住着王殿臣，这几天，王殿臣成天低着脑袋，在院子里打转转，一踱到安年年的门口，就赶紧踱回去，真像是一只落了水的狗。谁要是不知道他的底细，怎么也不会知道在旧时候，他王殿臣竟是那么一个“顶天立地”的人物头：那会子，官府衙门他摸得比姥姥家还熟惯；前门后门，直进直出，给人包打官司，不赢不要钱。他又是一个“迷迷教”徒，呼神唤鬼，打坐、画八卦……好像连阴司也有他的靠山。自从日本占了县城，他的女婿宋鼎，当了日本人的“红□密探”，于是他就更显得威风了。后来，他村里断不了有八路军来，他才搬到城里去住。每年秋起，他就把要租子的条子捎到村里，倒是说得挺和气：“……城里费用颇大，难以维持生活，无论如何请将租子捎来，以免往返之劳……”意思就是说：你们不送来，我就要回来。有些胆大的佃户对他说：“这边（指抗日政府）要实行‘二五’减租呵！”他就说：“谁要减租，就到城里来说话吧！”可是谁敢惹他！人们穷得哪怕连裤子也穿不起，七八年来，也没短过他一粒租子。直到八路军解放了县城，王殿臣才带了小老婆，悄悄回到村里。他的女婿宋鼎，却不知道溜到哪里去了。

“和平”以后，阎老西的军队打到大营川里，离这里只剩下三十来里□□，村里都忙着备战，王殿臣却换了一身纱，每到黑夜，背着手就在街上踱来踱去，仰头观看星星。有人故意问他：“看甚呵？”他就用手指头向天空乱丢点：“你瞭！这颗星星是阎都督……”后来，八路军把阎老西又打退了，从此也就不再见王殿臣出来观星，成天躲在家里打坐，要不就在院子里踱方步。村里的群众找王殿臣清算，王殿臣忽然开明起来说道：“好说，好说，我就这么点子家当，看着拿吧！”以前他从来也没顺眼瞧过安年年，这回，安年年说是叫他腾房子，他马上就搬开去了。

安年年搬家不久，就到县里去受训。王殿臣就紧挨着安年年的屋前，垒了一堵墙，两头齐着院墙，墙头上插满着葛针。在垒墙的时节，王殿臣的老亲家也来帮忙，安年年他老婆正在门口糊“夹纸”，只听得王殿臣对他的亲家说：“……这院子里有一股子邪气，垒道墙破破风水，……前儿个黑夜，睡得正甜，忽听见下雨了——真大！我院里晒着点子山药粉，白日忘了拾掇，赶紧出来看看，嘿！原来院子里月亮照得明晃晃的，半点雨也没下！我正奇怪，忽听得‘滴笃！滴笃！’像是个小脚娘们走路的声音，仔细一看，就在这门里，走出了一对□红绣鞋，就是空空儿的一对绣鞋！‘滴笃！滴笃！’自己就会走道，你说怪不怪？我咳嗽了一声，那对绣鞋，才‘笃笃笃……’

地，走向屋里去了！”说着王殿臣的手指头还指着安年年家的门。

这一唬，安年年的老婆，也等不得安年年回来，当天就搬回她原来那间土屋里去了。

安年年受训回来，他老婆依着葫芦画瓢，把一对绣鞋的事，从头说了个过儿。安年年却笑着说：“我正要来捉鬼呢，你不敢去住，我去！”说着，他拔腿就奔自己的新住所去。一进大门，才看见院子中央，垒着一堵墙，过不去了。于是就去找王殿臣说话。王殿臣一见安年年，还没等他开口，忙道：“那四间房已经是你的了，一道门里出入，怕你不方便，所以才垒了一堵墙，一切两半，看着挺利索！”安年年道：“你用墙挡住了，叫我往哪里出入呢？”王殿臣就“呵呵”地干笑起来：“你老弟真是个明白人，那四间是你的了，可是这院子还在我名下呵！你就不能另开一个门吗？愿意朝南呢还是朝北，那不是由你的便！”

安年年在自家的过道头上挖了个门，一个人从新又搬了进去。到三天头上，又出了事：老是有人在自己窗户上掷石头子，“撒啦啦！撒啦啦”的。安年年提起快枪，走出门来，不一忽儿，却见墙头上白糊糊的伸出个头来，眼睛、嘴巴……什么也没有，只伸着一个血红的舌头、戴着“一见生财”的帽子。安年年难免有些吃惊，对准那人头就揍了一枪……

第二天，村干部们专为这件事开了个会，大家都捉摸这准是王殿臣搞的鬼，可是眼下证据不多，先将计就计看看再说。安年年暂时搬出来，门上落了把锁。安年年连着每天黑夜，集合几个人，悄悄地回到那所屋子里，靠着墙根听动静，一直听了半个月，也没听出个名堂来。后来大家觉着这院子又紧靠着坡根，地里的庄稼长得正茂盛，要是有人偷进村来，放哨的也不好发现，成天守着吧，哪有那么多闲工夫？并且反会引起王殿臣的注意。于是就有人出了个主意：每天黑夜，在王殿臣的门环上拴上条白线，要是线断了，定有人进去了；不断，到天快亮的时候，就把那条线解了。

果然到了第五天头上，正下着大雨，发现那条白线断了！安年年马上集合了几个民兵，前后布置停当，就去敲门查户口；敲了半天，王殿臣才□拉着鞋出来开门，一见是安年年他们，忙赔着笑脸道："原来是你们，为国为民真是太辛苦了！"说着一手揉着眼睛，好像才睡醒的样子，领着人们进到屋里。

屋里黑漆一团，人们就叫王殿臣点灯来，王殿臣道："没油了！"就点着了一把麻秸火，忽闪起来，安年年拿起灯来一看有油，就把灯点亮了。只见王殿臣的小婆子，露着两只白肉胳膊，穿着一件红腰腰，摊着两手紧按着被沿。人们里里外外、桌子底下、搁板上面，连茅厕里也看了个过儿，结果连根毬毛也没找着，可是安年年还是不想走，问王殿臣道："今儿黑夜有亲戚来吗？"王殿臣答道："没有！""当真没有？""有就砍我的头！"……安年年还是不想走，从肩上取下了步枪，索性在炕沿上坐了下来，枪柄却碰着了那小老婆的肉胳膊。那小老婆急忙喊道："咱可脱得光光儿的呵……"这一嚷不要紧，安年年就"索"地站了起来，两眼死盯住她，笑道："你道我不敢掀你的被子？"王殿臣的脸忽然变了色，冷不防，一挥手就把灯扑灭，准备奔跑，还没出门，就给抓住了。

"乒"的一声，从被窝里打出了一颗子弹，人们七手八脚赶忙把被窝按了个结结实实，等到人们点亮了火把，才从被窝子里拖出一个人来，仔细一看，好生面熟，原来正是那王殿臣的女婿宋鼎。

安年年瞪着眼道："好狗入的宋鼎！找了你这么多的日子，原来躲到你小丈母娘的肉隔叉里去了！"

从宋鼎的身上，搜出了阎锡山特务的证件和指示，原来是派他来进行暗杀的。

民兵们把王殿臣、宋鼎捆了个倒缚兔，连夜送到县公所去了。

（《晋察冀日报》1947 年 9 月 22 日）

回到我的故乡——大别山

陈鹤桥

【新华社中原前线三十日电】一九三四年秋，我离开鄂豫皖边区随红二十五军北上抗日，此次参加刘邓大军南征已回到了离别十三年的革命故乡大别山区。我走过了很多十几年前的老战场，看到了美丽的青山绿树苍松翠竹，田野间满铺着金黄色的稻子，都是熟悉的故乡景物。同时更见到了可爱的故乡父老——有长期革命经历的大别山区的人民，他们革命的高度热情，使我异常兴奋，下面是我的见闻。

到处是“老革命”

鄂豫皖边区人民于一九二七年开始参加革命斗争，他们经历过土地革命与抗日战争，受过许多挫折，在经扶县一个村庄，农民们在打谷场上争着告诉我们，他这村庄在十五年前住过乡苏维埃，还住过区苏维埃（即区政府），他们都是农民协会的人。一个农民很天真地笑着向几个华北战士问道：“共产党是从俺们这里起家的，俺们都是老革命，你知道吗？”在场的同志们都兴奋地笑起来了。在麻城行军时，一个六十多岁的老头给解放军带路，他同一个战士在前面边走边谈，老头问战士：“你干革命有多少年？”战士答：“我到军队来有一年零五个月了。”老头笑起来了，他说：“我在民国十八年，就当过区政府土地委员，领导分过土地哩！”这位战士很高兴地说：“你真是老革命，请多送我们几里好吗？”老头点点头说：“莫看我老了，也要送十几二十里呀。”在六安某村遇到一位年近五十四岁的老大娘，她说从前曾当过苏维埃的委员，领导过妇女反封建，她指着一个二十七八岁的农民说：“他那时还是小孩子，当童子团的。”她说：“你们可又回来了，我们可要过好日子了”。

“欢迎”

大别山区的老百姓见到解放军就像自己的子弟久别重逢一样，拉住我们亲切地诉说他们十几年来所受的痛苦。在立煌一位军属说：“你们走了，白军和本地的坏人来了，害了多少人，很多干过革命的人被活埋了，不少的人饿死了，人民遭了多年的灾难呀！我常说共产党是不能忘记我们的，想你们来，做梦也没想到来得这样快呀！好吧，你们可不要走了，给被难的人们报仇吧！”我当时回答他：“共产党和解放军的同志无时不在挂念你们。在北方把蒋介石匪军打败了，毛主席就派刘司令带着我们回来了，这一次一定不走了，坚决消灭蒋匪军和本地反动派，让大家过好日子。”虽然蒋匪县政府下令强迫保甲人员和老百姓一律撤退上山，但我军攻下麻城，全城商民排队欢迎解放军，商店照常营业，不少的乡镇保甲人员继续办公，为解放军募捐粮食，往返汉口皖西的行商，每天仍照常地自由通过解放军所控制的区域。有的村庄保甲人员不在了，年老的人就出来帮助办理粮草。有一次某部在经扶有十几个伤员停在一个村庄里，几个负责照顾伤员的战士感到无法运送。来了一位老汉，当他知道这些伤员要送到十五里以外的村庄去，他说：“我去找人来帮忙吧。”战士们还不敢十分相信这老汉所说的话，但过了一小时以后，老汉从山上带来了二十多个人，一齐把伤员送走了，战士们无不惊叹这老革命地区群众对解放军的热情和力量。某团把十几个伤员送到一座小山庄上，庄上的老大娘便纷纷计议给伤员们弄饭吃，每个人并自动领两个伤员回家，负责照护。当我们宣传要实行农民分田地，实行“耕者有其田”的主张时，农民都非常高兴，他们说：过去土地革命办得很好，大家有饭吃，后来白军来了，又把土地夺回去了，现在你们又回来了，赶快把白军消灭了，早些均田吧。

（《晋察冀日报》1947年10月2日）

悼蔡春吉同志

旅政治部主任 李静

大清河北战役，巩固部队的旗帜蔡春吉同志，在蛮营村抗击敌援兵时光荣牺牲了。他病刚好即参加战斗，当他牺牲的噩耗传到全军，每个人皱起眉头，异常悲痛。

蔡春吉同志，我过去就比较熟悉，铁匠出身，不善说话，当他创造了团结爱兵钢铁班的动人事迹后，他的名字在整个部队中更响亮了。他的牺牲，党损失了一个优秀的共产党员，人民损失了一个忠实的勤务员，战友们损失了一个团结关照的亲兄弟，我个人损失了一个学习领导方法的——老师。

蔡春吉同志创造了钢铁班，表现了以下三个特点：第一，他爱兵如兄弟，平时严格训练，战时沉着指挥，耐心带领新战士作战，所以他班九次作战无一伤亡。他从生活上处处关心同志，帮助同志，做在头里，吃在后头，战士觉到他班比家庭还温暖。十一月无逃亡、无病送、无吵架。第二，他有坚强的群众观点，紧紧抓住思想教育，个别谈话，相信群众，大胆使用群众，发挥了每个人的积极性，改造了老调皮兵郧二傻。第三，他真正使党的小组成为班的堡垒，高度发挥了党的领导作用，因而也就树立了党的高度威信。虽然蔡春吉同志是一个下级干部，但由于他高度的阶级觉悟，对党的无限忠诚，思想方法正确，所以就掌握了这些正确的领导方法，而做出了惊人的成绩。

蔡春吉同志光荣牺牲了，我们要用学习他的领导方法，开展蔡春吉运动，创造更多的蔡春吉班、蔡春吉排、蔡春吉连来纪念他，来使他的光辉的创造、优良的作风，永远在我部发扬光大。

（《晋察冀日报》1947 年 10 月 14 日）

我会见了季米特洛夫同志

刘宁一

季米特洛夫同志，这个名字对于我，印象是非常深的。那是十年前的时候，我刚刚从蒋介石监狱里穿着一件破衣走出来，八路军办事处的一位女同志，把我安顿在南京的西流湾，第一本书就给我共产党国际第七次大会上季米特洛夫的报告。那书名叫《反法西斯统一战线》，明确地指出“法西斯就是战争”，号召全世界的人们团结起来反对它。已经十年了，这本书我曾读了三四次，有些地方简直背也背得出。他的话很应验，由于法国的社会党、中国的蒋介石之流偏偏破坏团结，反人民，亲法西斯，搬起石头打自己的脚，战争终于不可避免地到来。人民以团结的力量，打败了德意日法西斯匪徒，但是已经牺牲七八千万人的生命、无数的财产，这是多么惨痛！若是采纳了季米特洛夫的主张，以人民统一战线的力量预为防止，希特勒等恶魔之为祸，并非不可避免的。这教训是太深了。

我一直这样想着：季米特洛夫，真是一位天才，是实事求是的革命家。后来我又知道他坐过监狱，受过刑法的考验，是这样锻炼出来的。光阴过得好快呀！转瞬十年了，世界都变了。

一天早上，在贝尔格莱德（南斯拉夫首都），南国总工会里，白发苍苍的老主席拿着一张电报和蔼地说道：“索菲亚（保加利亚首都）来了一个电报，总工会——你们知道的名誉主席季米特洛夫——请你们去一趟，那里已经准备开一个盛大的群众大会，欢迎你们。如果同志们同意的话，我立刻回一个电报。”

这十年来的记忆，又涌现到我的脑海里，虽然我还有很多事情，需要马上回巴黎，终于使我不能自已地答应了这一邀请。

“好，我们愿到保加利亚，看看季米特洛夫和他的工人们，就在七月十一日出发吧！”

保加利亚是在南斯拉夫的东方，人口有六百多万，巴尔干山横贯中央，土地并不很肥美，古罗马帝国和土耳其很长的时间侵占了这一国家，德国纳粹又蹂躏她。多少年来，闹着水旱天灾和恐怖的虐政，给保加利亚人留下来的只有贫困、饥荒。这次盟国英美出兵打德国的所谓第二战场，陆军迟迟不进，成群的飞机却在保国境内乱丢炸弹，炸死的不是法西斯，而是善良的反德的人民，破坏的不是法西斯的工事，而是工人的住宅。到索菲亚一看，一片残垣断壁，可以想象到当时猛烈燃烧恐怖的情景，再加上德军败走时的破坏，于是这次大战又给保国遗下了遍体伤痕。

保国的人民，从七百万减到六百万，从贫困再加上了破坏。这一个聪明的、热情的、可爱的民族，不幸经过了这许多灾难，却终于站立了起来，在这一位巨人领导下站立起来。

季米特洛夫拟定了一个两年计划，工业与农业同时发展，首先是要大家有吃有穿。七月十六日晚上，我们到了索菲亚西郊一个树林里，这里是这位六旬老人的家，一进门见到了他的太太，身体很胖，真是一位慈祥的母亲。她见了我，是那样的亲热。她问过“毛主席、朱总司令的身体好吧？”“周恩来同志在哪儿？”“你们太太和孩子平安吗？”之后，她喊出了一位中国的小朋友，这是一位同志的女儿，无人照管，养在她的身旁。正在这时候，季米特洛夫同志出来了，和我们热烈地握过手，引到他们房子里去。他的身体很高很瘦，但是面色却很红润，精神充沛。我们开始了谈话，他是一位伟大的理论家，或者是位第一任的内阁总理，更是一位知己的朋友，我们谈到了保国、美国和中国。

“虽然我们的国家很小，经验也不多，我们的两年计划，是以保国人民自己的力量建设自己的国家。美国想以他们的金元，控制世界，把世界变为他们的殖民地，这就有所谓马歇尔援欧计划，我们用不到他的援助。"

的确，保国的人民是能够自力更生的，保奸的土地分配给农民了，中农、贫农、富农和小地主都联合起来，组织了农业合作社，耕牛、家具、人力、土地，都入了股。不但有广大的农庄联成一片，而且有制造工具的工厂，挖了运河，凿了水井。成群结队的男男女女，在田野间收割着麦子。菜园里的辣椒、西瓜也长熟了，青年的姑娘们，采着果子唱着山歌。儿童们赶着牛羊，拿着书本。小娃娃们在新造的房子里，躺在一排排的小床上，甜蜜地睡着午觉，他们用不到一个金元来帮助。

保国的青年们，组织起来了，教员、学生、工人、农民，男男女女□成了铁道队，在山林里搭起了帐篷，挽着袖子赤着脚，推着车子流着汗，在修造铁路。北方的一条大河，横在波利弗那，连年闹大水，保国四千青年已经下了决心，开始征服它，计划五年之内造一个大水闸，名叫季米特洛夫大水闸，使这河发出五万千瓦的电力，灌溉千百亩的田园。他们也用不到一个金元来帮助。

保国的工人们，能自己修理和制造火车头，能自己挖煤炼钢，能自己把本国的棉花、羊毛，纺成线，织成布，能生产很多的香烟和玫瑰花的香水，销到外国，他们用不到一个金元帮忙。

"美帝国主义者，用新的名目掩盖法西斯主义。'法西斯就是战争'，他们还想制造第三次世界大战，可能吗？这只是说明他们是恐慌、脆弱，实际上不可能的！"

当第二次世界大战的前夜，各国的共产党已经指出，只要是人民能很好地团结起来，一致反对法西斯主义，战争是可以避免的。可惜得很，有些人是没有这样做。现在的局面不同了。

“第二次世界大战以后，各国人民进步了。社会主义的国家、新民主主义的国家，有了更强大的力量。各国人民，有了很好的统一组织，反动势力的内部却是矛盾很多。我们各国人民，加紧完成上一次所未完成的工作。到处揭穿美帝国主义的阴谋，形成全世界的和平统一战线，这些条件完全具备了。我们完全有可能阻止第三次世界大战，确保世界的和平。”

他是以坚强的语调，说明了这问题。待我们吃过茶点，他又很高兴地问到了中国的情况。我谈起了蒋政府的卖国独裁和内战，中国人民的爱国大联合，我们一定能击溃了反动的魔王四大家族的。季米特洛夫深表赞扬地说：“毛泽东同志的主张是十分对的，各国的人民要向他们学习！团结一切人民的力量，反对少数反动派，这个办法是非常正确的！”

“我们知道中国共产党，很多久经锻炼的有学问的同志——毛泽东、朱德、周恩来……。他们懂得中国人民的要求，是那样地和人民结合着，这是一个不可战胜的力量！”“中国的任务，是十分重大的！”

我们又谈到了学习，谈到了整风，他左右看了一下又说：“我们的国家，虽然是革命告一段落，我们还要加紧学习！学习！”

他又问起中国的工人运动，我讲解放区工人的自由幸福的生活，自卫战争以及国民党区反饥饿反内战的运动，二者是统一的战争。他高兴地说：“很好，很好！”“世界的工人们，也要不分国籍，不分信仰，一致团结。为了确保人类的和平，我们要多多来往，多多交换经验教训，使大家的感情思想更加亲密和一致！”

他听见我们就要离开保国了，他惋惜地说：“来了几天就要走了，多留几天也来得及罢！”使我深深感觉到，世界的工人，真有如兄弟姐妹家人父子一般。

临别他说："问候中国的工人！祝毛主席的健康！我们保国的人民，向你们为独立民主和平斗争的人民致敬！"

八月十四日于巴黎

按：刘宁一同志系中国解放区职工领袖之一，此次赴欧系代表解放区职工会参加世界职工大会。

（《晋察冀日报》1947年10月18日）

过 八 路

——南征军过豫东时的民间传说

解清

“过八路，过八路”，立夏黄鹂（注）从南方来了，就成天这样叫，叫得多清楚、多嘹亮。

贾岭镇（项城县属）一带的村庄都听到了这叫声。当保长不在跟前的时候，总有人停下手里的活，说：“这黄鹂叫的是啥事？叫得多好听。”“叫啥？叫过八路，过八路呵。叫了一夏天啦，你还没听见过，有时候它也叫杀光棍，杀光棍。”（按当地老百姓称有钱有势，欺压百姓的人叫光棍）也照例有人接着说两句：

“八路军到底来不来呀？”

“黄鹂这鸟是灵鸟呀，可不胡说八道。抗日时候看不岔（注）不是叫打倒日本，杀敌，杀敌吗？叫了两年，就把个日本打投降了。”

如此你一言我一语地就谈论起来了。这个人说谁家的儿子又被抓走当兵啦，那个人说某家的闺女被镇长叫去帮忙“做活”了。

最后大家又都一致担心，要是黄鹂也叫两年八路才来，那老百姓都活不成了，因为老□苦害老百姓比日本人还厉害。可没想到立罢秋不几天，八路军就来到贾岭了。

八路军是黎明时候来的，等老百姓知道了，贾岭这一片的村子都住得满满的。镇保长都跟保安团夹着尾巴跑了。

这队伍真是名不虚传，待老百姓可和气，借啥东西还啥东西，公买公卖，把屋子、院子都打扫得干干净净的。

这队伍真是兵强马壮，多叫人兴奋，多叫人喜欢呀！人们围着八路军转来转去，说这说那，地不想下，饭不想吃，甚至连黄鹂的叫声也没有人去理了。

(注) 黄鹂和看不岔都是善叫的小鸟，立夏从南方来，秋后走。黄鹂色黄。看不岔色黑，尾长而分岔。

(《晋察冀日报》1947年10月21日)

爆炸英雄丁树银

李风

十二号傍晚，在攻打马村据点时，×部七连担任主攻，但敌人的工事相当巩固，要想攻入据点必须先炸毁鹿砦，这个任务相当艰巨。连长、指导员就把能干的三排副丁树银叫来："你去炸鹿砦，咱连完成任务的好坏，全看你了！"他接受了任务回答说："放心吧！我一定炸开它！"说着抱起炸药就去了。

敌人的机枪封锁了我们预先挖好准备接近敌人的运动沟。敌人用各样方法阻止着我们的接近。但丁树银同志更巧。他索性抛开运动沟，踏进一段庄稼地，一跑就到了鹿砦边；那夜，露水很大，他浑身成了落水鸡，导火线也湿得点不着，他一连点了好几次，每次火光一闪，敌人的子弹就射他。但他一点也不慌照旧点着，终于把鹿砦炸开了，五班乘势接近了角楼。

没倒的鹿砦，仍然像一道堵墙，挡着炮兵的视线，连里决定还得炸！丁树银又奉命跑上去，敌人虽然疯狂地扫射，却没阻止住这位英雄的排长，他又炸开了两处，我们的大炮开始了轰击，炮声一落，六班的战斗组□上协同五班用飞雷控制住角楼，吓得敌人像老鼠，顺着地道钻到围墙里。丁树银带着一个班也随后冲到了，却被高高的围墙挡住，他们不能把敌人捉过来。

围墙足有二丈高，离沟又挺近，梯子竖在沟里向墙上靠，够不着墙顶，竖在沟沿上，又是直上直下的，靠不住，梯子靠不上怎么突进呢？部队集结在沟沿上，敌人的子弹呼啸着乱飞，这是十分紧急的时候，教导员喊来了七连长："你叫一个最棒的排长，一定想法完成这个任务！"

“那只好还让丁树银去!”连长杨占芳每当有紧急任务的时候，总会想起这位英勇的排长来，他俩已是多年的战友了。以前在一块当班长，此刻仍然在一起，他知道丁树银战斗勇敢动作迅速，没有为着任务叫过苦。南线战役时，他无论走多么远的路、爬多高的山、身子多么累，从没放下过他肩上的炸药。青沧战役，他害了很重的眼病去休养，刚刚养好，就赶到保北参加了北河店激烈的阻援战。在万分紧急的时候，他带着战斗组打垮了敌人，保证了全排的安全，巩固了阵地，立了一大功。如今面临着这个艰巨的任务，连长不能不想起他这只强有力的左右手：“丁树银去！炸开围墙，一定完成任务!”

丁树银抱着炸药，冒着敌人的火力封锁，渡过两道水沟，到了围墙下，但导火线湿得几次点不着，敌人又拼命地扫射着，丁树银着了急，围墙炸不倒进不去，敌人若乘势反突击，这里站不住！拿铁锨掏墙吗？天亮了，来不及。敌人的援兵若上来，任务完不成，对整个的战局有影响，战斗情绪会动荡！回去再换炸药吗？耽误了时间，敌人若再冲出来，部队会受到杀伤，可是导火线又几次点不着，怎么办呢？立刻一种高度的革命热情，充满了他的全身，“我是干部，要为完成任务想办法!”他摸出一个手榴弹，压在炸药下，他要把手榴弹拉响，炸燃炸药，他知道炸药的威力和无情，炸药一响自己要同归于尽的，他在万分紧急的时候，想到了“我是共产党员，要为大的利益牺牲自己”，他左手攥紧弹柄，右手扯住弹弦，在这一刹那，他脑子里再次回旋着：“宁可牺牲个人，不叫大家吃亏，来完成这个光荣的任务!”心里就这么想，手就这么做，他把弹弦向外一扯，手一松，身子向后一仰，“轰”的一声，震了他老高，摔在水沟里。同志们把他架出来。他眯缝的两眼，时而睁，却看不见什么；耳朵呼呼地乱叫，听不见什么声音；他的嘴唇一张一合，说不出话来。他昏迷不醒，失去了知觉。

围墙炸开丈七八，角楼塌了，部队一涌突进去。敌人乱了，死的死，伤的伤，剩下活的缴了械。成群的俘虏捉过来，他们一个个地询问着我们的战士："你们准是电雷吧！可把我们震蒙了！"

战斗结束，丁树银立了一大功。在奖功大会上，他被选为主席团，光荣地坐在主席台上。他的两眼和千百双眼睛一样，注视着会场的大条标语："向爆炸英雄丁树银看齐！"

（《晋察冀日报》1947年10月26日）

匪三军的葬礼

杨朔

【前线二十三日电】此次有幸，记者亲见了胡宗南嫡系三军入坟的大典。坟场是解放军特为掘好的，在清风店正东十三里、定县东北廿八里的西南合等五个村。替三军执绋下葬的正是蒋介石本人。这个催命鬼震于平汉北段解放军反攻的声势，连下数道命令，硬要三军从石家庄日夜兼程冒险赶往保定增援。于是军长罗历戎、副军长杨光钰亲率所属第七师全部（包括十九、二十、廿一等三个团）外加十六军二十二师的六十六团共万余之众，浩浩荡荡前来送死。等到正式进入为他们预设之坟地时，解放军便于十月廿日拂晓，首以隆重炮火宣告了葬礼的开始，延至二十二号近午即告全部礼成。这其间，自然有一番垂死的挣扎，蒋家飞机整天盘旋在阵地上空扫射轰炸，入夜被围的村庄一齐点起柴草，漆黑的天空依旧隆□地响着飞机，还不断地投照明弹，但这无非给这个葬礼添上一些热闹的点缀而已。在解放军狂风暴雨般的袭击下，匪二十团一个叫邹永昌的连政指，早已在他的日记本里敲起丧钟来了。他写道："匪（指解放军）攻甚强，令人忐忑，连长在我手册上写了字，颇觉惨然……，余在特务长之手册上也写了字，万一皇天无眼即请通知我家。"二十一号的日记就更丧气："伤兵一个个抬下来，情形甚惨，余心忐忑，唯有祝祷苍天佑我而已。不知家人知我目前情形否？……，还是死了好些，妻子儿女管他干甚？"这其实是蒋匪军的普遍心情，不过结果绝不像邹永昌所想的那样坏，蒋介石要他以至于千千万万人替那个没落的阶级殉葬，解放军却把他以及千千万万人从坟坑拉出来"超度"重生。战斗结束，一群一群的俘虏被送到后方，有的好奇地望着漠漠无边的大平原，这片广大翻身人民的自由土地，却正是匪徒们葬身的死地。

（《晋察冀日报》1947 年 10 月 26 日）

人民要翻身 铁路也翻身

——平汉线大破袭速写

魏巍

十一日夜半，徐水至固城的平汉线大翻了身。像是一架无限长的大梯子似的，倒在路基的一边。第二天老阳快落到山尖，人们又带着锨镐棍棒、两手血泡出发了。离铁路还有四五里路，早有另一部战士和群众向回运道木。有背着的、抬着的、大车拉着的、小车推着的，显着得意的样子从我们身边走过去。我们这班民兵里有个复员军人陈克仁穿着黄呢大衣，从村里背来一根鲜红的红漆轿杠，成了他们开玩笑的目标："嘿！你们看！美国装备，也来破铁道啦！"引得人们哄然大笑。大家更着急地向前赶。离铁路有一二里路，就听见一片嘈杂声和钢铁的响声，像是一个大集。

过了宽大的外壕，天已经黑了，只见无数强大的黑影，挤拥在铁路线上。一时难看见他们在干什么，也难分清是什么声音，只是嘈杂，响成一片。我听见有一个战士在唱："人民要翻身，铁道也翻身！"

徐水和固城的红灯，在两边远处暗淡地照着。不断地打起照明弹、镁光弹，错落地画着红线。铁路线上的队伍更长了，声音也更加巨大了，掀道木的声音，轰隆隆，像列车开进一般直传到远处。破路基的镐锨，发射出细碎的火花。只听农民们交谈着："挖深些！挖宽些！""不要心疼你们的镐刃，砍断蒋介石的狗腿，回去再钢镐刃吧！"

三星过午了，人们的肚子饿得咕咕噜噜地响起来。这时又有人号召："咱们临走，每个人再烧一根道木！"不知从哪里又来了新的力量。轰隆隆地掀下了道木，沿着铁道线一堆一堆地点起了火。这一段平汉线顿时陷在火里，火接火，烟接烟，满是松香气息，地下滴满了黑油。大火照着，群众拿着五颜六色的武器，乐呵呵地站着。徐水×庄的老头儿高老儒，在火边抖动胡须，用镐头指着徐水车站说：“看看我们的照明弹怎么样?”在这支队伍回去的路上，我感叹地说：“咱们老百姓，现在的思想，可真是进步了呵!”一个叫姚盔子的老头儿急忙打断我的话说：“不进步?凭什么保卫我们的胜利果实呢?”后边是一片火光，村子里传来了断续的鸡鸣。

十月十三日晚写自前线

（《晋察冀日报》1947年11月3日）

红军的妈妈

柯岗文

【新华社鄂豫皖前线一日电】八月二十八日，大队解放军在浓重的晨雾里勇猛进击。路过潢川五十华里，傍着潢商公路有一座小的山庄名叫冯北楼，这村被满布着青松的丘陵二面环抱，绿水池塘里几只白鹅在拉开嗓子高叫。队伍停下来准备造饭，全村却没有人声，也无灶烟。有人在一座房檐下发现了十八□前苏维埃时代的标语残留着的模糊字迹，写着“没收地主豪绅的土地，分给贫苦农民”。大家不禁喧嚷起来：“既是老革命地区，为啥老乡们都跑了呢？难道他们不知道咱们是从前的红军回来了吗？”忽然有人大叫起来：“指导员在哪里？这里有个老太太，她是指导员的妈妈。”指导员回身一看，七班战士牛保三正扶着一位没有眼珠子的老妈妈向这边走来，一个五六岁的女孩子跑在后面。在五十公尺之外就看到她的嘴唇在颤动，走到跟前才听到喋喋不休地念“四连、四连指导员”。牛保三说：“老妈妈，这就是指导员。”“是呀，我就是指导员”，马指导员挨近□步，老人不作声，突然伸出双手，从指导员头顶一直摸到脚跟，然后很着急地大声说：“吴海难道你不认识娘啦。”指导员很认真地说：“老妈妈，我不是吴海，我姓马。”老人立即放手急躁地追问：“你不是四连指导员？”“你不是民国十八年从这里出去那红军？”“我就是那个红军，又回来了。”“那你不是吴海，俺吴海是红四军四连指导员，他走的时候整廿岁。”“我不是吴海，我今年才廿三岁。”老人像孩子似的“哇”的一声坐在地上失望地痛哭起来了，全连的战士都围拢来想尽办法来劝慰她，指导员很亲热地和她对面坐着说：“老妈妈，不要难过，我虽然不是吴海，可是也像吴海一样，你想叫吴海做啥，我们替你做啥，现在咱红军有几百万人啦，那时候吴海做四连指导员，现在咱有几千几万个四连、几千几万吴海都回来了。”老人长嘘了一口气：“要吴海回来给俺报仇，自从他走后，湾子里叫民团闹得灭亲绝户。妇会的人叫那些禽兽们糟踏够了，又反绑着手投到池塘里啦，岭后松树林里天天有人上吊。吴海他爹被砍死啦，我的眼珠子叫人家用竹筒给拧掉啦。”老人说着，用手摸着眼睛，又哭了。“老妈妈，别哭啦，这仇咱们一定替你报。”战士们异口同声地回答她。不知是谁忽然插问道：“老妈妈，你们受了这大的灾，咱队伍回来了你们村里的人怎么都跑了呢?”老人顺手从衣袋里掏出一张纸条，交给指导员，指导员高声念着：“谁和共产党见面，杀绝满门……”老妈妈接着说：“这是上月初保长逼着家家户户写的呀，我是拼死在家等俺吴海，把冤仇给他说说呀。”指导员连忙对她说：“老妈妈不怕，咱队伍多得很，正往这里开哩。你吴海还在后边哩。”老人忽然站起来，立刻告诉身边的小女孩子说：“去到岭后叫你妈回来呀，你就说‘红军不走啦’！快去吧，好孩子。”小女孩气喘喘地站在岭脉上的大松树下用力地喊：“妈妈，婶婶，你们都快回来吧，红军不走啦。”这声音像小喇叭似的嘹亮，茂密的松树林内走出了男人、女人、孩子和老人。

（《晋察冀日报》1947 年 11 月 3 日）

雷村战防连大战坦克车

魏巍

十六日拂晓，敌九十四军第五师十三、十四两团，及其他部队，协同敌十一战区战车第三团，为增援徐水被围敌人，向我坚守高丽营部队猛扑。十时，敌战车三团四辆重型坦克、三辆中型坦克，沿汽车路向我前沿工事冲击。

战防连二班在该连政指华甫同志指挥下，不顾一切，沿开阔地将炮向前推进三百米，至距坦克一千四百米远处，卧倒就打。射手贺才先，连发三发，将敌一辆大型坦克、一辆中型坦克完全击毁。当二班将战防炮推回炮兵阵地，敌被击毁之坦克，被别的坦克拉着，冒着烟跑了回去。

下午一时，敌又出动坦克四辆，掩护步兵，改由铁道向我猛冲。四辆坦克冲至我前沿不到百米，将我某团一连前沿工事毁坏，敌步兵已与我短兵相接，黑腾腾的炮烟已将那一片完全罩住。

这时，二班又接受了紧急任务。指导员鼓动说："咱们是不是还推出去？谁打毁一辆就立功！"一排长刘振德、二班长高玉琴，还有射手贺才先等同志都表示坚决去打。贺才先同志还说："我死不了就得打，一直打到南方去，解放家乡！"小组长李学莽、刘玉□、贺才先三同志，自告奋勇去看地形、平障碍、测量距离。趁着敌人炮火打成的浓烟，在敌炮火飞机威胁下就推了上去。两千多斤的战防炮，平时十五个人还推不动，他们八九个人就推着飞跑。指导员喊："跑快呀！胜利决定在你们哪！"他们一直推了五六百米，直推到距敌人的坦克七八百米的距离，但当他们未到之前，要求将功折罪的解放战士刘连庆，已经瞄准指挥车，开始了火箭炮的射击。第一炮就将敌指挥车打得冒出火苗，不动了。最后面的小坦克见事不好，向后拼命逃窜。起火的指挥车伸出小白旗拼命地摇，后面两辆又赶来援救。这时指挥车正向上喷着一丈多高的火苗子，十余丈高的黑烟。二班已将战防炮推来，射手贺才先同志，又将其余二辆坦克□得起了火，里面的炮弹也被烧着。在被敌摧毁工事的废墟上，敌人的步兵终于被我们打退了。敌战车第三团全部七辆坦克被我击毁五辆（内缴获三辆），炸毁炮六门、机枪七挺，缴重机枪五挺、子弹十箱、炮弹二百发。

（《晋察冀日报》1947 年 11 月 4 日）

清风店战场速记

张帆

二十二日中午，战斗结束了，我们□到清风店战场中心——西南合村。战火熊熊，火药气味窒息鼻孔，刺得眼泪都流下来，天空有五架美造蒋机还在扫射轰炸，蒋军梦想用空军解清风店之围，但已无济于事了。

村中到处都是壕沟弹片和鲜血，八百蒋匪、三百匹马的尸体塞满这不足四百户的小村。所谓村庄实际已成遍体鳞伤的沙场。每一棵树、每一堵墙、每一间房子都满布弹痕，有的树头整个被击落，有的墙整段被打坍。街头和房顶上，尽是敌人仓皇中修起的工事，他们把老百姓的箱子、柜子甚至被子都拿来当工事。敌人是企图在此作垂死挣扎的，我看到第三军军长罗历戎的坚守命令："此次战斗，关系本军生死存亡，凡我官兵必须有与阵地共存亡之决心，如有不遵守命令，擅自撤退者，决予军法从事。"

不管敌人怎样拼死挣扎，但他们经不起人民解放军铁锤的打击。当我军总攻时，炮火打得天昏地暗，大地为之震荡，敌人电话线全被打断，村中乱作一团，兵找不到官，官找不到兵。据未逃出的老乡说，在我总攻时，许多敌人吓得钻了洞，一个伙夫给一位老太太跪下哀求："俺家里有一个老娘，四个兄弟硬抓来当兵，谁愿干这行，你救救我吧！"老太太叫他交枪，他说："没枪呀，俺是做饭的。"一个班长听见我军冲进来喊着"交枪交枪"，吓得他叫这位老太太替他把枪交出来。

现在，人民解放军正押送一万多个俘虏离开战场，残余的俘虏正被农民像抓小鸡一样的，把他们从柴堆里和地洞中抓出来，交给搜索部队。“韩村”部队一个解放战士，从俘虏群中看见了他哥哥，他悲喜交加，马上过去问长问短。另一个解放战士（原第三军七九团士兵）被俘虏围着，人们问他：“这边怎样？”他答：“挺好，挺好，我当了排长了。”

西南合村的老乡看到成群的俘虏，分外高兴说：“全拿了他们哪！我们回家去呀！”可是当他们一进村，一入院，他们马上就怒发冲冠，气愤填膺。蒋匪把他们的东西弄了个翻江倒海，祸害个一塌糊涂。一位老太太站在房顶上骂：“蒋匪军！你们这些狗东西！害得我好苦呀！你不叫我活了……”当人们一见了我军的军队，马上像亲人一样地诉苦，而最后总是说：“要不把这帮土匪全拿净了，可过不好安生日子呀！”

当晚，军队与民主政府开了联席会，讨论善后救济问题，决定先由附近群众帮助西南合村打扫战场。费了两三天的工夫，他们才将八百蒋匪、三百匹马的死尸拉到村外埋了。但是蒋匪吃剩的猪蹄、肠肚、鸡头、鸡毛，到处都是，一时无法掩埋，因此他们一面埋人平街修墙补房，一面来了个大扫除，各井都浇水，清洗街道，把蒋匪留下的脏物一律洗除。一个老头很幽默地说：“这里流过鬼子的血，也流过蒋匪的血，我们不怕了，明年该长好庄稼呀！”

（《晋察冀日报》1947年11月4日）

大捉俘虏大缴枪

楠

经过两天两夜的战斗，把敌人压到西南合一个村，立功部配合友军一营展开了大捉俘虏大缴枪的热潮，扑向最后挣扎的敌人。

打退三次反冲锋 解决敌人一个营

三连二排把敌人压进一个大院里。敌人发起了三次反冲锋：

第一次敌人从大街上冲过来。五班长杨本贵扔过去一个手榴弹，敌人仍然向前冲，他又扔过去第二个，还不停止，第三次他把一个炸药手榴弹和一个普通手榴弹连在一起扔过去，“轰，工”两声，敌人丢下死的伤的，连滚带爬逃回去了。敌人停了一下又发起二次反冲锋，杨本贵一连扔过去五个手榴弹，压下去了。

二排又向前逼近了一步。敌人发起了第三次反冲锋。这时六班部金锁从墙头上连打了四枪，止不住敌人，他扔过去一个手榴弹，敌人向回一卷，他又追过去，两颗手榴弹，把敌人追回去了。

敌人三次反冲锋失败就缩在院里不敢动了。趁着敌人恐慌的时候，一排迂回过去了。

一排长阎三毛和张凤海、霍小旦，一接近就冲进了大门，三人连打了六颗手榴弹，副班长高全喜用机枪上去一逼说：“不交枪，全打死你！”二十多个敌人在烟雾里举起了枪。

外院交了枪，阎三毛又冲进了里院，把北屋门一堵，新战士张胜中堵了东屋，解放战士李凤同堵了西屋，墙上、大门口支起了两挺机枪，朝准房内的敌人。

一看三个屋里，敌人挤得满炕满地，阎三毛一声喊：“缴枪！”

吓得他们脸发白，连忙说："不要打！交！交！"这时成功部也突过来了，院里满是人，缴枪的，交枪的，真热闹。

敌人很会交枪，有各种交法：

有的把枪扔在地上，一面拍着手，表示自己没有武器了。

有一个用两个指头，捡着手榴弹柄，举得高高的送过来，他不敢满把抓，怕我们疑心他扣着弦。

有一个交了枪，满身乱摸，忽然喊："哎呀！一粒子弹！"连忙掏来递给我们，又表示表示没有东西了，才站到一边去。

一查俘虏有一个营长、三个连长，原来是一个营。

机枪打开一个洞 俘虏洞里拉出来

一连经过一次又一次压缩，敌人步步退到高房里，想依靠房子最后挣扎。机枪三班长林清山对房上一阵机枪，把敌人打到院里去。敌人还不死心，把墙掏了一个洞，伸出机枪打了一梭子，林清山一见有了气，端起机枪对准洞口连打了三梭子，把洞口打成洗衣盆一样大的洞。他就对洞口喊："我是五十三军过来的，我都已经当了机枪班长。过来吧！"里面动摇了，一个南方口音说："我们早想交枪，当官的不准。"

趁着敌人动摇，一班刘华向洞里一看，里面闪着两个敌人。他对他喊了两句，那两个就把枪递出来了。一下开了头，后面一个跟一个交开了，都是枪托在外，摘了枪栓，把枪先送出来。连长和一排的接过枪，再把人拉出来，一连拉出了二十多，最后一个出来时，他对里面喊："我们交完了，你们交吧！"

这才知道里面还有。等了一会不见出来，刘华山说："我进去。"一摸腰钻进去了，刚一进，"砰"对面打过来一枪，他向旁边一闪，对准枪声来处"砰！砰！砰！砰！"连打了四枪。枪声刚停，屋里说："不要打了，不要打了，我们交枪，我们交枪。"立刻从屋里挤出来六七十，枪扔了满地。

三门大炮缴到手 蒋匪炮兵完了蛋

一听俘虏说前面是军部，二连就扑向敌人，心里要抓军部。

二排五班向西扑，要过一个胡同口，敌人一挺机枪把他封锁了。李银和□焕乱各个跃进通过了。第三个正要跃，一看胡同里又是大炮又是牲口，慌慌张张一大片。他们一见高兴极了，也不管胡同两侧屋子里还有敌人，六个人向大炮扑过[去]。敌人机枪向他们猛烈打来，他们用手榴弹和步枪回答敌人。敌人一看不对，撇了大炮，钻进了旁边一座小屋子，五班长封□五和副排长几个人一面喊一面打过去一个手榴弹，九个敌人才出来交了枪。

他们回头看炮，三门山炮，一大车炮弹，六匹骡子。一匹骡子拉了一门炮，三个骡子拉三门，一匹骡子拉了大车，牵着两匹骡子，浩浩荡荡出来了。

不远，副连长韩福带着通讯员、司号员们和四班配合友军解决了掩护炮兵营的步兵，三军炮兵营就这样完了蛋。

在热烈的缴枪捉俘虏中间，一个营共俘敌人四百八十七名，缴获山炮三门、六〇炮一门、机枪十五挺、掷弹筒六个、喷射器三个，其他武器很多。下午，战士们驾着大炮，扛着机枪，押着一串串俘虏谈着英勇的故事兴高采烈地回来了。

（《晋察冀日报》1947 年 11 月 7 日）

英雄与小丑

杨朔

清风店歼灭战将近煞尾，第一队俘虏被押出西南合村时，当头走着个四十来岁的军官，美式船形帽，灰大氅，横着肩膀，摇摇摆摆地硬撑架子。我们阵地上一位指挥员叫他过来，一问就承认是六十六团团长吴之霖了。这个团号称十六军的精锐，在华北狼奔豕突，反共最凶，吴之霖也就被认作最反动的内战英雄之一。可是此刻，我竟没有眼福见到他的英雄气概。他一屁股坐到个坟头上，脸色苍白，□然还挺着脖子假充好汉，声气早已不足，带点喘道："我先前在内战舞台上是个唱戏的，现在放下武器，该看戏了。"

不过别慌，我的眼福并没失望。十天以后，吴之霖的一册日记落到我手里，字里行间，竟又活蹦乱跳地显出他那小丑的英雄本色，他赋着似是而非的歪诗，追逐着美人。到张飞的故乡下辛店看见刘关张的神像时，不禁便感叹："彼等出身寒微而均能成赫赫之名，创偌大之业，咱家能无有□于衷乎？"于是□死报□蒋家匪帮，巴结功名，屡屡大声疾呼要"肃清土匪"（侮指解放军）。四月十四号的日记，居然对□总司令李文把牛皮吹得天响："本团年余剿共经过，已造成匪惧我之现象，我团到达何处，何处即可转危为安。"正定被解放军收复时，吴之霖仓皇率兵空运石家庄增援，到今天日记里还夹着那天石家庄《前锋报》的号外，大夸六十六团是"突击攻坚，战必胜，攻必克，市周共军已临总崩溃前夕！"这时是吴之霖英雄时代的高峰，日记里贴满拍马文人替他吹捧的访问记，说他"一个团足可以对付共军三几万人"。他竟也大言不惭写道："此亦事实，所言并无有过。"他的战绩就更是一派胡言乱语。请看四月二十日怎样吹的：

“此次本团空运石家庄，一战而恢复获鹿，再战而扫荡石门西北之敌，予以痛击，闻风丧胆，向北远遁，不敢以正眼相视，誉满华北，不胜欣幸。”二十二日又写道：“本团在石门四周扫荡冲杀，大有秦怀玉杀四门之味道。……”这真是个“惊天动地”的“大英雄”。但他过分兢兢于名利，稍不随心，就在双十节自吹自擂地大发牢骚：“历年来长征察冀两省，每战必捷，而论功行赏不及于我，至于他人了了而为，倒反记功给奖，相较之下，岂能无感于中乎！”这位“英雄”的本色，原来是急于升官发财，他自己完全坦白了。日记看到这，我不再耐心，焦急要欣赏欣赏这位“大英雄”在清风店一段表现得如何慷慨激昂，就把日记一下子翻到尽后尾。果然沉着，正当歼灭战进行的十月二十号那天，他还写日记。可是字画怎么颤颤哆嗦的，像个老头子的手笔。不管他，且看日记：“拂晓即受匪（解放军）各方攻击，于是军长遂感兵力分散之苦，欲求集结而为敌吸住，迄下午二时，徒有空计而无法实现，但于事先不能预计及之，急人急人真急人！我第三营为匪猛攻，苦战终日，无法解脱包围之危……”到此日记戛然中断，也许笔被炮火吓掉了。

真泄气，满纸都是拉稀屎的话。不想他骂做闻风丧胆向北远遁的解放军，会突然把他围得水泄不通，而六六团刚一真正交锋，便土崩瓦解，立地同三军一起被歼个一干二净，团长吴之霖且英勇地举起手来，最先就俘。这些勇于内战的英雄原来不过是些可笑的小丑，吴之霖的下场就是个活的讽刺。

（《晋察冀日报》1947年11月10日）

被俘前后

——被俘匪三军某连指导员自述

益之

炮弹在我们那个院子的周围落下来，东一颗西一颗地炸开了。

我们廿几个人缩到一间房子里，心早吊在半空，大家总是担心，万一落进一个炮弹，全院二十几个人就完蛋了。果不然，轰隆一声！一个炮弹在北房顶上爆炸了，房子里的人吓了个半死。天老爷！八路军的炮弹有眼，不该炸死我们这些人，停了会子，大家抬起头来，房顶上打了一个大窟窿，有人低声说："这大概是迫击炮弹，如果是野炮弹早完了！"

我们二十几个人，手无寸铁，胆小得要死，开始也还相信上边的欺骗，盼望援军快来，以后也就绝望了。你万猜不到我们当时的心情，当炮弹一股劲地爆炸时，我们不是盼望八路军撤围，因为这已经是不可能的事了；我们是在盼着你们快快接近村边，我们有个算盘，我们知道，只有你们接近村边，才可以停止大炮的射击，炮弹把我们给吓坏了，我当时心里想，千万别给炮弹打死了！

炮弹慢慢地稀落下去，但是怕人的声音又来了，机枪扫射得就像风一样地刮过来刮过去，手榴弹听着听着扔到村里来，唉！反正完了，不死到炮弹底下，手榴弹也过不去。

战斗在房顶上打开了，开始步兵们还支持着，手榴弹响得那个密，比大炮还怕人。我们二十几个在诅咒着步兵，打个鸡巴毛，要打到别的地方去，不要在这里连累了我们！其实，当时我们并没有想到交枪投降，而是害怕步兵在头上抵抗，你们的手榴弹就会扔进院里来！

不行了！房顶上的步兵慢慢退下来，周围突然寂静起来，静得怕人。静倒不如响着好，到底是怎么回事呢？全屋的人慌乱了，但是既不敢往院里跑，又不敢坐在炕上，二十几个就一齐挤到坑角下叠罗汉般地垒起来。我被压到最底下，心里想总算要死我比别人总还可迟几分钟，手榴弹来炸不透，刺刀也不会一刺好几个人。猛然想起来，我绿绒呢制服上的肩章还挂着，这个指导员的头衔如果被认出来，可就完了。军长、师长常给说，你们千万不要叫八路军俘虏了，你们知道八路军对指导员是重要人物。我使劲抬起手来，慢慢地把那个肩章给撕掉了，现在想起来也好笑，撕掉了难道人还会不知道。我们十几个人，就这样抖□着。

轰！一个手榴弹在院子里炸开了，大家挤得更紧些，这一下就完蛋了！“里面有人吗？”一位八路军弟兄已经挺着刺刀站到院子里了，大家气都不敢□□，外边的声音喊得更高了：“有人没有人？有人没有人？”我们刚准备张嘴，刺刀已经伸到房门口：“缴枪！不杀！”我们乱嚷起来了：“交枪！交枪！”可笑不可笑，我们哪里有枪可缴呢？这里头二十几个有文书有勤务，我在行军当中分派我管理大车，在紧急时候我和一个赶车的士兵一齐钻到这房子里来，“交枪！交枪！”这简直是吓昏的胡话。那位弟兄一看我们这个样子又没有枪，便把我们一个挨一个地拉到院子里，轮到我身上，我腿软了，眼花了，脑子也不动了。哎哟！活像上杀场，临出门那个赶车的拿起件大衣来让我披上，我没有拿：“命都完啦！还要什么大衣，还怕死了受冷冻！”我们呆呆地立在院里，脑子里除了死，再没有什么想法了。

那位弟兄一张嘴，我心里嘣嘣地直跳，他和气地讲着：“你们这就活了，不要紧，性命准有保障。”我心里并不信这些话，自己在想：“你不要骗人了吧！”这里我要插一句，上次正定我们团被释放回去的人是讲过八路军的宽大政策的，但是我在想，上次人少宽大了，这次人多有军部可不见得吧？我打定了非死不行！

我被带到团部来了，我们的人越堆越多，自己在心眼里稍稍宽松一些，但是谁也不说话，见到熟人顶多点点脑袋。排队点名站了一大队，那位据说是团长，带着手枪，走到我跟前，手指着，眼睛直视着我："你是个干部！"我脸色突然发白，腿又发软浑身发麻了，我这身新的绒呢军衣穿坏了，倒霉！支吾了半天，才算混过去了！

我们又被送旅部来，发了一张登记表，要我们填，我的名字倒写真了。但是在职务一项，我改成司书，心里在想，无论如何不能露出指导员的面孔。但是，你们战士干部对我们的诚恳和蔼，使我在原来漆黑的心里发了点亮。一直到××，牛部长一再地讲，你们的生命绝对有保障，你们有什么困难一定要解决。听到牛部长的谈话，我才大放了心。牛部长讲的话真抓住了每个人的心，从此，我胆大了，精神也就不那么紧得要死！两三天以后，我已经完全相信性命绝对有保证，八路军的宽大是真的，并不是用来骗人的。

我们真是痛快极了，一到这里，村里和我们开会，妇女儿童都给我们讲了话，许多事想通了，尤其是那天晚上看过《白毛女》的戏，我们当场有好多人都流了泪。这几天你们不少人给我们讲道理，我们又看了这边的报纸尽是说实话。你就比如我们这次被解决的消息，你们的报纸一点也不夸张，要我看人数怕不止一万三，但是那边——指蒋匪——却说我们安返石庄了。两下一比谁是谁非，谁会成事谁要垮台，就清楚了。

我特别听到罗历戎被俘的消息，心里一股的火，他妈的！罗历戎经常给我们讲"宁做战死鬼，不做俘虏兵"，这些话看来都是要我们这些傻瓜为他们卖命，真的要命的事轮到他头上，他也㞞包了！

我亲眼看到你们纪律的优良，和群众那么密切，我就想起那边的一团糟，那边的坏事坏人真是数不尽！层层黑暗，无处可言！

满共不过几天，我也不知道是怎么回事我的脑子变了，你要我说怎么转过来，这是无形中的变化，我所见到这边的任何一件事都是有情有理。过去我们口里讲八路军共产党觉着怪别扭，现在叫出来真是像遇到了亲人，在“中央军”有时骂人：“看你像个八路军样子!”自己很不高兴，现在就说我们是八路军的解放战士，自己也觉着光荣，倒是有人说我是“中央军”，我真的会不高兴。你看！这简直大翻了个个儿!

（《晋察冀日报》1947 年 11 月 10 日）

二 猛 士

——清风店大捷插曲

杨朔

以十战十捷闻名的某团有两个最勇悍的连，一是绰号“莽张飞”阎增祥带的第三连，一是战斗英雄杨茂恒的猛打猛冲第七连。阎增祥长得矮小精壮，举动有如□风暴雨，杨茂恒可是白净大眼，挺英俊，身上带着十三处伤，肚皮里到如今还有块炮弹片。战斗之前，全团浸透着毛泽东干净彻底歼灭敌人的思想，挑战书雪片似的飞舞，个个争先，抢要主攻任务。团里向来善于培养士气，有的连队在八月节月饼上都写着：“月饼月饼真是香，愿你吃了赶上阎增祥！”这回“莽张飞”听说杨茂恒要同他竞赛，□跳三尺高道：“好啊！我先挑他，看谁消灭的敌人多！”

一上战场，两位英雄便□头了。“莽张飞”扬着手叫：“七连长，咱们今天并肩作战，死活要在一起！”杨茂恒跳上来拉紧他的手说：“赛就赛一赛吧，要紧的是大家把队伍组织好。”

蒋匪三军最后困守西南合孤村时，十月二十一号下午五点，我各路雄兵会攻，杨茂恒的第七连争着当了突击队之一。白天近迫作业，一条壕沟直挖到敌人的机枪掩体前。黄昏时，四处排炮齐发，打得村里乌烟瘴气。杨茂恒带着七连从西北角接近村沿，正在爆破。这时约计夜间九点半，旁边一支兄弟部队先炸开个缺口，但是敌人像条疯狗，拼命反扑。杨茂恒发一声喊，提前指挥，亲自带着一排人横冲过去，抓住前沿。敌人已是釜底□魂，炮火闪处，但见有个军官握着枪督战，连推带嚷，逼得当兵的端着刺刀瞎冲过来。我战士早发过誓：“能进一丈，不退一尺”，立刻跟杨茂恒把敌人打退。立脚未稳，不想垂死的敌人又行反扑，激得杨茂恒大叫道："咱们能死在村里，不死在村外!"手榴弹飞雷齐撇，打得敌人的反扑不能收拾。可是杨茂恒的头顶中了弹，第十四次负伤了。通讯员要架他下来，他甩开道："去你的，不用管我!"他的伤势实际不轻，好歹拖他到绷带所，绑好伤，怎么也不肯下去。团政治处主任再三相劝，他只是道："我没完成党给我的任务，决不下去!"说着就往火线上跑，一个同志拉住他，政治主任说："这是党的命令，叫你下去。你的任务自然有人继续完成。"他便哭出声道："我对不起党，对不起人民！……"才由担架抬走了。

后续部队潮涌而上，阎增祥带着三连赶到，正在帮助巩固另一连队在九点时从东北角炸开的突破口。村沿已抓住五间北屋，但一部敌人还占着紧东首五间房子，挣扎着乱打机枪。别看是莽张飞，粗中有细。阎增祥明白这个□该像楔钉子，要猛，也要稳，楔进去不放。他立即命令战士土工作业，隐蔽身子，又在阵地前用土坯垒起道墙头，架起机枪，防备敌人反扑，然后挑出几个战士成立投弹组，自己擎着手榴弹领在前头。说声"打"，一阵弹雨压过去。只见他嗖地蹿上去，便占了那五间东屋。随即又改造地形，紧往前进。敌人乱了，还想死挣，阎增祥却带着人逐步为营，向前发展。有一处敌人的正面火力强，他就闪到旁边，在墙上打开个口，钻进半身。一个大汉躲在炕上，吓得跳起来。阎增样举着手榴弹□道："缴枪宽大!"那人慌忙举起双手，原来是个营长。这个莽张飞越杀越勇，一往直前，后边有人叫道："连长，你看咱才几个人，别打了!"他瞪着眼喝道："有几个人就打几个人的!"头也不掉，又带着队伍扑向敌人去。从天黑直打到天明，一路俘获的又是人，又是枪，又是辎重。

当夜，就在阎增祥、杨茂恒以及全团许许多多猛士的奋战中，把敌人死守的孤村从东北、西北各突破个口，打退敌人九次反扑，巩固发展起来，直待天明我大军从各个缺口汹涌而入，完成了歼灭战的最后收场。

“莽张飞”和杨茂恒的比赛谁胜了呢？他们都做了自己所能做到的，缺谁也不行。这个大捷正是全军全民的杰作。

（《晋察冀日报》1947 年 11 月 11 日）

清风店战场速记

张大鸣

战斗刚刚结束，老乡们就从四面八方往家走，赶着毛驴，扛着铺盖，兴奋地谈论着。他们碰见满载胜利品的队伍，忍不住问候道："同志们，辛苦了！"战士们得意地挥了挥手："老大娘，快回去吧，顽军消灭啦。"

大路上成群的俘虏开过去，一队接着一队，扬起来的尘土遮天蔽日，村庄上的群众挤在街旁看热闹，他们瞧着这些歪戴和尚帽子，身穿草绿军装的怪模样，就愤恨地骂起来："这算是个人哪，畜牲！"

一路进西南合，这最后歼灭罗历戎匪军的村子，就看见敌人仓促应战的情景，大树被锯倒横在路上，小树被拦腰截断做鹿砦，院墙房屋挖上密密的枪眼，房顶上垒着土坯，所有大车、桌椅、箱子都散乱地堆到街上，但这些障碍丝毫不能挡住我军的进攻，草草修成的地堡顶盖都被炸飞了。满街院内躺满了匪徒们的死尸，受伤的骡马还在垂死挣扎，有几处敌人把马匹车辆烧毁了，几个军官模样的匪军也一同烧得焦头烂额，焦臭的气味令人窒息。

沿街墙上贴着无耻的标语，罗历戎曾正式通报他的下级说：援军就要到来，坚决死守到底。标语上也公开地欺骗他的士兵，有一条写着："援军从保定开来，离这里三十里了。共军不难击灭。"下半截已经剥落，被风吹得哗啦哗啦地响，好像嘲讽躺在它下边的一堆死尸。

敌人临死前还作恶，烧毁房子，一家姓陈的老乡十八间房子尽成灰烬，没有跑掉的被烧死了两口人。全家大小这时站在灰烬旁边哭骂，老头子泪眼汪汪，用棍子戳着一个烧得像烧鸡似的匪军，骂道：

"昨天杀了我两口猪，吃了我家的鸡，粮食都喂了这些王八，你这个兔崽子跑吧，你跑不了。"

隔院一位老太太，站在门口声嘶力竭地骂着，她看见我，一把拉到她家里叫我看，院里一堆棉花烧完了，三座房子只剩下一座，后墙全被挖空，家具翻倒，屋角一棵小树下埋着肠子污血，那是杀了她家的猪。她苦诉道："全给弄光了，连孩子棉衣服也给烧了，这可怎么过啊！"我安慰她说，政府会想办法救济的。她立时高兴起来，接着说道："那一天他们装我的麦子，我说你们吃完了怎么着。他们说，吃了这村再吃那个村，这下可吃了土了！"

这时村民正在收拾一切，挖出埋着×的门板，搬回散乱在街上的凳子，一位中年妇女找回被劈坏了的铡刀，对民兵谈她亲耳听见敌人投降，八路军喊；"缴枪吧！缴枪不杀。"他们说："俺们缴枪！俺们缴枪！""顽固军一见八路军真像耗子见了猫了！"

（《晋察冀日报》1947 年 11 月 11 日）

石门——摇摇欲坠的孤岛

——蒋俘诉述困兽之苦

逸群

匪三军万余人被歼灭了，我和被俘官兵谈话中，提起他们苦守石门的半年，他们至今还头痛着。

四月，南线战役后，石家庄便成为陆上孤岛，陷入解放区军民严密的围困中。被俘三军上尉副官张××说得好："从四月以后我们苦守石门，东走不出五里，西走不出五里，要做个比喻，我们好比死了的人没有埋，简直就像活死人。"我访问过三军许多官兵，他们一致承认半年来的石门，是一天不如一天。三军加上那些地头蛇把石门□内外人民的精血都吸净了，但是仍然不能维持这批匪徒们的最低生活。随着我军连续打击和游击战争开展，三军内部的困难在飞速发展着。

一

正太路被我横断后，石门陆路交通全部断绝，贸易阻塞，货物奇缺，物价飞涨；发展到顶点的经济危机威胁得蒋匪官兵惴惴不安。物价一日三涨，从四月到现在，物价普遍高涨四五倍，百物奇涨声中，由于高等官员准备逃跑，存金不存物的结果，金价陡涨不已，□□六十万元的金价到十月将要突破五百万。石门的蒋家高级官员、恶棍以及那些与匪帮勾勾搭搭的投机商人，却在经济恐慌中兴风作浪，盗卖接收物资、囤积居奇、吃空额、贪污走私，大发内战血财。人民被这帮匪徒们压榨得奄奄一息，自是不言而喻！就连蒋匪下级官佐家属、广大士兵亦陷入饥饿穷困的深渊。

军粮是极度的恐慌，下级军需催逼着军部，军部催逼着兵站，兵站催逼蒋匪石门市府，信催坐催，但是粮食早已告罄，出路只有抢夺一条。四月以前他们是不吃小米的，以后改为粗细粮三七比。七月以后一变而为倒三七（细三粗七）倒二八倒一九。石门那么多军官家属的眷粮从九月份就都停发了，一个月领四五十万的尉级军官也不过买到一袋面，家属在饥饿恐慌着。至于在层层剥削下的蒋家士兵苦难是更大了，从五月份起只发了一双鞋，士兵们自己在做鞋穿，领着六万军饷的二等兵早已买不起整包的香烟，在一根根地零买了。官兵薪饷多是上月预支下月，上气不接下气。被俘的某高级军官说：物价猛涨我们追都追不上，我们早已过着拖的生活，拖一日算一日，货物不敢问市，任何东西一动数万。在这样情况下，大官贪污士兵抢，愈弄愈乱越抢越糟，蒋介石的经济危机更加加深其军事危机和政治危机，从俘虏口里亦可得到许多例证。

二

四月以后，蒋匪三军的士气一蹶不振，官兵时时担心我军攻击石门，蒋匪所提的信任、信仰、自信的三信心，在我军先后歼灭其十九团、九五团以后失落了个干净。被俘三军一个军官说："上级屡次欺骗不能信仰，彼此作战见死不救不能信任，自己不知何时被歼没有自信，这就是三军的士气。"罗历戎曾经在接受石门时自豪三军是"铁军"，经过南线战役之后三军士兵说："铁军应该去掉'金'字，称之谓老打败仗的失军。"这是对他们最高指挥官最生动的讽刺。每次出发畏我如虎，我在一本缴获的日记上看到："过正定，进入匪区(指解放区)，群众逃散，四外无声，弟兄们默不作声，脚步很轻，在恐惧地前进……"曾经被□□□的十九团更是风声鹤唳，草木皆兵，还没有过河，士兵们便偷偷散布着"过河又送礼去!"的空气，有些士兵说："我东西太多背不动。"旁边就有人插嘴："不要急，有人给你减轻负担（指被俘）。”我军攻占正定进逼石门之后，罗历戎的整个军事指挥慌乱了，除了督令全市居民加修防御工事而外，就只有天天渴望援军的到来，然而可怜的是蒋介石的兵太不够用，不仅没有增援石门，倒是要罗历戎增援保定而被我军歼灭了。

三

石门市内，为了供养这批匪徒，苛捐杂税层出不穷，市面已被勒索得冷落萧条，民不聊生，商号倒闭，乞丐满街。然而比这更要凄惨的是市外十数里内的村庄，经过三军伪军地头蛇你来我往不断抢劫，已经是满目荒凉。被俘三军上尉副官曾经这样说：“兔子不吃窝边草，可是我们就连窝边草都吃光了；窝里空空如也，不远处又不敢去，不吃窝边又有什么办法。”我问过一些参加过抢粮的被俘人员，让他们自供吧：“在市内生活很苦，一出市外，便喜出望外，认为又是吃猪肉的机会到了。”“我们所到之处见猪杀猪，见鸡吃鸡，大军所至鸡毛遍飞。”被俘一个连指导员说：“我们确实不拿一针一线，因为大家都挑大的拿，谁还顾得针线呢？”他亲眼看到三军士兵从市郊抢回老乡的花花裤，弄到旧货摊换东西。三军这般土匪行为，激起了人民的顽强反抗，市沟外老乡大批逃到解放区来，以游击战争教训这些帮匪，而市内人民正在顽强斗争着。大兴纱厂和铁路工人已经是先后举行过反饥饿的罢工运动了。蒋匪军事危机更加加深政治、经济危机，在这里不也证明了吗？

（《晋察冀日报》1947 年 11 月 12 日）

突破石门蒋匪核心的一角

杨朔

所谓核心工事，是石家庄蒋匪最后最坚固的防线，修在市中心，以火车站、大石桥、正太饭店等坚固建筑做主体，遍挖壕沟、枪眼、伏地堡、暗堡、高堡，星罗棋布，多是钢骨水泥修成，里面配着轻重机枪，外面围着电网，层层叠叠，交织成严密的火网，匪徒们以为有险可守，就编出不可攻破的神话。十一月八号匪师长刘英，还壮着胆子向全市广播说："我们应利用既设坚固工事，以逸待劳，消灭敌于阵地前。"但解放军用兵如神，三日连夺里外两道市沟，杀得敌失魂落魄，残兵败将从四面八方逃进核心工事，却正好变成瓮中之鳖更易捕捉。

十一号黄昏我各路雄兵像铁钳一样把匪师长刘英所率残部紧紧围住，集中炮火猛烈轰击，电闪雷鸣，威力惊人。敌用一列铁甲车，在车站前铁道上往来联络，枪炮齐发，掩护步兵反冲锋。我集中机枪迎头射击，铁甲列车仓惶逃逸，撇下步兵到处乱钻，火车里、仓库里、地堡里，都成了他们逃命的去处。

突击部九班长蒋焕成，领着五人飞步越过铁路，逼近一地堡，吓得里边直叫"俺们不打了！"就从地堡口扔出一大堆枪，这是个营部。

铁甲车仍不放松，我走也走，我退也退，挡住进攻的道路，我战士步伐不乱，架起火箭炮和反坦克炮连打九发，车上的敌人被震昏了，不等清醒，战士们一拥而上，敌人也就举着手纷纷跳下车来。匪军还有两辆坦克在作怪，哗哗地胡冲乱撞，但部队已卷过铁道直扑车站。

这时将近半夜，尖兵部六连副张银占领着几十人直奔水塔，塔上也装有轻重机枪，建筑十分牢固。但清风店一战早使敌闻风丧胆，士气颓丧，工事再强，无非也是缺乏生命的空壳。一排手榴弹甩过去，一个冲锋就占领了。

只听西南有枪声，本着哪有枪声往哪里压的精神，六连又紧奔过去，敌人却早跑得没影了。星光下一看，黑压压的一大片，竟有好几十辆汽车、四辆坦克，还有两门大炮。战士们争着上去，照数全收。天明我各路大军带着反攻的锐气，步步为营，动作如虎，迅速夺得各主要阵地。匪师长刘英已就擒，残敌挤到正太饭店楼上，这已不是什么核心工事，倒像赶网□鱼，现在把鱼全赶到网圈里，终于在正午一网打尽。而核心工事不可攻破的神话，就变成笑话了。

（《晋察冀日报》1947年11月18日）

我们的课

——王元寿同志在边区农会临时代表会上的讲话

王元寿同志今年四十五岁，平定一区郝家庄人。出身贫农家庭，从小没有念过书，不识字。小时讨过饭，从九岁起干了三十多年长工。抗战后参加革命，当过村干部、区干部，去年调到县上当县工会委员，现在是平定县县长。二十九年参加共产党。

我感觉：咱们农民解放了八年，到底解放了没有？拿我来说，也没有解放。这次听了这个会，我脑筋里面自己觉得解放了。解放了农民，也就解放了我；我解放了，农民也就解放了。这是我感觉的一点。拿我自己来说：在政治上，我想这个会，是代表全边区的农民，今天我敢上这里来说两句话，这是政治上的解放。在经济上，这时候我穿的衣服也囫囵了，没有补丁；吃的包子、大米、玉茭面，这阵的生活我感觉很高兴。

其次，这回其他同志谈的，我都同意。脑筋炸开很大，心也放开很宽，这时我感觉农民放开了。农民放开了，我就放开了；农民放不开，我就放不开。那一天××同志谈了一句话，我听到一句话。他说咱们下去给农民上课。拿什么上呢？上什么课呢？后头我想，农民的课就是农民的苦，农民的石头，这就是课。咱们下去给农民上课。农民也给咱们上课。咱们这次下去，把咱们领会的精神给农民上课，农民也给咱们上课，课对课就是很好的课。这是我亲身感觉到的一点。农民有什么苦，就是什么课，这也是我亲身体验到的。

地主是罪，农民是苦。农民那个苦就多了，倒不完。长工是长工的苦，找工是找工的苦，住店是住店的苦，租地是租地的苦，借钱是借钱的苦，吃糠苦，吃菜苦，装炉是装炉的苦，装窑是装窑的苦，下窑是下窑的苦，奶孩有奶孩的苦，做饭有做饭的苦，放羊有放羊的苦，放牛有放牛的苦。当店员、当工人、剃头的、打水烟的、唱戏的……像阳泉站的那些窑上，□都是苦人，□是谁家的孩啦？都是穷光蛋家的孩！他们作弄死的都是这些人的孩，他老子做，他孩孩做，尽做这样的事。

还有一种罪，高兴事，受癮事。谁做了？地主、红胡髭、恶霸、吃人的人，他们做的。有吃、有穿、有大老婆、二老婆、小老婆、媒□丫环，抽纸烟、喝烧酒、欺负妇女。谁做的？地主、富农、恶霸、红胡髭、吃人的人，他们做的！这是我体验到的。

罪是地主、富农、恶霸做的；苦是穷人家孩受的，穷人家老子受的！

咱们这几年做的叫作什么呢？叫作打石头呀！过去他们杀穷人，压迫穷人。对恶霸、对地主是怕的，心里头一寒，脸面上害怕，翻□起来。这次我听了这个会，已经往起翻了，翻天着地的！这是我这回心里想的事。说苦的事情，我举两三个例子：

放羊工人苦，夏天下大雨，冬天刮大风，他们赶上一群羊，上山，放羊。他没有家，“兵不离营，马不离圈，放羊的离不了臭羊圈”。下一场大雨，刮一股大风，也得在野地。下大雹子，也得在野地。这时候，地主头一句说什么话呢？“我那羊没有给雨泊□吧？！放羊的靠不住！”放羊的母亲说什么呢？“俺孩在雨地，雨下得这样大，没有泊着俺孩哇！”

奶孩、做饭，地主说什么呢？“奶孩做饭，舍身一半”。奶孩、做饭的就给人家做这个！

穷人、打长工的，苦就说不完。夏天人家杀西瓜和白糖喝，穷长工，坐在门圪塄里喝白水。喝白开水还得看一看，天气早了多喝一点，天不早了就得少喝一些。人家喝西瓜和白糖，长工喝白水。

长工吃白面，有预决算，旁的地方我不知道，按平定来说：长工一年吃五顿白面：麦收一顿，七月十五一顿，六月六一顿，八月十五一顿，下工一顿，就吃这五次白面。要想再吃，就是等主家和他的亲戚死了人，给人家抬死人的时候多吃一顿。长工的苦事是说不完的。

这回我们领会了这个精神下去给农民搬石头，农民的课给咱们上了，咱们也给农民上了课。课对课来把石头搬了。

（《晋察冀日报》1947年12月1日）

找 母 亲

北岳区党委在冀西开土地会议，请了许多没有入党的雇、贫农群众参加，起了很大作用。阜平县委开土地会议，也找了些村子的没有入党的雇农、贫农代表去参加，也起了很大作用。这样办法好得很，各地方都要照着办。

有人说，这样做不对，那些雇、贫农代表既不是党员，又不是干部，怎么能参加党的干部会呢?!我们说，这样做，对得很，这叫共产党找母亲！

你要不信，给你说个故事。

外国有个神话，说从前有个大英雄，名叫安泰，力大无穷，谁也打不过他。因为他的母亲是地神，他跟别人打仗，遇到了困难，就在他娘身上挨一下，就是在地上挨一下，他的力量就大了，一打就打赢了。他就怕离开了地，离开他娘，他就一点劲没有了，他就要打败仗。有一次，他碰到一个敌人，这个敌人把他骗到半空中，离开了地，离开了他娘，敌人就把他掐死了。

斯大林说，我们共产党也和安泰一样，离不开母亲，离不得群众。我们的母亲就是无产阶级，就是人民群众。依靠群众，我们就有无穷的力量，就能打败一切敌人；脱离了群众，我们就一点力量没有了，就一定打败仗，就要亡党亡国亡头。

列宁说过，我们要整党，还要依靠没有入党的无产阶级群众，有时候还要依靠没有入党的农民群众的宝贵指示，从党里边把坏分子洗刷出去。我们中国共产党的党纲，也规定过，要和群众密切联系，不能脱离群众。

为什么那些雇、贫农不是党员，就不能参加党的会议呢？说这种话的人，他或者是不懂得我们的党，不是一个宗派，我们的党是代表无产阶级，代表人民群众，打先锋的革命队伍；或者他是想叫我们离开母亲，把我们骗到半空中，好掐死我们。我们偏不上他们的当，要找母亲，听母亲的话，听群众的话，把群众说得对的、好的意见，当作宝贵的指示。

我们中央局召集边区土地会议的时候，彭真同志要做结论，头几天，特地找了几十个农民代表特别是雇、贫农代表谈话，征求他们的意见，得到他们很多帮助，以后才做结论。边区农会开临时代表会，要写《告农民书》，头几天，也找了几十个农民代表，特别是雇、贫农代表在一起商量了好几次，写好了又到好几个村子去，找雇、贫农群众来，念给他们听，叫他们提意见，改了很多，才发出来。这都是找母亲，听群众的话，要不是就什么也办不成。

群众的意见当然也不一定句句对，不对的我们要给他解释，对的我们要看重，要把它当指示。他们讨论《土地法》，一讲就讲到村子里的事，你听起来，觉得他说远了，离了题，其实那是你教条；他说的实际事情尽是《土地法》的用处，可是宝贵极了。《土地法》是应农民的要求，照实际的情形定出来的，要再拿到每个村子去实行，是不是条条都合适，还要看农民群众实行起来才知道。开会、讨论、有群众参加意见，《土地法》实行起来会有什么问题，就能看出一些来，这就可以少犯很多错误。

各地方开会讨论平分土地和整顿队伍，都应该找一些雇、贫农积极群众来参加。这一次冀西参加的还不多，阜平参加的更是不多，各地应该多找一些。没有入党的雇、贫农积极分子，初到党的会议上，往往不大敢讲话，要鼓励他们多讲话，他们积极起来，事情就好办了。冀西起先会开不好，后来雇、贫农讲话了，领导上给他们撑腰，会就开好了。阜平头一天开会，许多干部不起劲，好坏分不清。第二天雇、贫农痛快说话了，好坏分清了，正气上升，邪气下降了；许多干部对自己的缺点、错误就看得清楚了，反省了，有的哭了，侵占果实的也要求退了。这一来是因为有了边区土地会议的精神和方针，影响他们；二来是找到了母亲，心里明白了。

要想把会开好，要想雇、贫农敢讲话，最要紧的是干部不要自作聪明，把自己看成诸葛亮，包办代替，不叫群众把问题好好想明白，他们就是参加了，起作用也不大，或者还不起作用。

雇、贫农群众积极分子参加党的会议，领导上真心诚意听他们的意见，会就一定开得好，对我们党员干部就会有很大帮助，这是一个好处。还有一个好处，就是他们参加讨论我们党的政策、计划，他们心里更明白了，这个政策计划就是他们自己的，回到村子里，他们就更积极、更进步、更提高、更能干了，就更有办法领导斗争。这就是儿女找母亲，母亲教儿女，儿女也教育母亲；也就是我们的党联系群众，群众给我们上课，我们也给群众上课，课对课，就培养了干部，就领导了斗争，就会少犯错误。

（《晋察冀日报》1947 年 12 月 2 日）

魏村、韩村部——三个英雄班

萧逸

【新华社晋察冀前线二十九日电】解放石家庄的大规模市街战中，我军出现三个英雄班，以善于迂回包抄钻入敌人心脏，结合政治攻势，俘敌两个整营及二百余人。第一个班是魏村部梁振江班。十一日晚我突破敌内市沟后，时已夜深，该班向敌核心工事猛进时，梁振江一人沿街道前进侦察。突然一个敌人的侦察员迎面而来，梁即躲在墙角，拿枪一下子堵住他，然后向他解释我俘虏政策，并威胁道："你们已被包围，不投降，只有被消灭！"又说明本身是井陉解放过来的，取得敌人信任，得悉该处实有敌一营。梁又叫该侦察员叫出敌排长，给他烟抽，拍胸保证他们生命安全。当敌一排交枪后，又说服那排长去敌营部谈判，梁则虚虚实实，朝后高声大叫："通讯员叫一连向左，二连向右，三连跟我来，把机枪支好点！"敌人终于低首交枪。总计缴轻重机枪十一挺、高射机枪二挺、小野炮三门、六〇炮四门、坦克三辆、手枪四支、步枪无数，自己无一伤亡。第二为魏村部张忱凤班。全班英勇无敌，利用俘虏喊话，插在敌防线中间，逼近敌营部。敌打枪，他一面佯装下令布置部队，一面故意高声说："通讯员告诉团部，向前面目标打炮！"敌见势不好，即就停止打枪，派出代表和他谈判，其中有的对缴枪表示犹疑，他生气大喊："不交，就打炮，准备好了没有？"我们战士当即猛打机枪，又把飞雷投到敌阵地。霎时炸声震天，敌大惊，全营都交了枪，该班前后则仅四人受伤。韩村部姚振喜班则是第三个。该班于十二日清晨突破敌前沿后，发现和主力失了联络，本着哪有枪声往哪追的精神，冲入敌核心工事，但后路被敌封锁，此处又为敌我火力夹击，姚见前面敌地堡枪眼露出一挺机枪，一个猛冲，拉住机枪往外就拔，半天拔不出来，敌扣响机门，枪管打得火热，他利用死角隐蔽起来，接着又发现另一小炮楼，即指挥该班前进占领。更利用原工事向敌喊话，敌不理，姚就说："你不交，通讯员告诉后面，放炮！"恰巧我炮兵选定此处为目标，打起炮来。敌慌了，赶紧派代表来投诚，共俘敌人枪二百多。

（《晋察冀日报》1947年12月2日）

反包围中的反包围

——记曲庄部进入突破口后

魏巍

当曲庄部从西南方突破内市沟，全部冲进突破口以后，天已经黑了。他们便将西兵营完全占领，继续向东发展，敌人的阵线已经混乱了，但敌人为了挽救危局，发动了一个团的反突击，从两翼向我侧后迂回，企图用反包围重新恢复突破口的阵地，把我们包围在市区内部。

由于天气黑与地形不熟，敌人从侧后突进到我们阵地，我前沿部队还没发觉，敌人便将我三营的营部包围了，两挺重机枪也被敌人夺去，四连的一部已与敌人拼上刺刀。

同时我们占据的西兵营的西北角，有一大股敌人从一个缺口冲了进来，叫嚣着“缴枪，缴枪”！

这时如果我们遭到不利，突破口可能被敌人马上封锁，那敌人的反包围就成功了，我们就要被包围在西兵营里。

在这危急的时候，四连人人敬佩的猛将二排副（代理连长）高春田挺身而出，自动要求反突击反包围敌人。

高春田，二十二岁的冀中青年，是一位霹雳火式的闯将，固城歼灭战的功臣。当突破头道市沟的爆炸响时，他一卷袖子，抱着一挺歪把，带着一个机枪班就突。二排长上去拦住说：“老高！你这是干什么?！你不管部队了吗?”他一瞪眼说：“不冲，就为人民立上了功吗?”

就是这员猛将，现在又勇敢地提出，要求反突击了。

指导员说：“好!”他说：“三班、六班跟我来!”他们没有迎头突，顺着西兵营的西围墙来了一个反包围，就把这一大股敌人突进来的围墙缺口堵住，把这股反包围的敌人又包围了。这员猛将在敌人的屁股后，猛烈冲打起来。敌人马上乱成一团，回头要跑，可是缺口已被猛将占领。这员猛将和他的两个班边打边喊："缴枪吧！""走不了啦！"这时，其他部队，如四连、五连、八连、九连也都从另外的地方向反包围的敌人猛打。时间不大，被高春田截断的这一大股敌人，完全缴枪被俘。数了数，一共是一百二十二个，还有两挺重机枪，一看，正是刚才被敌夺走的两挺重机枪。另外，还缴了三挺轻机枪、三门小炮。我们的猛将也负了伤。

用反包围把反包围的敌人歼灭了，敌人一个团的反包围宣告破产。同志们的情绪稳定了，笑嘻嘻地在西兵营里等待着石门的黎明，等待着黎明的攻击。

（《晋察冀日报》1947 年 12 月 3 日）

挖毒疮

我们革命队伍里边，有地主富农分子和不可救药的蜕化分子，就像好人身上长了毒疮，不挖掉，全身都要烂，要死，这是顶危险的事。

今天我们报上登了几件事实，那里边最危险的就是混进我们革命队伍的地主富农分子。这种人是阶级异己分子，挂着共产党的招牌，不是来革命，是来破坏革命的。这种人还很多，都要把他们查出来，交去审判。他们都是长在我们身上的毒疮，都要挖掉。

还有一些不可救药的蜕化分子，他们不是地主富农，可是忘了本，跟着地主富农跑，不给人民办好事，尽做坏事。他们借着共产党员和干部的地位，自私自利，为非作恶。这种人也不少，也要把他们查出来，交去审判。他们跟地主富农一样，也是长在我们身上的毒疮，也要挖掉。

可是，有些人，明明看见地主富农分子混进革命队伍，破坏革命，他还满不在乎，不起来反对，不下决心把毒疮挖掉；有的人盲目、麻痹、疮快烂了他还不觉得痛。这都是非常不对的，一定会闹到亡党亡国亡头。

从前有个故事，说有个恶鬼，把人皮画得像个美人，披在身上，摇身一变，就变成美女，找到一个姓王的书生，把他迷住了。有人看见书生像快死的样子，问他，他还不承认，后来恶鬼就把书生弄死了。

地主富农分子，跟我们不一条心的，就好比是恶鬼，他们混进革命队伍，就好比披着人皮，变成美女一样。我们要是给他迷住了，就会跟王书生一样，给他害死的。我们可不能当王书生，不能上恶鬼的当，一定要把恶鬼赶走，或者把他捉起来，不叫他害人。不要说别人受了害跟自己没关系，有句老话说：老虎鬼，要吃人，先吃亲，后吃邻，吃完亲邻吃众人。地主富农分子和地主富农那个封建阶级，是吃人肉、喝人血的，是人民的敌人，谁要不反对他们的阴谋诡计，谁就要自己遭殃。

还有一些人，明明看见那些不可救药的蜕化分子为非作恶，可是就不肯下决心惩办他们。有的还包庇他们，说他们“有功”。这些也是非常不对的，也要闹到亡党亡国亡头。

从前也有个故事，说有个人叫张逢，走到老虎窝里睡着了，醒来，自己就变成了老虎，下山肚子饿了，看到猪狗还嫌不好吃，一心想吃人，到底吃了一个人才满意。后来，吃人吃腻了，才又变成了人，又回到人群里边去混。

那些不可救药的蜕化分子，就跟这个张逢一样，他本是人，不是老虎，可是他忘了自己是人，忘了本，想着老虎吃人很香，就变成老虎去吃人。这种人虎，我们可别叫他再混到人群里边来。

所有这些地主富农分子和不可救药的蜕化分子，都是坏透顶了，他们是画皮的恶鬼，是人虎，他们诡计多端，叫你看不破。其实，他们的坏心眼是很容易看穿的，他们跟穷人作对，欺压人民；挑拨离间，叫穷人闹不团结；仗势包庇自己家庭、亲戚、朋友，不叫穷人起来分地；威胁恐吓、暗害贫农团积极分子；自私自利，贪污穷人斗争果实。花样多的是，罪恶也多得很，实在说不完。一句话，他们是坏蛋、是毒疮、是恶鬼、是人虎，不能叫他们站在我们队伍里边，一定要叫他们滚蛋！

我们党的队伍是代表无产阶级和人民打先锋的革命队伍，我们的政府、军队和群众团体都要纯洁整齐，我们是坚固的革命堡垒。地主富农坏家伙，要想从外边打我们是打不了的，他们只有千方百计，钻进我们堡垒里边来，从里头来破坏，这就是他们最毒最狠的阴谋。我们一定要看清他们这一着，时时刻刻小心！

现在，《土地法》早已公布出来了，这些地主富农分子和不可救药的蜕化分子，还在到处破坏。现在是挖掉这些毒疮的时候了，大家全起来了，拿出照妖镜，查阶级、查思想、查立场、查作风，不管什么妖魔鬼怪，都要他现出原形，拿到太阳地里，受群众处理。

（《晋察冀日报》1947 年 12 月 4 日）

盼　到　了

齐鲁　田流

阜平开土地会议，到会的贫农代表，听到要平分土地和整党，非常高兴，他们说："这是盼望了好几年的事啦！""打了一个雷，天亮了。"

"地头真长呀，今天才盼到了。"

海沿村贫农李长青，原先常受坏干部的气，今年复查后才入了党。这次要他来开会，本来家里有病人，又正烧酒，离不开，可是也来了。听了要平分土地，高兴极了，他说："共产党常说：人人有饭吃有衣穿。抗日那几年我老是穷，把鬼子打走了，心想这回盼到了吧？可又来了个蒋介石，又二年多了。今年大复查，觉着快了，到头又不沾，这回算盼到了。"方代口贫农柴树深紧接着说："人们都盼了好多年啦，这回说不出的欢喜！"出身赤贫、家在湖北的傅海龙同志是经过长征、抗日战争的老战士，四一年光荣负伤，今年在高□□村落户，复查中积极领导农民翻身，当选了村支部书记。他说："我参加革命时就闹分田地，后来，蒋介石又抢去了，我不灰心。我又闹了十五六年革命，终久又把它（指平分土地）闹回来了。"一月前才提拔到区的贫农干部王永品同志说："我四十二啦！今日盼、明日盼，这才盼到了，穷人有出头的日子啦！"六区贫农干部王仓生同志说："听说要分地，我这心就像飞到半天云里一样。"青沿村贫农安永说："我常想多会才有出头之日啊，好地头长，今天才盼到了。"又说，"把分地整党搬石头的事，向老百姓一宣言，准高兴得手都拍不到一起，这回可闹得啦！"

“这一辈子没白活!”

会上说到党内不纯，安永同志想到他们村发展党的情形，很伤心。他说：“俺们村就像烂柴火一样的，长的短的都弄来了，结果净是一把子地主富农。就是有我们一两个穷人，想为穷人，也受到孤立，不抵！多少年来才盼到这么一天。”雇贫农干部陈吉会、陈瑞金都说：“这次不同的是叫咱雇贫农干部多说话，精神痛快了，天下可是变过来了。”一区东庄贫农代表贾相明说：“国家有了蒋介石背了害，咱村有了那些地主富农坏干部受了伤。”贫农群众李长青说：“这才是真正实行咱穷人的民主了，原先哪有咱的发言权？今么一听，才知道不是党坏，是那些混进党的坏人欺侮我，这回一想就好了。”二区广城村贫农陈道春说：“我们村，穷的没入党，我穷也不是党员，村里不介绍，开了几天会，心眼里痛快了。这一辈子没白活，盼到这一步啦，可以入党了。”来开会的许多雇贫农代表和干部，都在谈论，他们说：“党是咱穷人的党，把那些投机混进党的地主、富农、坏人统统闹出去。天下是咱穷人的了，把那些压迫剥削咱的地主、富农都打倒。”来开会的各村雇贫农代表，在会上很活跃、很愉快。有许多人是丢下家里的营生来开会的。广安刘永才家里红薯还没刨，马栏贫农刘玉山黑枣还没打，贫农妇女冯明莲把十岁的孩子丢在家里，只带着小的来开会。主席团怕他们家里有困难，常常问他们，中共阜平县委书记吴德峰同志、李国庆同志也常常问他们，但他们都是说：“有困难也不要紧，捎回个信，先请街坊四邻帮凑一下，等回去再变工还他。这个会可不能不参加，一辈子这是头一回，这是以后子子孙孙享福的会，哪能不参加?!”

（《晋察冀日报》1947年12月4日）

在突破口

——记曲庄部四连在石庄内市沟西南突破口的激战

（报告）

魏巍

十一月十日，暗淡的落日照着石门。尽管敌机来回地扫射轰炸，我军已经以各种形式的阵地，迫近到敌第二道防线五十多米的距离。四点四十分，总攻的炮声开始响起。密集而连接的炮弹连续排射，引起了整个战壕兴奋的骚动。大家挤着，看着，指着，叫着。指着这道防线，眼看着这道两丈多深，布着电网的深沟的沟沿（里沿）上，这些用铁轨构成的密密的地堡和密密的枪眼，顷刻都被炮烟罩住。这时，同志们脱下棉衣，有的就在鞋底上磨起刺刀来，有绑鞋带的，有紧腰带的。战壕贴满了花绿标语："坚决解放石门！""打到哪里占到哪里！""打进去就不出来！"这时，战士刘英福低头看了看自己胸前"人民功臣"的红旗奖章，走到了排长的跟前："排长！这次打石门，离我家不远（该同志系晋县人），我怎么也得卖把力气，碰见危险事，你就叫我去！"话没说完，只见敌人的前沿上红艳艳的火头霍地一闪，大家的身子都不由得一晃，只听震天一声巨响，敌人的前沿上冲起了几十丈高的黑烟，不知携带了地面上的一些什么怪物一般地在空中滚着。原来是六连和工兵同志们的爆炸响了。这时，英勇的工兵又扛了些什么，飞也似的钻进烟雾。刘英福同志也像箭一般地冲进烟雾。第一次爆炸起的土块还未完全落下，接着又是两声巨响，又冲起两道黑烟。这时，只听冲锋号响成一片。机枪射手们一齐站立起来，掩护的枪声也响成一片。连长和青年副指导员孙臣良同志喊了一声冲呀，四连的同志们，猛地跳出战壕，向黑烟里冲去。

空中的土块，啪嗒啪嗒地落到人们的头上。解放战士刘云举同志是四十多岁的人了，但他为了争第一功，拼命地喘着，冲到了最前面，第一个跳进沟里。三班长王福魁同志却在两层人梯上站立起来，抓着铁网（已被我炸坏），第一名攀上了沟沿。紧接着又上来了五六个勇敢的战士，光荣地占领了石门西南的突破口。可是，敌人趁着他们立足未稳，纵深的火力猛烈地盖了过来。原来这道防线紧挨着敌人的西兵营，两排营房，分在南北两侧组成交叉火网。正面，十几米远处，是西兵营一段开着枪眼的围墙。我们这时立脚还未稳，后面的同志也还没上来。忽听“捉活的！捉活的！”一片喊，原来从正面断墙的窟窿里又钻出了二三十名敌人，扑到三班长王福魁同志的面前。敌人正要挺起刺刀来刺，王福魁，沉着的王福魁，这一个贫农，这一个党员，这一个挨过日寇、地主毒打的脾气暴烈的青年，这一个为人民负过四五处伤的老战士，趁着敌人还不过手来的一刹那，站在工事上，站在敌人的稠密的火网中，冲锋式左一梭右一梭，对着距离五六尺远的敌人，咬着牙，一气打出了六十粒冲锋子弹。有十几个敌人横躺竖卧倒在一起，剩下的敌人连滚带爬跑了回去。

王福魁同志跳下了工事，正要占领敌人的掩体，巩固阵地，忽然他班的两个新战士从一个地堡（敌机枪阵地）里也慌慌张张地跑过来，边跑边喊“班长，班长”，直跑到王福魁的身边说：“我们要夺敌人机枪，我们的枪叫敌人夺去了！”王福魁唉了一声，马上端着冲锋式，冲到地堡跟。有五六个敌人正挤在地堡口上，慌慌张张像要逃跑，被他一梭子，新战士的两支枪夺回来。这时，四连全连已经都从深沟之下爬了上去，和敌人面对面地爬着，好像被一道墙分在两边一样。我们的战士，亲眼看见敌人的刺刀在散兵坑里索索地抖动；我们的战士，把手榴弹一拉，一伸手就放到敌人的散兵坑里，冒起□朵朵的烟花。突破口是比刚才巩固了。

敌人稠密的火力又盖过来，年轻的副指导员孙臣良同志抬头一看，只见西兵营左前方的一列房子里，有一百多敌人，开始了反冲锋，压了过来。阵地又陷在危急里。有几个同志落下深沟。三班长王福魁，帽子被打得飞了下去，也流了血。在稠密的枪声里，只听副指导员高声地断断续续地喊着："同志们！就看这一下子了！……胜利不胜利，立功不立功，是死是活，全看同志们能不能巩固阵地了……"这时，战士刘耀林流着血，躺倒地上，副指导员问："刘耀林，怎么样?"刘耀林睁开眼说："不要管我，快指挥吧！……我死了也就是这样，没有什么!"敌人更近了，只听副指导员又喊："秦得力！站起来打！站起来打!"接着他也负伤了，连长也喊："秦得力站起来打呀!"这个解放战士，这个十八岁的候补党员，这个自己不穿给战士穿，自己不吃给战士吃的副班长，就端着机枪站了起来，在夕阳光里开始扫射。忽然他身子一歪，被打中了，马上绑扎了一下，又端起来接打。成群的手榴弹飞过去，敌人的第二次反冲锋，就被打垮了。

不向两翼扩展，就不能巩固突破口。

连长张洪指挥三排巩固突破口，一二排积极向两翼扩展。六班长张长科率领着六班，在排的最南端，猛烈向南压缩。向着敌人的散兵坑一边投弹，一边前进，一直爬到一个地堡的跟前。他摸着那座地堡，正要把手榴弹塞进枪眼，突地从枪眼里露出一颗手榴弹头，他就用刺刀往里一捅。只听"娘呀"一声，敌人的手榴弹在地堡里面爆炸了。因他用力太大，身子不由往下一滑，被敌人一枪打中了他的腿，接着又打中了他的腰，血顺裤腿流下来，他咬着牙，又摸着那个枪眼，把一支飞雷，狠狠地塞了进去，"旺"的一声，当那地堡被毁灭的时候，他大声喊着他班的战士韩连银，向里猛冲，边喊边带着满身鲜血滚落到沟底去了。

韩连银，十七岁的青年解放战士，他那猿猴一样灵活的小身子，就从晃着敌人刺刀的两个散兵坑中间，“嗖”的一家伙□了过去。其他的同志正要跟着□过去，但一抬头就被打倒了，于是韩连银就一个人陷进敌人的火网里。手榴弹到处乱飞，他回过头来，他看见离他六七米远的两个散兵坑的敌人端着刺刀看着他，回去既已不可能，他呼地就扔了一个手榴弹过去。散兵坑里的一个敌人接着扔了过来，落到韩连银的胳肢窝里，呲呲地冒着烟。韩连银抓着它，又扔过去。刚一出手，刚落到那个敌人的头边，就嗡的一声，把敌人炸得满身是血，倒在了战窝里。另外一个散兵坑里的两个敌人，抱着枪吓得又傻又愣，被他接连两枪，结果在散兵坑里。年青灵活的韩连银，又像燕子一般地从工事上滚了过去，枪托弹簧都被打透了，但没有伤着他，又和同志们趴在一起向里射击。

接连又打退敌人第三次反冲锋，敌人重新夺回突破口的梦想被粉碎了。前沿的敌人，已经被我歼灭。

年轻的副指导员头上绑着雪白的绷带，又走回来和连长商议着：

一定要炸坏敌人的围墙！

那个戴红旗奖章的青年爆炸手刘英福，又站在了连长、副指导员的面前，他总是这样的坦然！对任何危险也是这样坦然！听连长说完，他说了一声：“好吧！”马上，搬起药箱要走；青年的摄影员陈庆祥拍了一下他的肩膀说：“刘英福！”刘英福转过□来，摄影员又说：“过去在固城，你立了大功，这次还希望你再立一大功！你走到哪儿，我跟你照到哪儿！”刘英福说：“好！……你们看好吧！”连长又说：“刘英福，你可快点！”刘英福说：“连长！你别着急，你看好吧！”这时，敌我的枪声打得都很激烈，刘英福搬着药箱，跳进敌我手榴弹交织的火网里，呆了一会，只见他燕子般地滚了过来。连长、副指导员连忙问：“刘英福！怎么样呵？”刘英福还是那么坦然地说：

"副指导员！你别着急，呆会就响了！"

接连两次爆炸，围墙被炸开一丈多宽。营房里的枪声响成了一片。我们的五连六连早已等得着急，争先拥进新的突破口，时间不大，就宣布了占领西营房的信号。主力接着拥进去，敌人的第二道防线崩溃了！

照着石门的那轮暗淡的落日，已经落下。在暮色里，宽大的石门市，已经展开在战士们的面前。

写于石门

（《晋察冀日报》1947年12月4日）

人民审判

平山封城村地主分子许仙等一班坏蛋，混进我们共产党，进行公开的反党反人民活动，破坏土地改革。这个大案子，在人民法庭公审了，判决了。这个审判，审判得好！

这样的坏家伙，这样大的案子，为什么早先不会发现呢？不是这些家伙现在才坏的，他们是老早就坏透了的。早先有一班糊涂人给坏蛋骗住了，没有警惕性，眼睛不亮，对坏分子原谅，舍不得；有的包庇他们，完全失掉了无产阶级的立场，屁股坐到□屎堆上面去了。这样就吃了亏，害了人民，害了革命。要不是这一□平山人民起来了，审判了那些坏蛋，恐怕有些糊涂人还在那里发糊涂咧！

像许仙那一种人，不光是地主分子，他又是反党反人民的暗害分子，他们有计划地搞起一个小组织，叫作什么“核心分子会”，来反党反人民，这就比别的破坏活动更毒辣、更阴险、更大规模。他们的小组织是专门做反党反人民的买卖的。

从前也有个故事，说有个店家开个大店，专招过往客商，又专做一种荞麦饼给客人吃，谁吃了就马上倒在地上，一打滚就变成了毛驴。店家就把他赶到圈里去，店里边骡马成群，买卖很大。

许仙他们做的买卖，就像这个店家一样，他们的小组织就是专做这种买卖的，谁要上了他们的当，就要变成毛驴、牛马，一辈子翻不了身。他们借了共产党的招牌，做这样的暗害的买卖。我们的党和人民就万万不能受骗，人民法庭的审判把他的买卖彻底搞垮了，所以审判得实在好。

我们中国共产党的党章上说过，在党内不许有小组织活动和两面派，不许有暗害分子、反党分子存在。许仙他们就搞小组织活动，就搞两面派，就是暗害分子，就是反党分子。这□人，一刻也不能叫他存在，一定要坚决肃清。大家要仔细看看，还有没有像许仙这样的暗害分子，都把他清查出来，好好地审判他！

今天，人民群众要翻身坐天下，一切事情都由群众来做主，人民法庭这个做法好，只有人民审判最公平。

（《晋察冀日报》1947年12月6日）

母亲的话

齐鲁　田流

参加阜平土地会议的雇贫农代表，说了很多好意见，给干部教育挺大。下面是几个雇贫农说的：

一、你像一棵烟苗，长在沙地上

大会头几天是进行“四查”运动，有些地主富农出身的干部想不开，抱着“过关”思想，想马马虎虎地混过去。□沿村贫农安永就向这些干部说：“你像棵烟苗，长在沙子地里，叶子黄，满身虫。党爱护你，搭救你，把你锄到一块好地上。‘搭拉’两天脑袋，再浇上一点水，叶也绿了，虫也没了，长得丰头大面，绿油油的又高又大。”他说后许多雇贫农代表连声说：“说得对，就是这么回事。”好些干部受了感动笑起来。工作组一干部在日记上写道：“这比我读好多书都透彻，比我们说：你的出身不好，旧阶级给你许多坏影响，要抛弃你的原来阶级立场，党是治病救人的等等，都更容易打通思想。我觉得站在我面前的不是种几十年庄稼的安永，而是我亲爱的母亲。”可也有些地主富农出身的干部死抱住自己的立场不放，不老老实实反省自己，就像区干部段福进反省他在苍山村支持坏干部反对贫农会时说：“你们两边全有贫农，这边还有村干部，我只好听有干部又有群众的意见了。”他最后隔了好一会也没人驳他，有的干部也点头同意，贫农赵福马上就给他指出：“你为什么不想想，我们这边老是要求清算谁清算谁，那边成天价嚷着不让清算，你是给谁办事儿咧？”说得段福进面红耳赤，低着头无言答对。

二、教我们脚步站稳

“你记住哇，做工作，能有两种骂名，要是地主富农骂你，那你的工作就做好了。穷人们不给你立个碑，也辜负不了你，他会告诉子子孙孙，说是哪年哪月谁谁来帮助咱们闹平分，日子才好过了。要是地主富农不骂你，那你就毁了。”安永同干部闲拉话的时候，常常这样说：“你一进村，地主富农准跟你诉苦、哭穷，说我这个家哪够着清算喽哇，手腕可多啦，也会巴结你。你可一口水也不要喝他的，你要是一表示态度，咱农民就会怀疑你。你该告诉他：村里这么多家怎么不清算别人呢，你找贫农团吧！给他闹个一清二白！”有的贫农说：“你找贫农团吧，咱不管。”有的说：“要和地主富农分清，不吃他，不喝他，不用他。”最后大家共同的意见是“把他甩得远远的，不理他”。贫农代表王宗山一天散会后在街上过，一个富农笑着请他吸纸烟，他干脆拒绝了，他说：“原先他连看我都不看，这会我要翻身了，巴结我，我不受他这个骗！”你看雇贫农的立场多稳！

三、要听大人的话！

“咱们是老百姓的小跑，一事一点都要按他们讨论出来的做，不能包办。我们要靠主人，靠穷人，他们是我们的大人，我们是儿子是孙子。儿子要听大人的话，叫我上东我就上东，叫我上西我就上西。”一个贫农代表在大会上说：“最要紧的是态度，不论在会上、在会后，穷人说错了、做错了，你别当面碰他，咱穷人翻身，就像一个人头上压着一块大石头，他好容易把它拿了要站起来，你打他一下他会倒下，按他一下就起来得慢，要是拉他一把，不就站稳了吗？”在会上有的区干部提出来“群众路线不好走”，一个贫农说：“干部倒人数少，原先你怎么走干部路线来呀，你不是遇事跟干部商量好，再叫我们老百姓实行吗？你把那干部换成咱穷人就行了嘛！”

四、谁聪明？

“地主富农是一伙子，咱穷人是一伙子，中农在当间，谁硬跟谁走，一会这样一会又那样，三心二意的顶不好办了。要团结中农，先要雇贫农抱得紧紧的，脚跟站稳不动弹；再常劝说中农，不要揭了疮痂忘了痛，有人说坏话就不放松，要把地主富农打得爬不起来。”这是一个贫农代表在讨论团结中农时的发言。干部听了，有的说：“我过去光说相信群众，当群众的小学生，今么才真的体验到群众是先生、是母亲。”一个学生出身的干部说是“奇迹”，过后他又反省说：“这不是奇迹，母亲千千万，过去儿子看不起母亲，不听母亲的话，母亲确比儿子聪明。”这位贫农发言，是在传达边区土地会议以前，他不认字，他说出了团结中农的意见，这证明农民是聪明的。

（《晋察冀日报》1947 年 12 月 6 日）

阶　级　性

一切事情都要从阶级性去看，这是非常重要的。马克思、列宁都讲了这个问题。他们说，世界上没有什么超阶级的东西，一切东西都有阶级性，就不要相信那些超阶级的说法。你拿上马列主义这一条作武器，看事、看物、看人、看领导，也看自己，看每句话、每篇报告、每篇文章，看你自己是什么阶级。拿着这个武器，我们的眼睛就尖了，目光就敏锐了，就清楚地看到事物的本质，看透了；不然就看不清，总是看到形式、看到表面，看不到本质。

什么都有阶级性。公粮也好、贷款也好、合作社也好，都有阶级性。拿合作社来说吧，有地主富农满意的合作社，有中农满意的合作社，有雇贫农满意的合作社。有的同志说：老解放区土地改革解决得“差不多”了。似乎是“差不多”了，我们要问：你根据哪里的材料？哪个人告诉你的？是地主富农告诉你的？是中农告诉你的？是雇贫农告诉你的？如果老解放区的雇贫农说我们的土地问题没有什么了，那相当可靠；不是这些人讲的，那就不要相信这一套。老解放区的土地问题，的确解决了一些，那也是实事。减租减息，地主富农的土地转移了一些，那也是实事。地主富农讲“差不多”，跟雇贫农讲“差不多”完全不同，这里边就有阶级性。“干部有功”，是不是有阶级性？地主富农认为他有功了，中农及一般的人认为他有功了，问一问雇贫农，看看这个干部有没有功？不但没有功，而且有很多罪过，这是一种人的看法，所以这是有阶级性的。斗地主、搬石头，有些人就说：搞得过大了，破坏社会秩序、破坏生产。他可以这样来讲，地主就是那样讲的，照他的阶级来讲，的确是破坏他的生产，破坏他的秩序。生产有阶级性，秩序有阶级性。有地主阶级的秩序，有穷人的秩序。叫一个勾结地主的人舔地主的屁股，从地主看是毫无秩序，贫农看就是秩序。你既然给地主舔屁股就罚你真的舔一舔！你认为没有秩序？这就叫秩序，革命的群众要这样。问题是要有正确的领导，领导上是不是可以想出别的比舔屁股之类更好的办法来代替？我们领导如不负责，不给农民打主意，只吃老百姓的小米，吃了干什么？搞个人民法庭就有一点秩序了，人民法庭就有阶级性。

报告、通讯都有阶级性，写报告有阶级性，通讯员写一篇通讯也有阶级性。你看报告时，或者看什么东西也好，都要从阶级性考查考查。一篇议论，一篇文章，他写什么东西？来自哪个阶级？这个阶级又怎样？什么人写的？怎样搜集的材料？从哪里搜集的？是听的谁的材料？是不是从雇贫农那里来的？还是从地主富农那里来的？一定要搞得清清楚楚，这样就可看出是什么阶级立场。有了这样的分析，就可以看透问题的本质；没有这种阶级分析，就不能不是形式主义。因此，形式主义在看问题时，就看不到问题的本质，只能看到问题的表面。毛主席常常教我们看问题要分析。列宁说分析方法是马克思主义的灵魂。分析，分析，再分析。把群众分为地主、富农、中农、上中农、下中农，还有雇贫农，还有赤贫，这就是分析了，把人分析了，把阶级、阶层分析了，而从他们对事物的看法与反映、主张与观点，就可看出都是有阶级性的。

官僚主义为什么看不到假报告，原因在哪里？就是你眼光不锐敏，没有更深刻地去看，熟视无睹。毛主席讲，天天看，可是天天看不到；假报告也是天天都有，也天天看，但是天天看不到，始终看不到，熟视无睹。在某种意义上讲，叫瞎子也可以，但并不是瞎子。如果照马克思这一条去看问题，以阶级分析的方法来看事物，就可看透任何事物的本质。有的负责同志，到一个地方没好久，很快就可把问题看出来，因为什么？因为有一点方法，就是分析、调查、研究，这听听，那听听。看了报告虽然头头是道，也要考虑考虑：你是什么人？你干什么？代表什么？你的材料从哪里来？等等，都考查一下。许多人讲，村干部有功劳，我们就考查一下，是不是有功劳？功劳在哪里？为什么有功劳？根据什么？这样看问题的方法，就是阶级分析的方法。自然也要防止，不要到处什么地方也要看阶级性，不要搞得什么地方也有阶级性，拉屎拉尿都有阶级性！穿衣吃饭凡是细手细脚都有阶级性，要粗手粗脚的才行，身上不生疮就不是无产阶级！如果这样讲阶级性就成了偏向，成了形式主义。但今天必须着重指出来，我们看问题、分析问题要有阶级观点，而许久以来，我们很多同志的阶级观点模糊不明，超阶级的观点、小资产阶级的观点，很多抽象空洞的道理。有了这些东西，因而就看不到，或看不透问题的本质。

世界上没有抽象的真理。譬如领导上阶级观点模糊，甚至反映地主富农思想，向地主富农投降妥协，地主富农当然说你好，也的确出于他们的本心。在他们看来，就是他们的真理。你官僚主义，不下去调查，他也认为你实在好，这并不是没有阶级性，他们认为你这样做，就是真理，是他们的真理。而从广大劳苦群众、雇贫农看来，完全没有真理，真理完全是相反的。所以真理有种种的说法，没有什么抽象的真理。真理与阶级性是相联系的。这一阶级看是真理，那一阶级看则不是真理。这一阶级看着好，而且好得不得了，而另一阶级则是糟。所以一句话，也有阶级性。毛主席在《湖南农民运动考察报告》中说，农民运动“好得很”，有的则说“糟得很”。“糟得很”是不是真理？地主阶级看来是真理，照他们的秩序来看是真理；反之，“糟得很”，以劳苦人民、农民的秩序来看，就不是真理，而他们却看到“好得很”，这才是他们的真理。因此，看真理，是完全站在阶级的立场出发的。当然，只有工人雇贫农——世界上最前进的阶级，他们看到的真理，才是真正的真理。地主富农的真理，是假的真理。不站在工人雇贫农立场上，我们就会看不见任何事物的本质，看不到任何真理。

（《晋察冀日报》1947 年 12 月 7 日）

在一个新兴的国家里

——南斯拉夫通讯

刘宁一

自到南斯拉夫之后，日夜不停地游动，曾到了波斯米、塞尔维亚、挎萨、府模、诺维萨德、斯洛文尼亚、亚得里亚海边。南斯拉夫是六个共和国组织成的，经过了四年游击战争，在德意统治时期，连战死和被□杀的，一共有一百多万，他们全国一千三百万人民，平均每十一个人口中有一个人牺牲。全国在铁托领导之下，进行过长时期的抵抗，那时米哈伊洛维奇和他的死党切特尼克，也曾打过反德旗帜，但始终和德国人勾结着，用极残酷的手段，杀戮游击队，当杀人之后，他们就和德国人一块痛饮狂欢。以后就公开和德国人合作，替德国人维持治安，做侦探。胜利之后，南国人民把米哈伊洛维奇逮捕了，公开审判，罪行昭彰，处以死刑，大快人心。在去年十月全国实行接收逆产，全部充公，就是这样，不但大地主的土地分给了农民，南奸大资本家，也经过了清算之后，扫除净尽。全国经济现进行着公营、私营、合作社经营三种形式的建设工作。土地进行大规模的合作生产，大体分为三种：国营农场、集体农场、个体农场。

我们参观过两个最大的炼钢厂，每个有五千工人；一个煤矿一千五百工人；一个纱厂三千工人；一个针织厂四百工人；一个造酒厂五百工人；一个集体农庄三千农民；全国到处进行着建设工作。工人的生活有了很大的改善，比如说物价比战前高一倍，工资却提高了十倍。各处工会都很健全，过去资本家、买办、特务所占的大楼，变成了工会的会址。南国虽小，而工会大楼却在五层七层的大厦中。每个工人每年有一个月的休养机会，休养所是建筑在大森林中，种植了奇花异草，在园林中奔流着小泉小溪，鸟是自由地歌唱，人是快乐地玩要。有的男女青年，搭了帐篷，在草地里山麓中，过着宿营生活，每到黄昏，烧起了野火，男男女女，携手挽臂，唱着自由的歌曲，兴奋地跳着舞。身体不好的住在疗养室，每两人一间房，有医生给调治。当我们去参观时，那些女孩子们都把头探在窗外，和我们招手，当我们进到她们的房子，却看到她们安静地睡在雪白的床上，平平地盖着淡绿的绒毯。其中一个女工，拿着一本工人杂志，温存地笑道："同志！我正在看你关于中国解放区工人生活的谈话，你们的工人是如何地尽了保卫民族而斗争的责任！"她们微笑着亲热地爱慕着中国的英勇儿女。

南国青年，在热烈地为了祖国的建设，舍身忘家奔赴了劳动前线，他们组织了铁道队、建筑队……我们见到了一个建筑铁路的青年队，那里只有一部分八千多人，那里是一条大河流过的山林，山是悬崖峭壁，树是荆棘丛生，水是咆哮奔流。青年们有来自南方的、北方的、东方的、西方的、英国的、罗马尼亚的、希腊的、比国的、挪威的、匈牙利的、保加利亚的……男的女的，工人、农人、学生……在山顶上、在桥头上、在隧道边，高高地竖起了旗帜。那天是一个运动大会，成千的青年，在大河旁的山脚下开会了，有的爬在树上，有的坐在崖石上，举着锄头□头。飞机骄傲地飞过，撒下了大批的传单与画片。我们到了会场，一片掌声之后，只听到"中国解放区万岁！毛泽东万岁！中国人民解放军万岁！"群众将我们抬起来，一束一束的鲜花丢到我们的头上，我为之兴奋，兴奋得流泪！炮声连发，歌声四起，我这样简单地向他们感谢：

"你们在铁托将军领导之下，战胜了法西斯，你们为了人民的幸福做着移山倒海的工作。中国的爱国儿女，在毛泽东领导之下，正进行着和美国帝国主义、中国米哈伊洛维奇蒋介石生死的斗争！我们要把全世界造成一个幸福的、永久和平的、愉快建设的家庭！"

他们开了惊人的山洞，劈开了百丈的高山，已经修了四百里的铁路。这一工程，如果是旧的统治者，需要计划六年，兴工十二年。而现代青年却以三个月的奋斗，使它完成。人民为之庆祝，帝国主义为之惊奇，山河为之变色！

这里没有为旅客设的旅馆。到了晚上，一个女同志带我到一家人家，她轻轻地敲开了门，一个中年男人把我迎进去，那女同志道了一声“晚安”走了。那男人用手一指，又一指，我明白一边是卧室，一边是厕所，和我握过手，行了个军礼，各自分别。房中是十分别致，挂着油画，陈设了很好的家具，我很难为情地把泥脚踏上了地毯，这是当地工人的家庭。翌日的清晨，门轻轻地敲着，那时我已经盥漱过了，一位青年妇人送进了茶□。我用过了，她和她的妹妹（这是我猜想）把我领到另一房子，拿出了刷子和皮鞋油，要给我擦鞋子。我赶快夺过来自己擦，她们却很自然地笑着，看我，把麻布拿起，帮我的忙。到后来我明白了，这里和我们的解放区一样，在反法西斯战争中，养成了一个作风，只要是反法西斯的战士、同志，无论是哪里，无论是哪个人，到处是家人，到处是家庭。我们一句话也不懂，但彼此一切都谅解了，临别时，她们送我到门外，我的车子开了很远很远，她们还在招着手。

在贝尔格莱德的山上一绿荫丛中，造了一片幽雅的别墅，这是为了工人的儿女，名之曰：儿童夏令营。工人们正在忙碌地修造，有卧室、餐室、电影院、病室、澡塘，还有一个小机器的工厂，和各种各样的玩具。为了儿童，并在山上修备了一个小火车路，共长廿八里。七月里完竣，共容儿童三岁到七岁的八百名。回头到了贝尔格莱德的托儿所，这是很多托儿所的一个，那些儿童是三岁以下的，有会立的，有只会坐的，也有坐也不会，把小脚翘起来，把小手扳着脚，滚来滚去地玩，我们在玻璃窗内看他们，他们睁着圆圆的眼睛在看我们。我们笑了，他们大家也笑了，这就是铁托的小军队。

汽车穿过松林，顺着山沟的公路向前奔跑，不久就是一望无际的平原。这就是南国的面包篮。麦子已经熟了，被风吹动着，掀起了麦田的波浪。乡村里蓝的房子是斯拉夫人。小孩追着□跑，猪和牛来不及地躲避汽车。姑娘们，好奇地盯着我们的脸孔，在窃窃私语。两个钟头的工夫，到了一个城镇，人们拥挤在一个大厦的外边，一千只一万只的手在招呼。人是含笑着，旗是飘扬着，我们下车了，人们同水一样在动荡，流开了一个空隙。我们走进一个大礼堂，如雷的掌声和狂呼交杂着。乐声奏起，全体肃立，彼此做过了演讲，群众满意地高呼，跳起来了斯拉夫的舞蹈，这是一个农业工人的大会。第二天我们到了农场，痛饮了他们做的啤酒，一个老农说：

"我做佃农一十五年，我从来没进过今天我们吃酒的大厅。这一大厅是一个大地主的，他一年来一次，我是偶然来了一次，只迈进了一只脚。"今天是农民的了，农民已经是大厅的主人了，地主养牛的房子是比佃农的房子好得多。地主不愿意看见农民，把自己的庄园造了一个树林，使农民远离庄园之外。而今农民那养牛的房子养自己的牛，农民进到了庄园之内。

农民们大多数参加了集体农庄，连一位七十多岁的老农也参加了，他证明从□没有过过这样好的生活，他兴奋地骄傲地举起杯来。他相信不久的将来，他们会把他们的马换成铁马（拖拉机）；他们的人民变成钢人，驾着铁马，去耕种这南斯拉夫的田野。

"南斯拉夫的人民，以他们的血和汗，翻转了多少年来惨痛的历史，他们又以无比的英勇，建设着他们的祖国。"

这是我给他们的致词。

七月一日于南国首都

（《晋察冀日报》1947年12月7日）

三　个　会

边区各地方现在都开了土地会议，很快村子里都要干起来了。这一回，一定要准备好，要叫村子里的工人、雇农和贫农带起大伙农民来当家，千万别走了冤枉路。

要把事情办好，就得先开好三个会。那三个会？就是村子里共产党的支部大会、雇贫农大会和村民大会。

干部一到村，就要召集支部大会，把我们共产党要领导农民，平分土地和整顿队伍的政策、办法，跟所有的党员讲清楚，宣布几条纪律，所有党员和干部都得服从。告诉党员要坚决参加土地改革，要拥护贫农团和新农会。贫农团和新农会决定什么，就要保证实行什么，谁也不许破坏。党员家里是地主富农的，马上都停止党籍，等大伙审查。他们要是真心愿意革命的，也得调到别的地方去。还要告诉当干部的说，群众对谁不满意，我们就撤谁的职；谁侵占胜利果实，就要退还给群众；犯错误的要向群众认错、改错；要老老实实服从雇贫农，服从人民，听群众的话，跟群众关系搞好，才能够做一个好党员。另外，还要说明，所有村里的武装，如果不是贫农团掌握的，都要交出来，暂时由上级收起，以后审查清楚，该给谁再发给谁。还要告诉他们，村里就要开贫农团大会，支部党员知道谁是真正的工人、雇农、贫农，应该提出来。可不准故意提一些流氓坏蛋来捣乱。所有这些事情，每个党员都得照办，谁要是作假、撒谎，要受党的处分。

开过了支部大会，就要把没有地的和地少的工人、雇农、贫农和下中农，召集来开会，跟大伙说明白，为什么要开这个会，要办什么事情。把《土地法》要紧的地方讲给大伙听，把《告农民书》也念给大伙听。这个会，不叫原来的村干部参加，以后贫农团讨论，哪些干部够得上参加，再叫他参加，头一次会都不叫他们来。从前地主富农坏干部给一些雇贫农扣上特务帽子，这一次都摘下来。会场里头，要是有地主富农和狗腿，还有大伙害怕的人和不可靠的人，都叫大伙提出来，把他们赶出去。告诉大伙，现在贫农团和农会在村子里要掌权，原先不好的干部，要大伙提出名字来，好撤他的职。以后事情怎么办，要大伙讨论。还要大伙自己自由结组，各个小组都选好样的做代表，成立贫农委员会。大伙想想，村子里有哪些斗争对象，派人把他监视起来。这个会，要办的事情很不少，可是，不要开的时间太长，把重要的事情谈好了就行。

雇贫农大会开过以后，跟着就开村民大会，把全村的人都召集来，把《土地法》、边区政府的布告、党政军联合布告、禁止破坏的布告，给全村男女老少宣布清楚，把地主富农和大伙不满意的干部，宣布撤职。还要说明，以后全村所有的人，都要服从贫农团和新农会的决议；村子里所有大事情，都要贫农团、新农会讨论、通过和批准才能办。还要说明，村里原有的农会要改造，叫贫农团负责筹备成立新农会，或者改组原有的农会。谁够得上加入农会，等以后有了新农会的时候，由新农会再宣布。

这样的三个会，都非常要紧，一定要开，还要开得好。哪个先开，哪个后开，也都有讲究。先开支部大会，后开雇贫农大会，最后开村民大会，这样开法最好。

（《晋察冀日报》1947 年 12 月 10 日）

石家庄街头风光（一）[①]

王君

一

太阳还没有升起，街上已经很热闹了，摊贩早把货架摆好，置买食品的市民已经上市了。

报童大声地喊着：

——报，新石门解放报！

——阜平的解放报！

（报童们爱把解放区的东西，加上“解放”二字，把《新石门日报》叫作“石门解放报”，把《晋察冀日报》叫作“阜平解放报”。）

一张一张新的报纸，很快地传到观众手里了。

贴报处围拢了不少的人，在瞻仰毛主席的肖像和阅读《土地法大纲》。

一个工人打扮的观众，看了报上登出的《土地法》，很热情地对他的伙伴说：“这是咱们的法令，以后的日子可好过了。”

大街上虽然有些银行、金店还关着门，但其他的商号店铺已经早开市了。有的已写上大减价的招牌。最热闹的还是永安街，那里从早到晚，拥挤着人群，货摊摆满在路的两旁，有些胡同也摆满了。大块的猪羊肉放在肉车上、货架上，那些操刀的肉商，不停地在剔割肉块，绞刀也张着嘴贪婪地在吞食着肉块，又吐出细小的肉丝，商民合作社的门口，贴着物价的单子：

① 本文原题为《石家庄街头风光》，因该书中与其他标题同名，故改为《石家庄街头风光（一）》。

——猪肉五千元一斤。

——小米一千四一斤。

这两天，物价大大地降低了。猪肉从一万五千元降到五千元，吉金牌纸烟从一万多降到五千元一盒。从老解放区来的纸烟，已在市场上出现了，有些小贩喊着兜售。

——九龙枝香烟四千元一盒。

——汽车牌香烟一千五一盒。

白的面粉、黄的小米，像一条小川似的，摆满在市场上，敌机虽然不断地在上空□□，但已被海潮似的市声湮没了。

在朝阳路，最惹人注意的，要算华北新华书店了。从二十九日起到处都已看到他们的花花绿绿的彩色广告，大张的书目，也贴在一起。物华金店旧址的书店门市部里，整天挤满了人，大批的书籍杂志已摆满架子上，真是琳琅满目，美不胜数。好些人拿着新的书，问一问价钱便买去了。

二

三日下午时，朝阳路□口，忽然出现了一大批人——有的跑，有的赶，有的骑着自行车，不住地喊“号外！号外！”，像黄河的□□奔腾过来了。

这时的街上，骚动了，做生意的小贩，抬起了头，吃东西的顾客，从座位上站起来，骑车子的跳下车，商店的伙计挤出门外，大家的视线，集中在报童身上，白色的捷报翻飞，□□□□到了。

“吓，解放元氏！”有人喊出来。

街头上，三个一群，□个一团，有的十几个一簇，争看着那绿色的字。

“守敌四千全部就歼！”

“魏逆永和已被击毙。”

“啊！这就好了，到顺德、邯郸去，再没有一点□□了。”一个冀南口音的店员说。“可该做点好买卖了。”一位老板模样的人接着说。

第一批报童飞过去，第二批报童又过来了。有的顺着大街喊，有的拐到小胡同里去了。到了民族街，报童碰了头，又交织地穿过，嘴里不住地喊着“号外，好消息”。

未到天黑，《新石门日报》二千份号外，已经卖光了。

第二天早上虽然下了一点小雪，天阴霾霾的，但街头上更加热闹了。新新、中华等戏院的广告早贴出来。好些大药行也开张了。过去有些商号的板搭上，用粉笔写的“货已售完”的字样，已经去了不少；好些商店已摆出“欢迎顾客”招子来了。

物价像温度表上的红线，比前更加低落了——面粉已降到二千三，小米已降到一千三。花生一千块可以买到六两……

晌午，天晴了。朝阳路、复兴路、永安街、花园街摆贩市场人群更加拥挤，警卫部队的秧歌队也在街头出现，黑压压的人群挤塞在街道上，汽车几不能通过。无数工人服装的同志们满脸春色拿着戏票，到建国堂去看前线剧社演的戏了。

各种现象，已表示出来，人民的城市，正向繁荣的大道上迈进着！

（《晋察冀日报》1947年12月20日）

谨防扒手

前些日子，我们报上登载，曲阳有些地方，地主富农坏分子组织假贫农团查封地主财产，想抢夺村里的领导权，混水摸鱼，保护他们自己的剥削利益，破坏穷苦农民的翻身。今天报上又有消息说，曲阳还有些地方，贫农团内部不纯洁，有坏分子混进去。这些情形，恐怕别的地方也有，大家都得好好注意，加强领导，谨防扒手。

组织假贫农团和混进贫农团的坏分子，他们就跟扒手小偷一样，在人缝里挤来挤去，看到空子，就偷一点东西，表面装得很积极，假正经，背过脸去就是鬼头鬼脑，暗算农民，暗害农民。我们一定要当心这些小偷，要加强领导，把农民的队伍，搞得纯洁、整齐，才能领导斗争。队伍没有组织好的地方，先不要分浮财和平分土地。

平分土地就跟打仗一样，贫农团和农会就是打这个仗的队伍。没有队伍不能打仗，队伍不齐就不能打胜仗。我们一定要先把队伍组织整齐再打仗。等到仗打起来了，队伍还会跟着扩大整理，越打越大，越打越强。贫农团是队伍的中坚，农会是大队伍。贫农团一定要特别整齐、有力量，才能打仗，才能带起大队伍。

现在第一步要把贫农团弄整齐，这要靠共产党的领导，要靠村里真正的工人、雇农、贫农积极起来，做骨干，把那些带着鬼脸假正经的混水摸鱼的家伙赶出去。领导上要懂得：有一些坏蛋和流氓，一开头常常很积极、敢干，许多老实的、正派的雇贫农倒是起来得慢。我们不能太性急了，要好好教育发动老实的、正派的雇贫农，他们一起来，领导上就有依靠了，就能把事情办好。

贫农团要怎样才算整齐呢？地主、富农和狗腿、坏蛋，一个都不叫混进来，只有村里真正没有地的和地少的工人、雇农、贫农和下中农，才可以加入贫农团。富裕中农、上中农、中农可以加入新农会，可是不要加入贫农团。贫农团的委员会一定要选最老实、最正派、劳动最好、最积极办事的、好样的来当。这样的贫农团就算整齐了。

农会也要整齐，村里的农会一定不要剥削人的人加入；别的人——只要不剥削人的，不管是工人、农民或是小商人——都可以加入。当农会委员和代表的，只要是农民拥护的就可以。

贫农团和农会，组织得好不好，关系非常大。组织得好，平分土地才能做好；组织得不好，事情就办不好。各地方千万要注意。特别是贫农团，不纯洁就不能做核心，不能领导土地改革，不能领导农民翻身。现在已经发现了假贫农团，各地方就得很好往出查，查出是完全假的，可以解散，重新再组织；查出是一部分坏人混在里头的，就把坏人往出赶，总要做到队伍纯洁、整齐的地步。

（《晋察冀日报》1947 年 12 月 21 日）

“母亲”的一课

【本社讯】二分区的土地会议上，最初找了十五个雇贫农参加（后来有三十多个），给了大会不少的宝贵指示。他们是共产党员的“母亲”，给到会的全体同志上了很好的一课，使大家对好多道理，弄得清楚了。

“母亲”告诉了一个道理：雇贫农群众是非常欢迎、非常拥护我党平分土地的政策的。他们现在最关心的事情，就是平分土地，填穷坑、废旧债、搬石头、去障碍（整党），穷人真正当家。他们说：“平分土地是最好的办法”，“这样谁也有地种了”，“这次分，干部不能再自私”，“过去贪污自肥的还得拿出来”。梁金明听了报告，欢喜地说：“回去睡不着觉了，这两天白天也不吐痰了，精神壮了。”韩润五说：“我有七亩地、几间房，因借了梁振保（碾子坪支书）的钱，打不上利。地主韩敬真想出个办法，指地借钱。后来还不了，地、房全被夺走了，气得我疯了三四年；好了，一直还扛长工。这下可得了。”他们从报告中听到：贫苦农民家里只有一口人分两口人的土地财产，准备讨个老婆，家里只有两口人分三口人的，准备生个小孩，当场就说：“共产党计划得真周到。”韩根秀五十多岁了，还没娶老婆，他说：“这次真叫翻身了。”对土地的分法，他们觉得打乱大分，不如抽补的办法好，中农不害怕，好团结；打乱分，又费力，又不好团结。他们对搬石头、去障碍，都很满意。有个韩金子说：“不和村干部商量不沾。”其他雇贫农马上顶回他，说：“靠他们（坏干部）就不沾，穷人们又吃不开啦。”他们听到支部党员要公开，并让贫农团审查，很高兴。梁金明说：“咱们还有这么大的权力，这下好啦。”

“母亲”还告诉了第二个道理：土地改革的高潮，很快要到来，而且一定要到来。他们认为：对地主富农斗得不彻底，村干部自肥，雇贫农群众只能分到“名义果实”，翻个空身。比如乔家庄的治安员，群众叫“村主”，几辈子就是地主，现在弟兄五个一分家，算成中农，还分到了许多好东西。河西清算时叫大家都到，分果实时五个分了（村长、武委会主任、治安员、支书、妇会主任）。他们认为我党的组织和干部不纯，有化形地主、化形富农，有两面派分子，有的蜕化成“村主”，仗党欺人，对地主富农包庇。下庄的地主老财们，哪个和干部合得来，留的地和房就多。碾子坪支书是富农，日本在时两面支应，贪污放账，贪污合作社四十三元白洋，隐瞒黑地，并介绍□特富农儿子加入党。清算一家地主时，他给地主私藏粮食。梁金明说：“这就是仗着共产党欺负穷人。”雇贫农斗争情绪很高，并且开始干起来了，他们回村组织贫农团。有的坏干部拿新棉裤送给贫农团代表，被他们顶回去了。乔家庄放羊工人再不准羊主拉羊了。还有的坏干部忙着开会，想办法破坏贫农团；贫农团也开会，检举坏分子、坏干部，整编自己队伍。“母亲”告诉我们：千万不要轻敌。有的人说“巩固得差不多了”“斗地主彻底了”，都是错误的论调，是地主富农的诡计。

“母亲”还提出了一个指示：搬石头、去障碍，要彻底、要快、要坚持到底。对于坏干部，经过讨论，大家一致认为是一下推光好。“把村主调开，穷人才敢说话。”韩根秀说，“咱们穷人团结成一股劲，推倒金銮殿，咱们坐江山。要把图章收回来，这是刀把子。”“搬石头不要中途而废。”对于坏干部，他们不光要求回避，还要求斗争。□些坏干部，要把他弄回来，让他向穷人坦白坦白，问问他们是给谁们办事情。

“母亲”在会上还有另一个指示：雇贫农当家，坚决依靠雇贫农，要确定雇贫农的领导地位。他们不要坏分子混进来，下庄、乔家庄贫农团审查穷人名单，里边没有一个坏分子。他们要“推倒金銮殿，自己坐江山”。他们说：“有些村子穷人少，团结起来力量大，只要团结好，才能踢开场子。”河西雇贫农自己定了又具体、又实际的纪律：“不让坏狗子钻进来”，“翻身就要先翻心，翻身可不能坏了心”，“开会时按时到，有事情都得报告大家知道”，“分胜利果实先让别人分，不叫装腰包”，“大家有毛病，互相帮助批评，不要染上坏作风”，“布告通知要大家都知道”。

“母亲”还给了第三个指示：领导与群众（雇贫农）结合的办法。像这次大会课对课，走群众路线，这样办法就很好。这次大会上雇贫农听了传达，是给他们上了一课；雇贫农告诉我们的道理，他们的反映，归纳起来，又给领导上上了一课。课对课，就是领导和群众的□合的好办法。到会雇贫农群众，还告诉领导干部，这次土地改革，一定要克服强迫命令，不许包办代替，“群众说怎么办就怎么办”。

（《晋察冀日报》1947 年 12 月 22 日）

王元寿跟瞎牛对话

子野 记

王问：世界上数什么人高？

瞎答：数受苦人高。佛流一百二十行，惟有庄农打头强。

王说：受苦人高，应该提高咱才对啦！提高什么？挑大粪、割葛针、整地、锄地、装炉、下窑。

瞎说：你没装过炉，我装过炉。死火营生，数那装炉受罪。下窑四个大石头夹着一块肉，一个不小心刨下一块。

王说：扛长工才受制，关了场门，挟了顶破帽回家，老婆愁，孩孩们哭。有钱的关了场门杀猪宰羊过新年。穷人穷忙。

瞎说：人家忙过年，咱们忙要饭，要下五天糠团团。人家过年咱不忙，黄米麦咱不量，人家乒乓一声响，咱是横搭一条梁。

王问：还有比这受罪大的？

瞎答：还有，抬轿的，坐轿咱坐不□。工人都受罪。

王问：旧社会提高咱没有？

瞎答：享福没提高，提高受罪了。

王说：对嘛，你想想，喝酒吃肉、坐轿、穿绸穿缎、住好房子，有咱没咱？

瞎答：咱没沾了那。吃糠菜、掏葛针是咱营生。

王问：受罪有咱，享福没咱，你想想，这理公道不公道？

瞎答：你穷就是穷，没有人管咱就提高了？

王问：到底财神爷是谁？

瞎说：就是咱们扛长工的。

王问：人家有命？

瞎答：咱们命不沾，财神爷也不沾。

王说：咱们八路军老人家来，他（地主）也要饭了，他也没命了。命哪里相信得？这是旧社会的过。

王问：白泉的炮楼是给谁修的？

瞎答：给地主老财修的。自修上炮楼后，咱要饭的越紧，没一天不要饭。

王问：咱们八路军把炮楼毁了，到底于谁好？

瞎答：打毁炮楼咱也不要饭了，也分了三亩多地，分下衣裳，分下六七斗玉茭。三亩中有一亩多麦，可以打下一袋袋。

（《晋察冀日报》1947年12月24日）

刘　四　狗

华大工作团通讯

四狗是平定河底村人，自小就在生炉上拾铁拾煤，大点就做工，到现在还是靠装炉过活，闲时也种点地。群众都知道他是个不爱说话的老实人。

一 、初次见面

我们刚到二间工作时即遇到了四狗。据初步调查，他前几年（日寇在时）曾到根据地工厂做过工（翻砂工作），对八路军还有点认识。第二天派人去访问他，他表现怕，不愿谈话，给我们送来一把茶壶说："你们喝水罢，我有事哩!"说着就躲到一边闲着，并没有事，意思是不让我们和他接近。

二 、第二次接近

通过李元同志和四狗叨拉，了解情况。李元同志和四狗自小是装炉的朋友。李并且告诉他华大来的任务，叫他不要害怕，都是咱自己人。四狗口里说："我不怕!"可是抽烟喝水手是发抖的。

从二间房东家打听到四狗胆小怕事，受了一辈子苦，不敢惹人，很老实。

我们打算搬到他家里去住，以便和他接近，从思想上启发他，使他敢说话。

后来成立了贫农小组，四狗也参加。但在两次的小组会上四狗没敢说一句话。以后采取了个别漫谈的形式，四狗仍是不说话，同时还从谈话中透露出不愿叫往他家开会。

四狗虽受了一辈子苦，明明有许多苦处，可是硬说："自己没有什么，一辈子只是装炉，挣一个给一个。咱不欠人的，人不短咱的；咱不惹人，人不惹咱。咱这命就是这样，老人没留下，现在算□吃到嘴里几颗米了。只要开了炉，打开销路就好，其余的没得说。"

三、住进四狗的家

思想上的障碍没打通，四狗是不会说□苦事的。于是经常找他，每天总要找他两三趟。经过五天的闲扯，发现他不怕了，在他家开会也没意见了。这时我们才提出要到他家去住，他说："你愿来就来。"

后来我们搬去时，他老是发笑，问他笑什么，他说："想不到你们住咱家里。咱这家还有人来住呢！自古以来也没有人到咱家来住过，现在你们是看上咱这穷家了。"

我们说住到有钱的家不方便。他说："你说反了。住到宽房大院，用什么吃什么多方便。过去上边来的干部一辈子也不到咱这房子里来住。"我们说："咱说的是工作不方便，你还不知道吗？"这时他笑着说："你们的方便和人家的方便不一样。"

四 、触到正题

搬进四狗的家以后，一有空就和他叨拉。开始我们用自己的家庭历史来作引动他，果然引动了四狗的心。四狗说："你的家比咱家可强受。你的困难比咱的少得多。咱们惯了，也不怕你笑话。咱的家是祖辈光景不好过，咱自小就是受罪，从受罪里长大的。到现在这才算好点了。你们看见咱吃的饭稀，你就没见咱吃那没米没盐的糊糊。小时候咱还到街上倒过人家的面汤喝（卖了面的水）。唉！你说咱现在枕着砖头睡觉受罪，你可没看见咱小时不穿棉衣不穿鞋过冬。"

说到四狗的母亲，他叹口气说："说起我母亲来，那才是受了一辈子的罪。为了不让孩孩们饿死，她老人家东家做饭，西家帮忙，东借西求，吃饭时碗底上几颗米也用水澄下，一会给大的倒点，一会又给小的倒上，她总是喝一肚子的汤，到死也没好活过一天。”

一天晚上四狗说出他的心里想法：“惯了咱什么都说，不说大人孩孩，连咱们院里的女人们也不怕了，整天是问家长里短。你们刚来时可是怕得慌，谁也闹不清是哪边的，谁也不敢说。说这边怕又是那边，说那边又怕是这边。顶好是躲着不见。不但大人怕出错，还告孩孩们离你们远点。老百姓中间谁也不敢打听谁，怕给反映。说起你们来时，人人怕得慌，富的怕，穷的也怕。我就怕得几夜睡不着觉。活了半辈子谁能说没说过一句半句惹人的话呢？有人在大会上一提这个人不好，一通过‘不好’就喊打，这就完球了。你是不留心，在你们刚来河底时，哪里还有人生产呢？生炉、熟炉、田里、地里，看不见一个人影，谁也不知道大灾落到谁头上！”

五、向干部提意见

在一次贫农小组会上有区委书记参加。区委在会上作了反省，承认过去强迫命令、包办代替的作风不对。四狗在会上也提了意见，很深刻，很忠恳。他说：

“县区干部（只是部分干部，不是全体——笔者）的作风不好，在过去做什么事也不和群众商量，只是压迫。见了干部害怕，不敢接近。华大来后什么事情要问问我们，我们也敢谈，说错了就给我们解释。有什么事都敢和华大讲，不敢和县区干部讲。我们现在到群众中去问问，愿意叫华大走不愿意叫华大走，一百个有九十个说不愿叫华大走。

“华大来后不到一月给我们开会，了解些东西□。过去开会早晨打锣撞钟，晌午也集合不起来。集合起来站上岗，放上哨，看不住就偷跑了。在的人也不知道讲些什么东西，东耳朵进，西耳朵出，什么也记不下。现在华大开会一通知就到，开会也愿听。谁的问题回来就要好好想想怎么一回事情，就是六十岁的老头子也要开了脑筋的。过去区干部谈话不管懂不懂，谈一气就完了啦。

“□会注意不耽误生产，过去干部不管贫苦人的生产不生产，说要开会就要开会。去年秋天开会正刮风，群众提意见不接受，一定要开会，刮得损失了好多粮食。

“工作作风得改变哩。区委书记是东区人，什么也了解，说话也听得清；华大说话猛然有句话还得好好想想才能了解谈的话是什么意思。你的作风要改了，华大走后咱们有什么事商量着办，比华大还好哩!”

附：七区区委书记的自我反省

我们过去的区干部都是用强迫命令、包办代替的方式做工作，不但不接近贫苦的群众，就是□农也不接近。主要接近的是村干部和河底村的商号，住的房子是商号的，吃的饭是商号的。我来河底工作连这次六次啦，以前几次来河底工作只住一夜，有些什么工作和村干部谈谈就走，根本不接近基本群众，群众的迫切要求一点也听不到。有时干部引到贫苦群众家里，看见群众很脏，起来就走。

在布置工作方面，县里布置工作限定时间完成任务，催得很紧，区到村布置工作更加紧起来。工作从来不向群众问问怎样来做，也不酝酿酝酿讨论讨论，按上边布置的强迫群众去做。有时也召集群众来开会，早晨打铁撞钟到晌午还召集不齐。集合起来，站上岗、放上哨，大小便也不让出去，一出去就溜走了。讲些东西不管群众听得懂听不懂，一讲就是几个钟头。

我和其他干部到河底做的工作中，检讨起来就做了几件不顾群众痛苦的事情。如去年七月初二骡马大会，听了商号几个人和村干部的话，要求唱戏，我和区长就承认下了，写信问问县里，县里也批准了，就差没有让群众批准。当时正是青黄不接时期，群众没有吃的，不愿唱。结果是商号赚钱，群众受害。群众管饭管了好多粮食，戏台后有一家贫苦人家管了八十顿饭，把麦收打下的三斗麦子都吃光啦。邻近的村庄也受到连累。

这次华大来后，荫营的老杨给我们做报告，开会十二天，解决了不少问题，我这次分配到河底村工作，看见华大的工作作风，思想上起了波动，经过与华大同志的谈话，觉悟到过去的工作作风错了。今后自己要下决心来改造自己，学习华大的作风，向群众学习，事事要问问贫苦群众的意见。

（编者按：这个区委书记的反省还不深刻，还没有从自己的阶级立场和思想来认真检讨自己。）

（《晋察冀日报》1947年12月24日）

要积极，不要犯急性病

普遍的土地改革，已经在边区各地开始。绝大多数干部都很积极，贫苦农民的情绪都很高。很多地方在开始十多天的进军中，是表现有计划、有秩序，是从切实发动群众着手，因而运动是表现有力的，这是很好的现象。

可是同时有些地方也发生了一些偏向。

例如：有的村庄在一天之内，就开完了“三个会”；有的县一个干部在几天之内，就组成了六七个村的贫农团与新农会；有的区或村在几天之内，就把农民“组织起来”进行斗争。以上这些，都因为没有经过足够的思想发动，结果都碰了钉子。还有的县机械规定要在四十几天内完成全部土地改革，也是不妥当的。此外还在很多地方发现异己分子组织假贫农团，或操纵贫农团进行假斗争，想把土地革命的高潮很快推过去，混过这一关。

在这里有三种人：

第一种人是好同志，对土改很热心。但他们对土改任务的艰巨估计不足；对发动群众自己动手解放自己的重要性，估计不足；对于队伍不纯的危害性、对于整理队伍、组织队伍的重要性，也估计不足。因此，就把土地改革看得太容易，就犯了急性病，就犯了包办代替与粗枝大叶的毛病。他们不知道，或者忘记了，这样又会使我们这次的土地改革遭受失败。

我们边区的土改，为什么“改了又改”，“复查来复查去”？有的地方已经复查了五六次，把群众都复查得厌烦了，而土改却一直没有搞好？归根到底，不都是因为没有充分发动群众，没有组成以雇贫为中坚的队伍吗？不都是因为我们干部本身犯了急性病，犯了包办代替、形式主义、粗枝大叶的毛病吗?

第二种人是有浓厚的个人主义，只顾自己出风头，当“英雄”、当“模范”，把党和人民事业当儿戏，当作个人出风头闹名誉的手段。这种人可以对人民强迫命令、包办代替，可以对上级做假报告，可以损人利己、侵占果实、打□别人抬高自己，可以反复无常、随风摇摆、飞扬浮躁、哗众取宠，以为自己了不起，以为自己是诸葛亮，可以包打天下。他们对党对人民抱着半条心。

第三种人是地主、富农、流氓、蜕化分子和地主的狗腿子，他们想夺取领导权，破坏土地改革或混水摸鱼。他们实际是我们的敌人。

上述各种人的性质不同、动机不同，但结果都是要使土地改革遭受失败。我们要坚决反对犯急性病，反对强迫命令，反对包办代替，反对形式主义，反对个人主义与风头主义，反对把土改当儿戏。只要纠正了干部的上述毛病，坏人也就难于混水摸鱼了。

我们要区别干部的急性病和群众的热心与积极性。如果发现群众性急，我们就要爱护并且善于发扬他们的热情，因势利导，推动他们，发动全体农民起来!

我们要积极去完成土地改革的任务，一定要耐心地深入群众，启发他们的觉悟，经过他们自己的思想酝酿，使他们自然而然地革命化，决不能揠苗助长。许多经验证明：真正老实的贫苦农民，往往起来得慢。在运动的初期，他们往往是内心积极，表面采取观望的态度，因此就必须去耐心地发动他们，等待他们的彻底觉悟。

土改有两个果实：一个是经济果实，就是平分土地与分浮财，满足无地少地农民的要求；一个是政治果实，这就是在土地改革中，提高农民的政治觉悟与组织能力。二者是不可分的。没有政治果实，就没有经济果实，离开了经济果实，也就谈不上政治果实。

为了保证土地改革的完成，防止一切干部的急性与包办代替必须规定：凡是群众没有真正发动，真正贫农团没有成立，新农会没有组织起来，没有取得中农的同意，即没有得到全体农民多数通过，虽然可以先监视地主富农的行动，但不要忙于分地、分浮财。

为了纠正与防止各种偏向，各级领导机关必须密切上下级的联系，随时检查工作，反映情况，发现问题及时解决。

（《晋察冀日报》1947 年 12 月 26 日）

我家的苦

——边区妇婴卫生学校康玉庭诉苦

□□□记录

我是阜平一区南高阜口村人，今年三十岁了。

我老爷爷那时候，种着城里李老资家的地，共生了我爷爷他们弟兄七个，有两个闺女，打的粮食也倒够吃了。东家要租子很厉害，拿着加二的斗（每斗顶一斗二升），不管有土、糠没有，反正得叫人家看着，拿扇车打了一个过，人家才派哩。

后来人口多了就分了家，东家分家时，我爷领着人家到地里去派地，东家们谁也愿抢着要好地，谁也不让谁，分不亭，我爷爷说给人家评个公平理吧！就给人家说了说："这一块和那一块顶一股，那一块和这一块搭配搭配。"东家就恼了，李星芝（现在还活着）父亲打起我爷爷来，我爷爷是老五："五小子你给俺们当家，洋□□你那老子□□沙量。"上边打脖子拐（耳光子），鼻子里的血直流，下边用脚踢。全家子给人家跪着赔罪说好的，央及人，也不行，闹了半天人家硬不叫种地了。没办法，我爷爷就给人家扛长活。在我爹八岁时，爷爷给人家做活病了，就回家来养病，一天一天地熬吧！更没得吃，实在没办法了，我奶奶提出，说什么也不跟着我爷爷受罪了，爷爷怎么和她说也不行，走时将我姑姑带走，卖了□番，也被人家打死了。家里只留下我爹和有病的爷爷，我爹就出去要饭，爹喝汤剩下稠的拿回来给我爷爷吃。这样子一天一天地呆了好长日期，才把我爷爷伺候好。稍微□一点，爷爷就领着爹到外村去要饭吃。后来我爷爷找了个活，给人家放牛，就把爹靠给大爷爷。我爹十一二岁时我大爷家大伯就给他找了个活，给人家放猪。那一回给人家丢了一口猪，黑夜他也不敢回家，就缩在野地里，人家就找我的大爷爷去不依了，才给人家说好的赔罪，把我爹找回来，打了一顿，人家说什么也不叫放了。爷爷没法，才领上他去放牛，过了几年，又回到大爷家，爷爷和大爷说："我这怎么也不行了，要光凭我，谁给他个媳妇呢？你们看着长圆不齐给他拉把个媳妇吧！我又没有别人，反正别叫我断了根就行。"后来我大爷爷化了八吊钱，给我爹说了媳妇。母亲九岁上就当了童养媳，谁也看不起她，大奶奶成天打她，也不让吃粮食，不是吃玉茭，也是吃老柳叶，连盐也不放，就是他们吃了剩下点东西也不让娘吃。倘或吃点，大奶奶就骂："给你那狗老子丢下点吧！"饿得我娘爬不起来。大奶奶还骂："没出息的老□。"又是挨打。我娘没了办法就去树底下偷吃杏，杏又是发烧的，吃得有了病，脸色也□黄，尿泡也尿不出来，叫大奶奶知道了，你看骂吧！"她你个吃嘴的老婆，我就那么几个杏，还等着喂猪哩，你全她妈的偷着吃了，可叫你那猪老子吃什么？"

在我娘十五岁时就结了婚，是"黑里推"的，娶了我娘后，我爹就给人家扛长活，也不管我娘，我娘就是弄点野菜吃，麦秋里给人家捡麦根，人家又不管饭，给点麦鱼子、糠，高兴得我娘不行。

闲时候我娘就给人家做针线，人家给点□吃，做饭时见人家烟筒冒烟，我娘也回去往灶火里放把火，掀开锅没得下，就是那么口白水，没了法，就头使下栽地炕上栽着。人家问："吃了饭没有？""吃了。"嘴里说吃了，心里掉泪。有了我哥哥以后更没了法，要饭吃吧又□不开嘴，真个的就应该饿死吗？爷爷年岁太大了，不能给人家放牛了，就领着哥哥要饭吃，哥哥大些了就给人家放牛。父亲跑口外给人家割大烟。那年我爷爷病着勉强出去要饭吃，后来实在不能动了，才不出去了，临死时人家给了他一把枣，他就舍不得吃，死后还拿在手里。那时我就三四岁了，冬天穿不上衣服光着屁股，白天我们拾一天柴，晚上就在炕上烤一宿火，我娘就在裤腰包里揣着我二兄弟坐着。后来娘就带着我们去给人家做饭，共做了六年。那年六爷要饭吃专到那里看了看我娘，见了就哭："二姐，我看看你们吧！我这么大年纪了，咱们再见上这一回面吧！今后就见不上了。"一步哭着一步走了，当年夏天就病在西庄被□□死了。我六爷共两个小子，一个卖了拉马，一个当给城里李家当使唤小子，因扫地扫得不好，被人家一脚踢死了。

我们吃了糠拉不出屎来，我娘就给我们掏，后来就把大姐、二姐□卖给人家当了童养媳，化了大姐八吊钱，大姐到了婆家成天挨打，打得她没了法就往回跑，老婆婆在后边拿着细条就追，跑到家母亲就往外推，她老婆婆就听着我娘，往死里打我姐姐，打得她就在地下打滚。后来她婆家就搬到龙泉关去住，上去后，又看不上她也不叫她吃，饿得她什么也干不了，越干不了人家越不叫吃，成天打她，说她没出息，要休了她，就叫我姐夫送下她来。因饿得她走不动，就拿鞭子一步一下，我姐姐忍饿遭打，就走得快些。从龙泉关到我们家共八九十里，整打了她一道。跑到高街，饿得她实在受不了才向种地的老乡要了两□米汤喝，人家又给了个饼子，她拿起来就跑，人家问："你走那么快干什么？""后边还有人追着打我哩。"到家后姐夫就把我娘骂了一顿。等了半年，他婆家又下来接她，我姐姐说什么也不走，我娘也不叫她走，"去了也是死"。死拉活拽人家硬拉走了，把我娘气了一场病。到龙泉关后，更不如以前了，晚上老公公老婆婆睡了觉，叫我姐姐光着屁股在炕沿根里罚跪，冻得她没法，等他们睡着了，就跑到门上用门帘披在身上，她老婆婆一醒就骂"死丫头，哪去了"，吓得我姐姐很快地慢慢里跑回来，又跪在那里说"我在这里"。因此，把她的脚冻烂了，脚后跟上的筋都露出来，听说后，我爹才去接回她来。我娘一看见那个样就哭。等她养好后就到城里袁育存家抱孩子，好歹有些不好，人家就打，吃饭也不叫吃饱，腊月里叫到河里去洗褯子（小孩垫布），把手都冻流了。我娘去看她，人家也不叫上好屋里，吃饭时可数给弄点，还说“少弄点吧！全叫她吃老丁，得给咱那狗留下点，狗还没吃哩！”娘和姐姐心里难受得只是哭，我姐姐给他抱了三年孩子，得了温气病，人家不要了，就捎信叫弄回来。走时，袁育存老婆非要把姐姐穿的破褂子也剥下来，后来经过别人说合“整个的人家给你抱了一□子孩子，你就叫人家光着屁股走吗？”他老婆气愤愤地说：“死丫头！我不要了，自当给你爹给你娘烧了花红钱吧！”

我五岁时也被童养了出去，共化了二十二吊钱，我不去，硬把我弄走，去后什么也干不了，人家也不爱见，成天挨打，哭也不敢叫人听见，不是到牛圈里哭，就是到村外往着我娘她们村子哭，被人家听见了又是骂。跑回家去，叫我爹看见了，把眼一瞪又骂，也不敢在。婆家看不起也不让吃，没办法就到地里去吃北瓜又不敢摘下来，就那么长着啃几嘴，还给人家翻过，怕人家看出来，一次被看见把我打了一顿。在放牛时一回来，人家说牛肚子小没好放，就挨打。打得自己没办法，白天到了坡里，用把草把牛屁股给它堵起来，不让它拉屎。

父亲到口外当找工时有了病，躺在店里，人家就想喂了狗，多亏有他在一块当找工的一个伙计才把他弄到人家家里养好。我七岁时父亲就死了。

我十四岁时就做了媳妇，娶时说要“黑里推”，我娘不愿意，不管什么着吧！算弄了顶轿，我不愿意去又没法，走在山上那个大崖那里，就想跳崖摔死，可是有我哥哥在那里看着，也跳不出来。娶到家后到□什么挨打，也是长□骂，老公公回去了就给脸看，什么活也都靠给我做，推碾做饭针线全是我的事。光是做不吃，人家叫吃点才吃点，不叫吃就不敢。做顿饭□，还得给限出数来，叫贴几个饼子就对贴几个，一个也不敢多贴，他们吃后还过过数，放在篮子里，吊在房梁上，也不让咱吃。我觉得实在没法，怎么也逃不出，□不过去，就想寻死。那一回我弄了一碗卤（做豆腐的卤，人吃了就死，为毒药），说喝就喝呀，又想起了我娘，拉扯了我们这么大，我要死了，再把我娘想坏了。我小兄弟他们可靠谁管呢，我死了害一家子，左想右想把卤放在跟前啼哭半天。上吊死，吃□死？想过好多死的办法，但每逢死的时候就想起了我娘她们，总得哭半天。后来我娘看着我实在没法就搬下来和我们住到一个村，哄着我，连受气带挨饿就得了浑身胖（肿）的病，母亲守着我哭，我告诉我娘说："我要死可是气死了的。"

爹死后，过奉军前租了城里张祥家的地，每年打不够人家的，到了冬天我哥哥还得去给东家过冬去（干活），人家又不给顶租子。帮过年时，将过年的东西都给人家准备好以后，就被撵了回家里来了。一过了破五仍然还对去给人家干活去，直做到出了正月才算完事，一直给人家做了六年（给城里李老资家），家里也弄不下粪，庄稼也不长。

在一九三九年成河滩，我娘她们才又搬回高阜口住，就将我哑巴嫂留在上边和我就伴。哑巴嫂也是化了十九块钱说的，她也是个要饭吃的。在成滩时，上午人家别人都回去吃饭，我哥哥知道回去也没得吃，就在地里吃杨叶须，好歹放一点黑豆面或一点黄豆面，回家时饿得就爬不起来，躺在河滩里，别人给我娘捎信说："你快起看看你黑小子吧！他有了病啦，眼看就快死呀！"我叔伯姐姐才跑得去，喂了他两碗米汤才好了。扔了河滩吧不行，不扔吧也实在无奈，后来八路军来了才帮着成滩，今天给点黄豆，明天给点黑豆，才算把滩奈何着成了起来。

我在村开会回去后，公公骂，也不让吃，四〇年我就出来参加了工作，每逢吃饭时，就想起我娘他们，现在不了吃什么哩！那年给我捎信回去看我娘，饿得躺在炕上爬不起来，看见我就哭。

“丫头！这么我可又见上你的面了。”

黑价睡觉后娘捉着我的手说：“丫头你摸摸你娘这身上！”我摸了摸就像刀刮的。

“丫头！你可好记着，娘要死了，可是饿死的呀！”

我调到六区后，二兄弟和嫂死了，接到家里捎去的口信，叫我回去一下。我一听见就难受，知道叫我回去也没有好事，我回去也是无法来，就忍心不回去。等到八月里才回家去，见面就哭，母亲对我学说：“丫头！你兄弟死时，想吃点挂面，吃点西瓜，也没吃上，就死了。咱要好歹有点吃的，你兄弟也死不了哇！田医生人家费心给看了好几回说：‘我治了你这个病，我可治不了你没吃的那个病呀！’”

在我二兄弟死前还当了四天找工，挣了一百块钱，和人家伙买了一块小沙滩，他死了没人种，看见地就淹心荒。

四五年五月里扩军，三兄弟入了伍，村里给了二十斤米，春天才没挨饿。四六年又给了九十多斤，我娘说：“要不是八路军来，咱们早饿死了。”

今年夏天我回去，娘问我：“丫头你说咱翻了身了没有？”

“翻咪！”我说。

娘接着说：“我说还没有翻喽哩！”

“为什么？”

娘说：“我看是干部翻了，把好地、好东西全干部们分了。”

（《晋察冀日报》1947 年 12 月 26 日）

拔 苗 儿

从前有个宋国的人，照现在说，就是河南的人，性子很急。春天的时候，地里的庄稼刚长出苗儿，他就着急得不行，巴不得那苗儿一下子就长大了。天天到地里去，瞧瞧那苗儿，好像老是不长。他心里想，苗儿长不高，人要帮助他长高，想来想去，想出一个法子。有一天，他跑到地里，把苗儿一棵一棵都往上拔了一下。地头长，苗儿稠，捽了一天，累得要死，可是他心里还挺高兴，回到家里，告诉人说："我今天可真累了，捽了一天苗儿，这一会那些苗儿全都长高了。"他的小子听说，觉得稀罕，立刻跑到地里去，一看，那苗儿全都死了。那时候，有一个孟子，听见这件事，就说这个宋国人是一个急性鬼，又是个傻瓜，他不懂得，要苗儿长高，就得多锄多耪，不锄不耪苗不长；可是你要是性子急，拔苗儿要它长，它不长还不说，还会死个精光。孟子这个话，说得有道理。我们现在有些人，跟那宋国人一样，犯了急性病，做事情不叫群众自己起来做，就喜欢包办代替，事情做不好，反倒做坏了。

（《晋察冀日报》1947 年 12 月 28 日）

我是一个急打手

——一个雇农的诉苦

蔡若虹 记

我是一个急打手（注一），活到今年三十七岁，没有过一天舒坦日子，没有遇见一件舒坦事。这回八路军解放了荫营，我总算吐了一口长气。

我说我的苦，我有些什么苦，本来，穷人的光景没有什么不同，可是穷人的苦痛却有千种万种！

民国九年，我才十岁。家里三口人：我爹，我和我姊妹（我也记不得妈是几时死的）。家里没地，只有一处窑。日子靠我爹打零工，吃没吃的，喝没喝的……爹买卖不好，一天只喝一顿糊糊，肚子饿得咕噜咕噜叫，这日子怎么过？爹说：“要吃的你就上炉拾铁吧。”我就上炉上拾铁，拾一天只够我一人吃，就这样混了几年。

民国十二年，连这穷买卖也不沾，爹叫我和姊妹住到娘舅家去。娘舅家在三坨，光景是能过的。那时我十三岁，也还是个孩子，春天帮娘舅种地，秋天帮娘舅下缸窑（注二）。娘舅光管我吃喝，爹还要照管我衣衫，也不是个好办法，可也没别的办法，就这……春天种地，秋天下窑，春天种地，秋天下窑，我就一年一年混到十八岁。

十八岁，我长大成人了，是个好后生，可不像现时折磨得这样，是个结实后生呀！爹把我叫回家，想要我照管家口，我就进了四矿下窑，动弹了一个春天，不沾，也还是不能养活别人。五月，我辞了活，跑到西头榆次、寿阳一带给人急打。到了八月，总算积下了七块钱，回到家来，花了四块钱嫁了姊妹。爹说：“急打这买卖不劣，咱俩人都去。”就打了两张镰，一心再到西头去。

我和爹走到阳曲县的黄寨，就到人市（注三）去等招工的。不多久，那边来了一个人，四十来岁，穿一身黑布衫裤，肩上搭一个捎马（注四），也像是个当家掌柜的。他走到我面前停了脚，对我端详了一会，又对爹端详了一会，才张口对爹说："你们是父子俩？"爹说是。他又问："你们是给人急打的？"爹说是。他说："你这小子可不劣，好吧，我家有几十亩地，等着收秋，你俩都去动弹吧。"爹问他："你老人家家有多远？"他说："不远不远，顶多二十里地。"爹和我就跟着他走了。

二十里地，二十里地，可是走了三十里地还没走到，看看太阳也偏西了。我不懂世事，爹不言语我也不好多问。又走了一会，到了一座窑房门口，可不像住家的，这人停住了脚说："唉，今天多绕了路，还有两三里就到了，咱们先在这里歇歇脚，弄点好的吃下再走。"爹没□响。他又说："我看看你们的镰好使唤不？"说着就把我们的镰接过去瞧，一边说："唉，你们平定的镰可不沾，我换给你们两张好镰。"说着说着，他拿着镰一转身就走进窑房去了。

窑房外面不远有座地窑，几十层台阶一直通到地下，黑漆漆什么也瞧不见。爹一看见这情景，突然变了脸，偷偷地拉着我说："不好，那人把我们卖了，这是埋人窑，得赶快跑！"我从前也听人说过埋人窑，工人被卖到这里，不给工钱，不给衣穿，不见阳光，一辈子再也出不来，死了就丢在窑底。一听爹说这话，心里实在怕得慌，就拉着爹想跑。爹说："这可糟了，镰也给他拿走了。"我说我去拿回来。我走到窑房门口，看见那人正在和别人低声谈说什么，看见我走进门，就说："你忙什么，是面条儿咧，吃顿好的再走不迟。"我也不答话，一眼瞅见两张镰就在门旁边的捎马上，我伸手拿起就跑，爹也跟着我跑。后边窑房里五六个人追出来，看看快要追着我们了，我就舞起两张镰来打，边打边跑。这样跑了两三里地，他们都拢不着我和爹，才没有再追，那个卖我们的人不死心，他还跟着我们跑了四五里地。

太阳落了山，我和爹一口气跑到罗营，已经是半夜了。寻上一个庙，老善爷说三更半夜不敢留人，后来好说歹说地才让我们住了一宿。第二天清早，我和爹起身就走。

俗话说："哼一哼，问一问，穷人腿里有将（念酱）劲。"我们往哪里走呢，又翻回盂县。到谷秋，给人收了几天秋，听说还是阳曲的工价高，爹就说："不怕，咱们这回留神些，再去。"好，再去，又到了黄寨，又寻到了人市，老天爷，又遇见那个背捎马的人。我心里起了火，想揪住他打一顿，爹拉住我说："咱出门人吃点亏就算了，咱可不能惹人。"那人正在东张西望，爹把我拉到一边避开了。

这回在阳曲一共动弹了四十来天，回到荫营，已经立冬了。我又找到炉上做零工，前后一共挣了十二三块钱，将将就就添补了过冬的衣衫，还剩下几块钱。爹说："咱穷人可不能歇一天手，听说太原的辣椒贱，咱们贩一些回来卖，说不定可以挣些钱过年。"主意打定，我就借上两条扁担，几根绳，添上我五叔，三个人一道上太原。

到了太原，嘿，又遇见坏人，这回可倒了霉……那天我们正歇在一家店房门口，看有没有卖辣椒的，那边又来了一个人，是个穿袍子戴眼镜的，他问我们做啥，我们回说是贩辣椒的。他说："这可巧，我有家亲戚种了不少辣椒，想贱卖咧，你们要时就跟我走。"我想：真是走运咧，要什就有什，就同爹和五叔跟着他走。走不多远，那人回过头来问爹带了多少钱，爹说小买卖哪有多的，不过几块钱。那人停住脚说："你拿出来给我看看，不要短下钱，难为我空跑一趟。"爹是老实人，心想青天白日的，看看有啥要紧，就从怀里掏出钱包交给那人。那人打开纸包，把票子一张一张地点了数目，又仔仔细细地包好，交给爹说："你藏好，别丢掉了，咱们走吧。"好，我们又跟着他走。走不多远，那人从身边摸出一根纸烟，对爹说："你们稍等等，我点个火就来。"说着他就走进一家店门里去了。

说是点个火就来，可是一顿饭的工夫他还没有出来。路旁的闲人看见咱们老呆在那里就问咱是做什的，咱回说等着一个卖辣椒的，他进那门里点火去了。有一个人笑着说："进那门里点火，那是过道门，点什么火？你们该不是受骗了？"我那时还想：他骗咱个什？顶多骗咱走了几步路，我爹不放心，摸摸怀里的钱包，钱包也还在，可是打开纸包一看，票票一张也不见，尽是些烂纸……一想起这是我和爹半年挣下的血汗钱，我就大哭起来，可是哭有啥用！以后的事我就不多说了，一句话：吃饭的钱没有，住店的钱没有，三个人只好一路要饭，住的是神堂古庙。回到家来，正是冬九寒天，一点生活也没有，爹只好跑到娘舅家借了一斗玉茭子，才算度过了这个穷年。

大家想想看：在旧社会，穷人哪里是人，处处受人欺负受人剥削，明的暗的哪里说得尽?!

唉！从十八岁一直到事变，我就是这样一个急打手，从春到秋，我给人急打；冬天，我就给人装炉（注五）。年年这样，岁岁这样。这是一个吃不饱饿不死的买卖，总不让你有一点富裕，总留不下一毛闲钱，还要老天爷保佑你不要生病，生了病就要挨饿。有一年我给人急打，人住河西，地在河东，天天要趟水过河。水冷，我中了湿气，一病就是三四个月。财主他哪里管你，工钱也不给，休说治病，喝稀饭的钱也没有。后来我托三叔作保借了财主六块钱，才量下一点米。病还没完全退，我又给人急打，不是怕饿，实在是背不起那六块钱的利息。

"穷人在地里苦干，财主在房中打算。"财主情愿雇短工，也是他打算出来的。短工是要他来就来，要他走就走，不比长工一年到头要吃喝。短工干起活来，又总是急打抢做，一人顶着两人，天下有的是穷人，你不卖力气还不是叫你滚！我干了这多年的急打手，光数我手里种下割下的谷子麦子，就够我几辈子也吃不完，可是我就没有吃的，还要背债，我和财主的这笔账是算也算不清的！

哪知道事变以后，穷人的灾难更大，鬼子不让老百姓乱走，我的急打也干不成，好容易租种了人家几亩坟地，等到玉茭子出了红毛毛，倭瓜也有拳头大，又被一阵雹子打得精光。没有办法活下去呀。爹和我东寻西问，才找到仙神沟三矿的炭窑去推炭车，每天二斤半口粮，一半小米一半白面，还有一毛来钱的工钱，我当时高兴得不行，以为□又是走运了。好，干不多久，我得了热病（鬼子叫传染病），回家养了三个月。我刚好，爹又病了，爹的病比我厉害，两个月没有起色，我一人要照管两人的生活，心里着急，日夜赶工，一下就遭了大难！

那时我想多挣些钱给爹治病，简直不顾死活，白天动弹，黑夜还是动弹，七天里赶了十一个工，隔两三天还要抽空给爹背回一些吃的，身上实在疲劳得不行。一天晚上，已经拉过□儿（即汽笛），这是十二点到一点的休息时间，我和成毛两人推车回去休息，走到半道儿，成毛说他要大便，叫我停下等等他。我实在瞌睡得不行，一停下来靠着车子就睡着了，不留神把条右腿搁在那边的轨道上（是双轨）。哪知道这时候恰恰推来一辆车，天黑，看不见人，一下就从我的腿上碾过。我醒转来，也不知道疼，骨头已经断了，只剩几根筋还连着……你看我，就这样成了残废。

成毛把我背上车，推回窑上，天已快明了。别人都劝我回家治腿，我不肯，我说爹知道了要送他的命。三矿没有医生，人家硬把我抬回家，你看，矿上只肯给我五斤米，许多人给说好话，说我家里有病人，说我没有吃的，才给了我十斤小米十斤白面。我回家里，爹哭，我也哭。叫了个放羊的来给□治腿，钱不够，治了两次就不治了。还是没有吃的，娘舅时时送点米来。爹不等病好痊又到三矿去推车。我三个月没有下炕，后来好些，就拄着双棍，慢慢又换了单棍，第五个月，丢了棍，我拐了。我又下矿去动弹，别人挣一毛，我只能挣八分，矿工的生活一年不如一年，一月不如一月，一天不如一天……钱不值钱，人更不值钱。粮食涨了，白面变成高粱，高粱变成玉茭子；十块钱一斗变成三十块钱一斗，三十变成六十块钱一斗。工人的工钱却只加一倍：两毛钱。我哩，因为是残废，只有一毛六分钱一天……

（注一）急打手就是专打短工的雇农。

（注二）“缸”是熔铁时盛铁砂的陶器，下缸窑就是制“缸”。

（注三）“人市”是出卖劳动力的专门市场。

（注四）搭在肩上背杂东西的双口袋。

（注五）凡在熔铁炉上制造铁器的工作，平定人都叫装炉。

（《晋察冀日报》1947 年 12 月 28 日）

夏利合同志诉苦

夏利合同志是个贫农出身的共产党员，任丘青塔人。这次思想大检查，在八地委召开的干部诉苦大会上，他把他家三辈子受的地主的压迫剥削诉了出来。从这里我们可以看出地主对穷人是多么狠心，不消灭地主阶级穷人是永远不能翻身的。

——编报的

葬埋爷爷倾家荡产

我祖上原是山西人，我老爷爷那一辈，逃荒才逃到这里。经过爷爷与父亲两辈，□□□□□，才有了十亩薄地。后来老爷爷和老奶奶去了世，没等埋葬爷爷就又死了。那时村里大权是地主掌握，办红白事谁家离开他们也办不了。因为穷，打算抬出去就埋了，可是地主彭长松说："一个外来人，谁有那么大工夫去给你办这个穷事！"人家嫌办得小，不管，父亲没法，只得咬着牙听人家给办。殡出完一算账，十亩薄地去了还不够还账，从这全家就地无一垄房无一间了。

饿死了哥和姐

地弄光了，父亲到马召去当长工，母亲也到任丘花李家去扛女活，家里丢下六十多的奶奶和不满十岁的哥和姐。因为吃不上，哥哥姐姐就都饿病了，因为没人管，就活活地饿死了。奶奶搬到叔叔家去，从这一家人就失□了。

后来母亲生了我二哥，地主嫌有孩子，就不用她了，母亲就变成了叫花子。

娘要跳河

我五岁上，那年冬天，母亲带着我和哥哥，上采□台去要饭，道上要过十里地的一片水。我和哥哥都是光着脚，穿着拾来的两双破鞋；水上是冰，冰上是水，冻得我和哥哥一面走一面哭，母亲也眼泪汪汪。走到半道，有三间屋子大的一片没冻冰的水，母亲不走了。她含着眼泪瞅了瞅我和哥哥，就放声大哭起来。哥哥比我大两岁，懂得一点事了，就忙拽着母亲走。母亲说："怎么着也没办法，不也是饿死、冻死，还是早先死了吧！这就是咱娘仨的葬身之地！"母亲拉着我们坐在冰上大哭起来，我和哥哥死拉着母亲的衣角不放。她看看我又看看哥哥，这才心软了，没有跳进河里。

穷人连半斤点心都不值

父亲扛长活病了，地主嫌做不了活，□回家来。奶奶从叔叔家回来也病了。母亲一面侍□□人，还得安排吃的，连愁带累也病了。哥哥出去扛小活，只剩下我服侍病人；我那时才八岁。

因为没有柴禾，三个病人连盏热水都不能喝，每天就在他们的脑袋头上放一盏凉水。一天奶奶和我说："孩子，我要吃两块果子（点心），病就许好了！"她也知道没有钱去买，看着脑头起那盏凉水，眼里含着泪。我不敢在屋里哭，跑到村边上自己哭了一会。想起村里地主周耀恒的铺子里卖点心，就想给奶奶去要两块，谁知道刚进门就被人家骂了出来："小孩子来干什么？快滚出去！丢了东西找你！"吓得我没敢张嘴就溜了，心里想："奶奶三天没吃东西，不饿死了吗？"在街上转了转，又硬着脑瓜皮回到铺子里，叫着人家爷说："我奶奶病了好几天没吃东西，哪怕你们的坏点心给两块，忘不了你们的好！"掌柜的说："哪有坏的给你呢！没有！"偏巧邻家田宝安大伯在那里，他说：“叫他称半斤去吧，他给不了钱将来我给。”这样才弄了半斤点心来。回去我一说，奶奶没吃，难过地就哭了，说：“穷人连半斤点心都不值！”因为难受，当天奶奶就咽了气。

大年三十全家都寻死

父亲生病误了地主的活，地主就扣了活价，奶奶用了的棺材钱还不了，年也过不去。母亲在腊月廿九到舅父家借了两吊钱、四斤面，舅父还给了二斤肉，回来一家子欢喜极了；可是让地主周耀恒知道了，晚上就来要账，硬把我们的肉、面、钱一起拿了走。父亲没办法，气得把大袄脱下来，和母亲拿到铺子里去卖了，卖了三斤面、一棵菜和一包信石。父亲和母亲把门上好，母亲切菜，一面切一面哭。邻家的孩子找我去玩，见上着门，又听见哭，回去就告诉了他们的大人。王元大伯来敲开门，母亲没把信石藏好；王元大伯见是一家子想吃信，就把信、菜、面都拿去给埋了。王元大伯又给了我们弄来些面和菜，劝了父亲半天，才算把年过去了。

地主想强奸，黑夜搬家

我九岁上，哥哥在天津卖苦力，父亲在外村还打活，我和母亲借着人家两间房子住。一天头黑，地主王有祥到我家来，他和母亲拉扯家长里短，又拿出钱来和母亲说：“婶子，你为什么受这个穷呢？你若想好过了，有饭吃，我多多地给你钱，我给你叫个人来睡觉……”母亲当时把他骂了出去。晚上狼心狗肺的地主又来砸门，母亲大声喊起来，才把他喊跑了。怕以后还来找麻烦，晚上母亲就带着我躲走了。

地主不打倒，穷人难翻身

地主□□令，事变前就在村里当权，仗着国民党的区长张希贤，勾结土匪高□子，欺压群众，剥削穷人。事变后他又当了村长，还是压在群众头上，我二十七岁就参加部队，他一下扣了我三年的优待粮。“五一”扫荡以后年头不济，穷人没人管，我父亲就是连冻带饿被他们给逼死的。由此看来，地主不打垮，穷人就永远不会翻透身。(新华社冀中分社稿)

(《晋察冀日报》1947 年 12 月 30 日)

康秀英的诉苦

陈道增 记录

我是冀中蠡县三区南玉田村人，今年二十一岁。

我爷爷那时候的事我不知道。我奶奶那时候，种着九亩地，住着三间破房子，他们弟兄俩。光地里打的粮食不够吃，我二爷爷满世界瞎跑，弄回点东西来凑合着过。

二爷爷跑口外，要饭吃，睡在草棚里。晚上有一把子拿枪的，要剥他的衣裳和被子，他不给人家，就被勒死了。

我亲爷爷是怎么死的，我不知道。他死时我爹才八个月。他死后就是我奶奶弄着几个孩子干。她什么也得做，成天下地，到地里弄庄稼把腿摔了，没办法才把我大姑卖了，二姑姑也作了媳妇，家里只剩下我爹和奶奶两个人。

自娶了我娘，有了我后，我娘就抱着我要饭吃。我爹给人家打短工连种自家的地。后来我大些了就跟着奶奶赶一个门口要，我娘抱着妹妹兄弟赶一个门口。除了要饭，还拾点庄稼，弄点菜凑合，我娘成天和爹生气打架，说他没能耐。

在一块要饭，要不饱，叫我自己赶一个门。我怕狗咬不愿一个人要，我娘就骂我，吓唬我，硬叫我赶一个门口。在新桥村要饭时，到一个财主家门口，门上有好几个狗，门里有一个大闺女，我紧叫慢叫："大姑姑，大姑姑，你给我看一下狗。"人家理也不理，扭身就回去了。狗追出来，扑倒我咬了一口。我连哭带喊，邻近老乡听见，才出来把狗打了。叫那个闺女，她还不出来，叫了半天人家气愤愤地出来，说没听见。老乡们给说了半天，才勉强地给我两个饼子。我也不愿再要饭了，哭着到村外等着我娘，见了面以后，俺娘俩啼哭了半天。

那年我和俺村里一个穷老婆，到金桥村去弄人家的苜蓿（喂牲口的庄稼），被地主捉住了，打得肉都成了青的，还狠狠地骂着说："这是一年的草料，你们弄了，我们的牲口吃什么!"我跪着叫人家："大爷爷饶了我吧！我再也不敢了。"也是不行，就把我带回村去，问我："你说你爹姓什么？叫什么？跑了的那个老婆是谁？"我不说，我说："不知道，我不认得她。"一大群人围着我："不说就把她吊起来！打!"把我的篮子也给踩了，吓得我不行就告诉了人家。回去父亲就骂起来："要你们这一群东西干什么？尽给惹事。"又把我娘打了一顿。日子不多，就有三个骑车子的马弁，到俺们家把娘、我和那一个老婆，一块绑在车子上，叫我们跟人家走。车子走多么快，我们也得跑多么快。娘走不动，人家一枪把打了个跟头。到了县里，官就拍着桌子问："说，你们为什么弄人家的？你们弄了，叫人家的牲口吃什么？"吓得我们全都给人家跪下："我们再也不敢了。"饿了我们两天，才放回。

十三岁时娘就死了，又没衣服，爹就让光着屁股埋她，我觉着难过，才向一个叔叔哀求了一条裤子。没有材，把一间破房子拆了，买了一口棺材埋了。这□后爹也没了法，就当了兵，奶奶领着妹妹兄弟到二姑姑家住，给人家做活。我到姥姥家住了二年。爹残废后回来，到家一看没有人，门子也锁着，扒着窗户看了看，屋里什么也没有，心想，莫非她们全死了，痛心地哭了一场。知道我们没死后，才将我们接回来。可是父亲残废了，又不能做重活，奶奶脚又摔坏了，更是没办法。我编小篓，爹到集上卖，又混不住生活，每天就是吃那么些树叶子，老柳叶、杨叶、榆叶。我们房后，有财主家几棵榆树，捋点树叶子，成天骂我们，"守着你们这一家子穷鬼，今天捋，明天捋。人家没有这么两棵树了，你们该不活着了吗？"我十六岁时奶奶也被熬煎死了。

我们到祁州要饭时，我兄弟很小，在一块要不饱，叫他自个赶一个门，我赶一个门。不要饭了，就给人家编小篓，父亲给人家做短工。要饭哪能要饱了呢？饿得连道也走不动，就和兄弟啃人家的生棒子（玉茭），夏天拾几个青枣也顶最好的饭了。冬天晚上冻得什么都不觉。在新安要饭时，有个老婆儿就要我嫁给一个五十多岁的打铁的，说："你也能吃碗饱饭，你兄弟他们也就饿不死了。"吓得我就跑到村外去了。父亲回来找我们，问谁，谁也不知道，我爹又难受又着急，哭了半天，好容易才找到我们。我一见爹，也不敢向他讲，只是哭，爹说："丫头！别哭了，咱可有什么法子呢？"唉！穷人就是没有法。爹说要把我卖了，我和爹这么哭求，那么哭说："死咱们死在一块。"才说不卖我了。又要把我兄弟给了人家，我不愿意，哭着哀求了爹半天才算。在那村，有一回到财主家去要饭，一个老婆拿高粱面糊糊喂猪，我看见就想吃，叫："大奶奶，你少给你那猪点，可怜可怜穷人，给我点吧？"人家就说："你们这要饭吃的，真怪！见什么要什么！过年了，俺那猪还没肥哩！给了你们俺那猪吃什么。"到过年时弄回了点山药，高兴得我们不行，算过了个好年。

过了年（十八岁）又到安平要饭，在四门里岗村住了一个多月，人家又不给。麦秋在那村拾麦人家又不让拾，还骂："把麦子烂在地里，下一场雨，糟了粪也不让你们拾。""你们这一把子穷鬼们，来回在这地里转，莫非想给俺们当小（就是小婆）。"拾上麦子哪舍得吃呢？可是我兄弟就和我闹，非要吃，不就不去要饭，我还得好好地想法哄他去要。这年回到家后，父亲就害起病来，又没得吃。借个吧人家又怕还不了，不借给。那时在村里各方面受人家的排斥，村干部又都是有钱的，什么事也该穷人的倒霉，家里饿得爬不起来，挖沟、应差不去就不行，李庆等拿着棍子气愤愤地到家里去找，人家叫怎么着，就得怎么着。父亲病后他知道好不了，怕死后我们没有人照管，就给我找了婆家，订了婚。

在我结了婚一个月父亲就死了，家里只剩下弟妹二人，又没人照管，要饭也没人领着了。我想翻身想工作，但在本村村干部都是富农地主，权力在人家手里掌握着，又看不起咱，一见了村干部就害怕，更不敢和人家说话，在村里也参加不了工作，结婚后才出来工作。

我出来工作是为了穷人翻身，为了妇女解放，现在有着有落，我感到就是没了我娘我爹，只要有共产党就能活。如没了共产党，有父母也无法活。

（《晋察冀日报》1947年12月31日）

浑源四区的教训

浑源四区的干部，在这次土地改革中，不到十天的时间就在二十二个村里急躁地进行了“斗争”，有四个村还“分配”了果实。快倒是很快，只是出现了许多假斗争，闹得一团糟。党的政策是要以雇贫农为骨干，巩固地联合中农，彻底废除封建。可是浑源四区有些村庄，反被地主富农流氓掌握了领导权，斗争了中农，把贫农团的积极分子游了街。党的政策是坚决发动群众搬掉石头，可是四区的干部只空喊，不实做，坏干部在村里仍旧指手画脚欺压群众；党的方针是必须经过充分的思想发动，不光使农民得到经济果实，还要使农民得到政治果实，可是他们一心追求“轰轰烈烈”的形式，没有经过雇贫农的思想酝酿，就发动了斗争，做的结果完全离开了阶级路线，离开了党的政策。这是一种极坏的典型，简直把土地改革这个历史任务，当成了儿戏。

浑源四区区委对这种错误，已经做了检讨，可是检讨得很不透彻，没有找出错误的本质。我们认为，发生错误的根本原因是没有听从农民的意见，坚决搬掉石头，清除贫困团的异己分子，队伍不纯，被坏人操纵，走了地主富农流氓路线。我们还没有系统的材料，估计领导四区土地改革的干部，如果不是害了急性病，上了地主富农流氓的当，走了错路，那就是某些干部的地主富农思想在作怪。县委应该派人去详细检查，如果必须的话，应从土地斗争的前线上把他们撤回来，并加以教育，再去工作。

浑源的教训，又一次告诉我们：要完成土地改革任务，一定要耐心地深入群众，启发他们的觉悟，使他们自然而然地走向革命化，决不能犯急性病。许多经验证明，你越是□急，结果越是慢；越是企图避免“麻烦”，往往要增添更多的“麻烦”。太着急，就一定把事情干坏。浑源这个教训，是值得各地同志，特别那些犯急性病的同志好好注意，警惕自己。

（《晋察冀日报》1948 年 1 月 10 日）

边区土改剪影

一、一件婚事

孟县发生了一件弄假成真的结婚趣事。路家峪地主武翠民，有个儿子叫三毛，今年才十五，□下个媳妇十九岁，名叫李香果。武翠民听到平分土地，恐怕日后财产没了娶不上好媳妇，想尽办法来给他十五岁的孩子马上结婚。他知道边区的婚姻条例，于是找了一个二十岁的贫农王云宝装扮新郎，领了李香果，到区里去登记，区里把王云宝当成武三毛，看看年龄相当，就批准了。结婚以前工作组发现了这件事情，把王云宝和李香果一起找到区里，李香果开始嫌穷爱富，后来听说平分土地□穷人翻身，地主的财产要被没收，于是恍然大悟，非要和王云宝结婚不可，这一对假夫妻就变成了真的。（崔□鸣）

二、地主诡计施不开

井陉四区北凤山地主赵宽宽，土改以来要了好多破坏的花样，都被农民揭破。上月十四日晚上关着门吃饺子，被贫农团端了锅。二十八晚上贫农团在开会，他跑进去送了个条子，写着他的财产，向贫农团求情，当时被□贫农团□出去。第二天清早，他端了一盆盐送给贫农马玉来，要求不要斗争他，马玉来严厉地拒绝了。后来他又把东西送给贫农李锁子，嘴里还甜言蜜语，李锁子又给他碰了一个钉子。（三凤山工作组）

行唐南羊同村恶霸地主杨三，平时欺压群众，这次农民把他□起来游街，叫他自己说说过去的罪恶，但他无耻地说：“俺是共产党员，当过治安员。”农民们气愤得不行，没等他说完就大声号着说：“你

真不要脸！共产党哪里要你这样地主恶霸！”（康玉亭、陈见）

三、地主跑不了

晋冀鲁豫边区井陉南横口大地主马明元，为了逃避斗争，悄悄隐藏在我们边区井陉南凤山乔建中家里。马明元是乔建中的女婿，南横口曾经派人来捉，都没拿到。十月二十二日，南凤山雇贫农组织起来纠查坏人，发现马明元藏在乔建中家里，当时把他捉住，派了两个民兵送回南井陉南横口去。附近农民看了这件事情都说：“天下农民是一家，地主逃到哪里都能捉回来。”

四、诉苦：拉狗灵

浑源王千庄贫农王银才诉苦说：“地主李珍贵的狗死了，硬说我哥哥打死的，把狗拉在我家炕上，逼着哥哥给狗拉灵，老财把狗屎抹在我妈脸上。唉！过去穷人真不如人家一个狗。”

灵邱下关贫农刘三保诉苦说：“咱没住处，住了地主王守成的房子，欠下他两块白洋的房钱，王守成把我赶出来，我弟弟活活被冻死了。还有一个贫农伙伴刘北彦，也是住的王守成的房子，他老婆刚生了小孩没满月，也被赶出来，小孩也活活冻死了。”

五、追浮财

行唐六区北羊同贫民团发现地主妇女常在身上藏浮财，因此组织起妇女查浮财。贫妇组长任兰君带领田七姐、孟青姐等从一个地主妇女腰里拽出来三丈白洋布、一丈黑洋布。从另一个地主妇女裤子里搜出三件新褂子、一件新夹袄，还有一件新长衫。南桥村贫民团从地主何洛景的女人身上搜出四十万元法币。（陈见）

行唐东流营贫农团向地主段老高追浮财的时候，段老高起初装穷卖苦，说："实在没有什么说的，这几年光景真穷了。"来完了软的接着来硬的："就是枪毙了也没有。"贫农团不相信，继续追，结果从地下起出来五千多白洋。(谢恒)

灵邱六分区追浮财有下面几□经验：把地主家的人分开追，不要集中一起□他互相串通，这样容易对证确实，同时也快。水芦村追地主王立凡时就□他父子两个分开，结果每人说了一个地方，各挖出□百块白洋。(贺志仁)

六、坏干部阴谋破坏贫农团

繁峙三区平型关支书、村长、中队长一批坏干部出主意破坏土改，秘密开了个会，提出："大权一定不让贫农团掌握了。"并阴谋派坏人打入贫农团，告诉他："如果县区干部来，你就说这里干部都很好。贫农团里有什么计划，要斗争谁，一定先告诉我们。"另外这些坏干部还布置了一些"情报员"到处打听消息，监视雇贫农发言。

七、新县长

土地会议后，定襄县长换了郑吉升，他出身□苦，雇贫农觉得特别亲热，青石村贫农团的人欢天喜地地说："过去穷人哪能到了县政府，现在□□子的郑吉升当了县长了。"牛台村雇贫农说："放羊的□□□□当了□□县长，□□不一样了。"

(《晋察冀日报》1948 年 1 月 10 日)

石家庄街头风光（二）[1]

王君

石家庄解放后的第一个新年，人民的城市到处充满了愉快与热闹。

大年夜，中山路、新华路、中华路、民族街、民□街，灯火璀璨，市政府、电灯公司、电话局等门口，都搭着牌楼，安上了红绿电灯。有些商店贴了新的对联，各剧院都加班演戏，歌声嘹亮，锣鼓喧天。革新剧院，在开始演《逼上梁山》，劝业场解放电影院也放映着苏联文学巨片《虹》，彩色的广告吸引着观众。

元旦，天气晴和，没有一点风。中山路上的摊贩，从东头一直伸延到西头，马路两旁都挤满了。南马路摊贩市场，更是□展得没有边缘。

最惹人注意的是车站外面喷水池前，竖立着毛主席与朱总司令的两幅巨像对着万头攒动的人群。人们从这里经过，瞻望一下这两位伟大人民领袖的丰采。

华北新华书店，一早就挂起国旗，门上贴上鲜红对联：

“蒋介石统治下不准人民说话，

新民主解放区□为群众印书。”

“庆祝石家庄解放，庆祝新年举行大减价”的粉笔牌告很引人注意。门市部里，整天拥挤着购书与浏览的人群。

改版第一期的本报于九点钟，和群众见面。赤红大字，印着毛主席的《目前形势和我们的任务》。当一个摆摊的商贩展开报，欢喜地

① 本文原题为《石家庄街头风光》，因书中与其他标题同名，故改为《石家庄街头风光（二）》。

说："吓！这是毛主席的，得好好看看！"报社营业部门前贴的报，看的人更为拥挤。一个中年男人，戴一付近视眼镜站在那里一口气读完这篇长文，他抱着的孩子在他怀里睡着了。天还没黑，报纸完全卖光了（一个报贩，卖到一百六十多份），还有许多人没有买到，跑到营业部，非要买一张不可，并且说："把你们自己看的报，卖给我吧！"

早饭后好些妇女，穿上新衣，抱着孩子，出来观光。这时从远处响起了锣鼓，警卫部队、联合中学、市立小学、大兴纱厂、电灯公司、联大文工团的秧歌队，都陆续出现。每到一处，人群更拥塞，场子都打不开。摊贩们也暂时停止营业，有的爬上自己的货架，有的登上排子车，有的跑到站岗的凉台上，两旁楼顶、晒台、窗口都塞满了人，真是"人山人海"！好些人异口同声地说：

"十几年没有这么热闹过了！"

"解放了，果然不同！"

石家庄，果然不同了，它在兴奋热闹、充满新的希望中度过新年。

（《晋察冀日报》1948年1月10日）

记高阳博士庄赵锅的贫民小组会

——讨论成分结合诉苦的一例

王乐天

上月三十号晚上，高阳博士庄赵锅的贫民小组，在王田家讨论谁是地主，谁是富农。发言和诉苦结合，开得挺上劲，你一言我一语，对地主的罪恶揭露得很深刻。下面是我参加该会时做下的记录：

主席说：“提吧！咱们先说说咱村谁是地主？好安排着斗他们。先说咱们近处王国二，你们说他是地主不是？”

一个妇女说：“怎么不是！喝穷人血的家伙！四顷多地，一挂大车，四个大牲口，还有两个小牲口，一辆轿车；放账的时候，先写文书后出钱，穷人得不到钱先行利。”

另一个穷妇说：“人们拾他点庄稼，他看见后，跳着脚骂。骂的话你们不知道多么难听呢！”王田她娘说：“上他地边上歇会，他看见了就喊：‘不怕磨破喽你们的裤子！’真不是东西！”

“那年我给他打短拔麦子，有外村的一个短工，拔了半天，中了暑不能拔了。送了上午饭去，不叫人家吃，伙计们都给说好话，才叫人家吃了点。吃完就问人家‘能拔不能拔’？人家说‘拔不了，得回家’，他就给了人家一根筷子，叫人家把吃的东西□出来，再让人家走，逼得人家向他叫了一顿爹爹伯伯的，才叫走了，一个工钱也不给。”

一个穷苦农民赵国说：“可恶多咧！反黑地那年，劲还大着呢，妇女们使使他的碾子，他就报复：‘你们再反黑地去吧！干吗使我的碾子？’哼！这会儿我叫你再说个你的！”

妇女大付说：“……我住在他的场屋，他园子里种着麦子，叫我晚上给他看着兔子，大家想想那兔子又怎么能看住呢？可是看不住就要我搬家。”赵□这时哭着说：“得啦！得啦！他这个够劲了，他还说过，八路军来了，吃小米也没有；日本来了，他有麦子……”

说到这儿，主席说：“再提个别人吧！”

“说董家吧。”

“这有名的几大班子，更是地主啦！不过他这得算恶霸地主。董士亮腰里整天带着盒子，谁敢惹！村中三十亩地，他都黑啦。这小子十六七岁就当权。”

“吴二拾他点庄稼，把吴二吊起来，用钩子搭着背，仰背打得吱吱地叫。”“谁家孩子没叫他夺过篮子筐的？”

“那年王□给他说了个活（雇工），磨□，他嫌磨得不好，把人家真的差点卡死了，呆了半天才缓过来。”

“那年人家外村一个做活的，家里出了事，回家看看，晚来了半天，把人家吊起来就是个打，多亏众伙计们，一齐说好话才不打了，罚人家磨一夜面，把误的工夫补上。伙计们应了，才套上牲口磨呀！这个家伙就骂起来：‘不能使我的牲口拉，得套上你拉。’真就套上这个做活的。做活的回来连饭也没吃，就挨了打，哪能再拉一黑间磨？拉着，拉着，眼一发黑倒下了。别的伙计们也真气坏了，大家一齐都说：‘不干了！没见过这么指使人的！’后来才拉倒。”

“真不是东西！真不是东西！”小组的人□骂起来了。

“可真不是东西，给他打一年短能赚了他的什么？算账都得按他说的算，你要和他翻几句，就立时不要你了，对劲揍你一顿。锄一天地，赶得下会小雨，连饭也不让吃，别说要钱！……”

正讨论上劲的时候，一个人提议“若说地主的坏事，一年也说不清，咱们先把净谁是地主？谁是富农？议论出来交了代表会，再说他们的罪恶吧！”天□□了大家□同意，于是一个一个数开了谁是地主，谁是富农。先提光景，同意了就记上名。

我觉得原先采用的方法很有劲。讨论谁是地主，谁是富农时，讨论的时候说出他剥削人的罪恶事实，这对地主是一个有力的控诉并能把地主富农和雇贫农的界限划开，进一步提高雇贫农的阶级觉悟。不要怕多费工夫。这会后半□单讨论光景是个缺点。

（《晋察冀日报》1948 年 1 月 13 日）

住“二仙堂”的贾丙昌

杨家樊

我贾丙昌今年六十岁。村里都知道我穷，我爷爷那辈子我闹不清，从我爹那辈算起，到我名下，这是两辈子穷了。无房住，无地种。我爹从小放牛放羊，我从小儿也是给人家做活。我从五岁起就给财主当小放羊（打梢的）。我爹是扛长活的，生下我们弟兄四个。我弟兄们小，干活无地种，当长工无人要，全凭俺爹养活俺们；赚的钱不够吃用，年头又坏，饿得家里□尽吃树叶。我家的一个老辈子，怕把俺们饿死，每天晚上给俺们送一瓢清米汤喝一顿。清米汤也不能管饱，弟兄们又小，得分着喝，怕打架。我的娘舅，看着俺们无法，才给弄了五升豆子，让俺们做上卖豆腐，赚点豆渣吃。十冬腊月，做豆腐没柴，俺们小，也得穿着破单衣裳、烂鞋片顶着大雪拾柴火。不拾柴火就没烧的，卖不成豆腐赚不下豆渣吃，就得饿着。雪大，没法了就偷拆人家一闩葛针园子。

后来俺弟兄们略大点了，但是还做不了活，俺爹当长工赚下的不够吃喝。连上我娘卖豆腐，紧弄紧不够吃，慢弄也不够吃。我爹想出个法来要卖我当戏子，我的老娘舍不得，不让卖我。我的老爹没法了，爬起来就偷跑了。舍下俺们就不管了，那时我娘整天啼哭，有我爹赚点钱还不够吃，这下就剩下我老娘和几个孩子，更没法了。真是说不出来的苦楚。（这时他哭得说不上了，听的人哭了的也不少。）我的老娘又从娘舅家借了点豆子粮食，卖豆腐卖饭。俺弟兄们没法，就出去当小要饭的。

待了二年，我爹才从外边回来。俺们都长大了些，生活也能维持了。不争气，我的老娘也死了。不到二年，我爹也死了。后几年，弟兄们也长大了，没人吃闲饭了，我扛长活赚得钱也不花，累年积了些钱。有人劝我："你也是半辈子人了，该拉把个家口的时候了，也不想着踏个根儿？"我也想真个还要绝了户呀？这时我是个富光棍，娶下了一个女人，又典了两间房子。老百姓都说着句"富光棍经不住窗台上摆一个梳头匣子"。人少时还可以，后来生了几个小孩，自己又没房没地，靠赚钱养家，就一年比一年穷。没办法，典的两间房也不叫住了。后来找到农会主任王中希想想办法，人家不管，并说："你是这村的，你谁家不知道，还用咱们给你找？你找吧！"这话是抗战以后的事了。我找到王老韩（地主）央求人家："你那个空房子我住一下吧。"他说："沾！你这个人勤谨，来了给我做点活。"不争气，搬到他家去，他的孙子不叫占，不让我在屋里停一下，我没法了，在沙子地里过了一夜。第二天还没找下房子，就把我的行李从院子里扔出来，又把门子锁住。（说到这里贾丙昌又哭起来。）这时才和我的女人商量，咱们该到哪儿找个住处呀？后来想起村边有个窝棚子，就和女人说："咱们到那里住吧！"才搬过去，住了几天，因离河近，怕大水冲走不敢占，才搬到村边山咀上的"二仙堂"庙堂里住下。

我住在二仙堂，我的女人去要饭吃！被狗咬着就有了病。这工夫还有一个小要饭的，他从柏崖村偷了人家点面，村干部硬说落在我那里，说我贾丙昌人坏，把我好批评。可是晚上就查问清了，东西是落在康家沟，要是查不清，就硬给我扣上了，真是欺侮穷人。

我住在二仙堂没吃的，我在康沟有个姓郑的姨姨。一天，她在地里搬玉茭，见我没吃的，给我留下几穗玉茭。村干部知道了，硬说我偷人家的玉茭穗子吃。这时我女人的病，一天比一天重，没吃的，村里还这样欺辱人，我的女人硬落了一个饿死。要是有一点吃的，也不会当时就死的。我的女人死后，我找到村干部王国华说："借你张席子，等我以后做活赚下还你。”王国华不错，说：“给你向村干部商量一下，替你找个席子吧。”才找了一张破席子。我又找到王中部（是我的表叔妹夫子），我二人才把她想法埋葬了。往出抬时，席子卷住，又用三道榆条捆好，穿心杠子抬出去。真是难死人哪！（□着又哭了。）

我的女人死后，丢下了两个孩子。她们小，不敢在二仙堂里住。我还得给人家做活。白天给人家做活，不黑不能回去。我的小孩子，天天在村边等着我，我看看人家的孩子，再想想自己的孩子，……（他哭得说不下去了。）

我在二仙堂住，冬天冻得不行，才又到东坡根搭了个窝棚。本来是秸草搭的，四边漏风。冻得睡不着觉。没法子就烤火吧！烤到后半夜，把那热灰往开一拨，就躺在上边睡一会儿。小孩子冻得不行，一边一个紧搂着我的肩膀，小孩子们说：“真个的要冻死我呀！”后来我又找到王振风（是我的个表叔），我说：“大表叔，真个是要冻死俺父儿们啦！我借着占占你那个房子吧！”人家说：“可以吧！得和我儿德耀商量一下。”幸亏说依了，才搬到一个羊圈房，又无炕，锄土也锄不动，打坯干不了。还是找了些日本鬼子“扫荡”时东家搬出去的破土坯，才盘起一条炕。这就算享了福，算是上了天堂的光景。我搬回来以后，坏干部问我：“贾丙昌，谁叫你回来的？”他们恨人不死。我的小孩要饭，心好的人家给一点，那些不可怜穷人的还说：“这两个死小丫头子又来啦！”不给还好说，有时还打出去。因为这，我就不让我的孩子在本村要饭吃。去年冬天，我的小孩到西板峪店去要饭，跌到河里，回来走了几里地了，腿上冻的还尽是冬流（冰）……（他又痛心地哭了）

去年快过年时，人家都要吃饺子，我的孩子说：“爹！人家都吃饺子咧！咱连点菜也没有！”我才到城里赶了个集，买了点萝卜回来才过年。以后生活没办法，我把我的二女十一岁上就卖了童养媳，花了她五十块钱。临走时丫头子哭着不愿去，我只管劝她，没奈何才走了。有人笑话我无能，没本事，这我也知道，没房又没地，除了天天起来穷忙，别的我知道什么？一人养活着两三口人，全凭打短吃饭，别无进项，不这么闹不行。

有一年，饿得不行了，晚上早起两顿没吃饭，我偷摘了王德如地主的一个北瓜，叫人家看见不依了，我忙跪下“央记”（说好话）人家。可是，今年五月复查清算，有人偷了东西，我贾丙昌看了多少天，一点东西都没拿。就这，因为我穷，还有人说过我是坏人。今儿个当了主席，一定好好干，和大家一块闹翻身，彻底把身翻过来。

（《晋察冀日报》1948 年 1 月 14 日）

我这仇可不能放过去

——童老太太诉苦记

陈道增 记

童国姐，已是六十九岁的老太太了，家住行唐梨沿庄，给人家做过三十来年的饭，要过饭吃。去年春天土改后分了些地、粮食、家具，日子刚好过些了，这次平分土地又被地主把她儿子害死，一和她提起往事，她就哭。下面就是她诉苦时的话：

“唉！说黄连苦，我比黄连还苦。小时在娘家就穷，来了这儿（指婆家）也不用说。我养着俺这孩子们，少吃的没穿的，可没有少啼哭了哇。咱可是受过人家的□，借人家的钱，不用说本，连利也给不了。那年借了人家二斗高粱，等了三十多年才还清。吃饭不是老柳叶，也是扫帚苗，要不就是猪耳朵菜（都是野菜）。财主们吃榆（榆叶）是吃稀罕，我不吃这可就没办法□！那吃过个正经菜呢？分了家一年，就把他爹愁死了，债越拉越多。俺大小子给人家赶着五个牛，我给人家弹棉花，给他（孩子爹）当罪钱（养病借的债）。唉！就打我浑身是铁，可能拧成几个钉呢？不用说当清，本上坐利，利上坐本，一年比一年多，长年累月地该着人家哩。到了腊月里，实在过不去，连年也欠不过去，廿四就出去给人家做饭。大雪下得有半尺厚，我拉着俺二小子（才五岁）过那大山，直蹚半截腿，冻得浑身都不觉，你说俺穿着什么过冬呢？（她哭了）前心、后心、两个肩膀头上就絮着几张毛头纸（糊窗户的纸）呀！端人家个碗边子可不是那么容易的，没白日没黑夜地做，除了拉屎尿尿外，一个歇空也没有。晚上还得做多半宿，纳着鞋底子就睡着了，被针扎醒后还纳，要不是怎么能端人家个饭碗呢？我二小子才五六岁，白吃人家也不让，不是扫院子，也是放羊羔，晚上还得和我择菜。东家们晚上不到茅房去走跳，都是在院里葡萄架底下解手（大便）。俺小子不等明就得起来给人家打扫去。吃饭，人家全不吃了，喂狗时才叫咱吃。除了做饭、缝缝洗洗，春秋两季忙时，还得去给人家下地。

“在安里，给地主胡老恩做饭时，梅香、我，和胡老恩占一个院子，去了日子不多，他儿媳妇就说：‘俺老公公是个光棍，这院里又无别人，你们可别睡到一块了。’还说是说着玩哩！受这顿窝囊气，憋在肚里面出不了，咱可没有奈何呀！

“我五十六七岁时，实在不能动了，才回来。整整给人家做了三十来年饭，连俺两个小子做活，饥荒也未当清。

“分了家俺没得吃，饿得我头闷眼花，孩子也是啼哭，没办法，拔了人家三个萝卜。唉！就连个拔萝卜的劲也没有，跌了好几个跟头，才拔下来呀！刚拔出来，就有人来了，我坐着那萝卜不敢动，人家才是在那里做起活来不走了，拔下来也吃不到嘴哩！想哭也不敢哭。才把萝卜藏在庄稼地里，就躺得等人家吃了上午饭，歇晌时我才拿篮子去用草盖着弄回家来。煮了煮，连盐也没有，那会好吃呢？还哄着孩子们说：‘快吃吧！甜糊糊的挺好吃。’秋天人家拔了萝卜以后，我去拾了点，财主们就说俺偷了人家的，连我的簸箕也端走，骂我不要脸。

“要饭吃我走不动时，大小子要了一碗杂面，舍不得吃（给人家做活时把腿坏了，拐得很厉害），把汤喝了，放在裤腰包里给我揣回来，那汤哪能喝了那么尽呢？就顺着腿流下来，别人见我吃就说‘你也不害臊，不怕窜上虱子！’唉！（又哭）那我可怕对不住我身上掉下来的那‘肉’哇！（怕对不住自己儿子）。

“唉！不用说了，说不完。早先，人要穷了谁也看不上，咱一往哪里走，从人家地边一过，就给咱‘穿小鞋’，总得看着咱。今年分了些东西，才说‘得好’呀！又叫人家把俺二小子（大哭）给害死了，这仇我可不能白白地放过去！”

（《晋察冀日报》1948年1月21日）

“迟早是解放军的一口菜”

杨朔

善于用欺骗手段带兵的蒋匪走狗傅作义，近来他部下的兵纷纷逃跑，投奔到解放军来。像暂三军暂十师一团二营五连的贾有志、三营七连的准才、三十一师二团二营五连的王全金和王正元等，都是察哈尔一带的农民，他们在地里秋收或是黑间睡觉，被傅作义派人强抓走，一直忍饥受冻，如今才算重见天日。请听他们诉说傅军内部的情形：

去年九月，东北攻势正紧，暂三军急急忙忙往关外调，当时山海关到锦州那段铁路早破坏了，只有拿腿走，新兵每人背四天干粮，再加上枪支子弹，足有四十多斤。路上怕被袭击，每天只走二十里，一出发便紧赶，也不敢休息，累了就弯着腰，两手支着大腿停几分钟。当官的防备被俘暴露面目，都去了肩章，只准当兵的叫他们老张或是先生。为了要收买军心，给兵面吃，说是每顿只能领到新秤十三两，等班长老兵吃够，新兵吃个半饱就完了。又饿又累，走不动，连排长只管拿枪把子打，还命令说：“谁掉队就枪毙!”害得病的病跑的跑，剩下的像送丧似的，一路啼哭，要不就大骂道：“操他娘，赶紧打一仗死了算□!”走了半月，死活熬到锦州，不想又东扯西拉，今天打虎山，明天黑山，后天开原，大后天又拖到彰武。前边打起来了，三十一师慌忙开上去。暂十师一团跟军部的贾有志，先见军部架起电台，一下子又乱哄哄地后撤，数不清抬下多少伤号，连夜跑到新民。这时已是十月，关外奇冷，早□起纷纷大雪，地上的积雪没到膝盖，病的更多，跑得更凶。一团五连抓回逃兵，连长命令每人打十棒子，打得半死不活，机枪连和四连还活埋逃兵。可是也止不住当兵的个个咬牙切齿地骂。这时石家庄为我军解放，平津恐慌，暂三军又一气拉回到廊坊。傅作义还自作聪明，对全军训话道：“第一我们要精神振奋，第二要人强马壮……”台下却小声骂道：“什么精神振奋，每天饭都吃不饱，把老总拖也拖死了！”一算人数，贾有志那连原有一百十九个人，去一趟东北，跑得只拉七十几人，全军可想而知。当兵的倒有见□，都说：“不用忙，迟早是给解放军的一口菜。”

（《晋察冀日报》1948 年 1 月 21 日）

庄町歼灭战的一段传奇

杨朔

战斗结束，满街满屋是被傅作义逼着送了命的死尸和血糊淋拉的伤兵。“曲庄”部四班长邢生富，使着挺机枪，刚缴了八九十个敌人的枪，就听见一个俘虏叫他的姓名道“邢来吉，邢来吉”，细细一认，原来是从小的伙伴刘天富。他们都是包头麻池村人，住在一个院一起长大，又是□亲。后来邢生富被抓丁进了傅作义的骑兵第一旅，挨打受罪，吃尽苦头。一九四五年冬天，绥远一仗才解放过来。这次知道歼灭的是傅作义的三十五军新三十二师，触动旧恨打得格外猛，不想竟俘虏了自己的亲人。问起家乡情形，刘天富说道：“唉！算叫傅作义害苦啦！种的庄禾，收三斗得交两斗，天天光喝小米稀饭；还得给官家买马，六户买一匹，一百多万，谁有点地，就叫你自己买一匹马、一支枪，去当自卫队。逼得人走投无路，卖了地产去买枪。实在买不起，就抓去当兵。我弟兄两个，哥哥抓走了没信息。我在家给人揽工，去年十月到包头，替地主拉粪，街上正走，又叫抓走。家里丢下老的老少的少，直到现在，还不知道信呢。”邢生富忙问道：“我家里呢？”刘天富说：“还会好嘛！你走后，家里叔伯弟兄四个，三个带着枪马，叫傅作义抓走当的自卫队，你兄弟邢占桃和我前后被抓走，也在这一连。”他们赶紧到处找，死的活的里边都没影，不知落到哪里去了。他们是骨肉乡亲，更是一个阶级的人，却被傅作义治得东离西散，家破人亡，还要拿着枪，自己打自己。邢生富是个觉悟的解放战士，替刘天富背上子弹，挽着对方的手说：“走，到咱们班来吧。”当天刘天富便参加了解放军，他们将要肩并肩继续去战胜自己的敌人，解放他们的骨肉乡亲。

（《晋察冀日报》1948 年 1 月 24 日）

李四丫头的苦

马正思 记录

曲阳六区灰岭村，有一个五十四岁的老太太叫李四丫头，很贫苦；事变前没有地，六岁上就给地主当“梅香”（即丫环）；现在三口人住着两间破土房，土改时才凑到八亩半生古地。大儿子下煤井死了。二儿子马彦吉从十一岁就给人家放羊，整放了十四年。三儿子二十岁，从小就要饭吃。这回平分土地农民闹翻身，李四丫头和她儿子马彦吉都被选为贫农代表。在一次贫农团大会上她把受了几辈的苦全诉了出来。

人不如猪

打俺记事起，没过过一天好光景，娘家是野北的，当时有三亩地，靠爹下井，娘卖豆腐，养活全家七口人，一年到头净吃豆渣豆浆。六岁上，娘背着俺卖给□山地主（记不清叫什么名字）当了“梅香”。去的时候是冬天，穿得稀烂破的夹袄和单裤，冬天俺睡在冷炕上，连个被片也不给盖；净挨打受气，还不让吃饭，他们吃的剩下的白□，给我和上一些冷水，闹上一些猪不吃的菜，不管你饱不饱，吃点就算了。俺给人家抱不动孩子，尽给地主喂猪喂鸡，人家的猪吃白粥鸡吃米，可是俺净吃菜。有几回俺喂猪偷着用手抓了一点猪食吃，地主看见了就骂俺：“打你偷吃嘴的黄毛丫头，你偷吃了，猪吃什么？”说着就打俺。过年时，俺刚吃了四五个饺子，地主说：“不要吃啦！看把你撑坏喽！”俺眼里噙着泪花，赶紧地放下。地主还说：“出去可不许言语！”俺就说：“不言语。”生挨打受气，把俺折腾得病了。七岁上有一天，俺在日头爷下饿得不记事了，娘才啼哭着把俺背回来。

这也就算娘的心

娘把俺背回来，俺又高兴了，虽说跟娘净吃糠咽菜，可是心里也痛快。俺净给娘推豆腐磨子，使肩膀头子扛着磨棍转。到十七岁，娘说把俺嫁到灰岭村，使了十七吊钱，娘给弄了一身衣裳。上轿那天，喝了一碗豆腐菜儿汤，这是从小长大最好的一顿饭。上轿时，娘流着泪说：“不用管人家怎么个穷，你别嫌穷，人家喝白粥你喝白粥，人家吃糠你吃糠，人家打你，你也别言语，好好地跟人家过。你给我推了这几年豆腐磨子，我又使了你几吊钱，给你做了一身衣裳，这也就算娘的心。”我和娘啼哭着离开了，我一直哭到婆家……

婆家当时八口人，六亩自种地，租人家十几亩地，净是生古地，租子一亩三斗；一年到头净吃糠咽菜，穷得没法，人又多，弟兄们又不对眼。俺二十岁上分了家，俺男人是个半病子，光分给了六亩生古租子地。出来时，锅也是借的地主马□肃的，家里那六亩地全叫他大伯种着，分了家净吃糠吃菜，过了十八年。

没了他爹，地主把地也拿了

俺三十八岁上，没了他爹，留下四个孩子，大孩子燕苦十三岁，到十七岁上饿死的。眼看着快饿死，俺说：“孩子你等着，俺去煤井上要一个铜子，回来给你买点杂面吃。”两个井上共给了五个铜子，赶俺回来一看，早饿死喽。过冬连席都没有，净盖干草睡，孩子就饿死在草上。二孩子燕吉，他爹死时才九岁，就给□家峪地主杨正义家打□放羊。三孩子熬儿四五岁，自己白天独个要饭吃。四孩子才子（女）两岁，在五岁上饿死了。秋收时俺就领上孩子们到地里做庄稼，一点一点背回来，共收割了二石□子，地主马皂升就派了一石八斗租子，只剩下二斗。这不用说，地主还立逼着“拿地”，我跟地主说：“兄弟，我种这地不图别的，吃菜就不用上别人家要啦，你不看别的，也可怜可怜你这几个侄儿吧！”地主发了脾气说：“叫谁种也不叫你这寡妇种！”俺又说：“你不叫种俺不种，俺没价法子。”地主说：“一定不让你种。”俺“扑通”给他跪下求告着说：“兄弟，不叫我种地，可不行。你得帮衬俺一下，你哥前晌死了，你后晌就要地。俺和你要把子菜叶，你就不给一把呀！”地主用脚踢了我几下，这时候俺给地主磕头。孩子们吓得光啼哭，街上的乡亲们才给拉开。拉开后，人家还骂我：“日你妈的，你还打算种地吗？”这一年粮食剩下二斗，地也丢了。

放牛要饭

他爹死了，俺就要饭吃。大人孩子一起要，要到五年头上，本村地主马皂升和韩庄地主家一共十二个牛，一个牛一年给二斗谷，俺揽下后，三个孩子光生病，只剩下俺一个人赶着放。后来孩子们好了，弟兄们去放牛，俺要饭回来还得接他们。

俺给地主做饭，孩子们在门前要不上半碗饭。俺四十上到□庄，给大地主陈□务家做了一年饭。有一天俺孩子们到门口要饭，我听出是自个的孩子，就难受地流着泪，向地主女人们说：“大姑你给俺孩子盛上一碗饭吧，稠就稠稀就稀……”地主女人说：“别人的孩子还行，你的孩子可不行。你在这儿做饭，你的孩子们要饭，来惯喽，老是来可不行，一碗饭也不能给。”俺心里难受地想，不给，俺不要，盛不盛在你。俺到大门口，孩子们全啼哭。看自己给地主做饭，孩子们要一碗饭就不给，我心里也难受，俺也哭起来。俺发了恨向地主说："像这样就不做饭了，俺娘儿们一块要饭，饿死在一块也比这强。"俺领上孩子们回到家里，一进门叫熬儿，他说："娘你回来了！"啼哭得没有一点法……

（《晋察冀日报》1948年1月25日）

梨沿庄雇贫农诉苦杂记

陈道增

行唐梨沿庄雇贫农在村民大会上，有很多人登台诉苦，他们有力地揭发了地主富农如何残酷地剥削穷人，进一步地提高了穷人的阶级觉悟。下面是根据大家诉苦材料整理出的。

赵五十卖掉妻儿

赵五十说，我给赵生家扛长活，一次在耕地时，牛踏住了我的脚。咱打了人家那牛一下，东家就不算我了："不用你小子浪，迟早我得揍你一顿。"咱不如人家个牲口。我十一岁时，给赵士常放牛，下来了大雨，赶上牛跑回家，掌柜的一见就打我，把棍子也打断了，还瞪着眼说："你赚着我的钱，吃着我的饭，下雨天气不放牛，你也不用吃饭了。"下着大雨咱还得给人家放牛去，咱穷人不如人家的牲口贵重。我借了他六十块现白洋，头年二分五的利钱，第二年三分，三分五，利坐本，本坐利，越累越多，整做了二十多年的活也没有还清人家，逼得没了法儿，把我的老婆孩子卖了一百五十块白洋才还了他。我女人起身时说什么也不愿走，还说："我跟着你要饭吃也不嫌……"（他哭得再说不下去了）

赵万子亲娘饿死又丧女

赵万子的媳妇说："俺揭了赵清些钱，当不了他，成天价逼，利坐本，本坐利，把俺十多亩地全坐给他了。洋鬼子修炮楼时，赵浦（富农）说俺偷了他的东西，硬逼着俺赔他四五斗谷子，这可把俺一家子的命也弄去了。人家厉害，不给不行，俺孩子爹就不敢念语，却气得成天价寻死呀！上吊哇！给了人家以后，什么事也没了，气得俺孩子他爹躺在炕上，用‘擀杖’给他擀那肚子（他吃菜吃的），硬把俺（她开始哭了）老婆婆活活地就饿死了。后来俺闺女有病了。有钱人家有酒有肉，医生也给用心治。俺穷，招待不起，人家就不给好看。八九岁的闺女一下就给俺扎死了（大哭），这都是他弄了俺那粮食害得俺呀！”

自卖自身养儿女

李振海诉苦说，我整受了三辈子压迫，爷爷就是要饭吃，冻饿而死的。我爹给人家做了一辈子活，后来病了，把地质出去养病，病没好了，地也完了。爷爷和爹死后都是拿干草（谷草）裹着埋了的。我爹死时我才五岁，娘带着我去给人家做饭，人家不要。拉着我出去要饭，舍不下脸来张不开嘴。（他哭了）走在庙里哭了一天。我娘说：“真个的就该饿死呀？我死了不要紧，把你饿死了就绝了根呐！”没了法儿，我娘才往前走了一步（嫁人），把她自己卖了四十二吊钱，给了我，说：“你好好跟着舅舅吧！大了可别忘了娘。”出嫁那天，娘走出村半里多地，被杨老穆他们（债主）追回来，逼着要钱（又哭）：“不给，今天非剥了你个脏老婆的衣裳不行。”娘走时（指改嫁）还和我说（大哭）：“小子，是娘的不跳墙，跳墙的不是娘，你可记住你那娘是怎么走的呀！”

一年长活挣了三斗粮　一口袋租子变成三口袋

金丽海（女）诉苦时说，俺借了高庆林点吃的，还不起她，叫俺给她合成钱，钱还没等得给，又给坐上利，坐来坐去没办法，才给人家做了一年活。种着她点地，扛着一布袋租子。穷得过不去，才分了家，弟兄三个分了三门。分家以后，每门还得如数给人家一口袋。

雇工赵老黑的痛心事

“我的苦全是地主王八蛋剥削成的，我三辈子扛长活，辈辈要饭吃，给人家当一辈子牛马，按说应该是有吃有穿，可是上两辈还都是落了个饿死，我娘没办法，她把自己卖了八吊钱给了我。我十二岁，就给人家扛长活。冬天拾柴掌柜的还给定出数来，一回天气冷，我没拾满，一巴掌就打了我个跟头。起得□了，不是挨骂，就是给脸看。有两天我病了，人家就指猪骂狗：‘他妈的，不能干，就能吃！’说咱装病哩。人家的孩子，也是愿意怎么欺辱咱就怎么欺辱咱，吃饭时，向咱碗里不是吐饭，就是吐唾沫。咱要提提，掌柜里就说：‘他是个孩子，你还和□一样样的着吗？’还是落个咱没理。这可是在高庆林家做活时的事。有的东家，可是说待咱不坏，人家为了什么呢？不是别的，买住你可给他多干件儿。”

（《晋察冀日报》1948 年 1 月 25 日）

三十六年的血泪

——记南张保贫农团女代表王书本诉苦

李克

王书本是饶阳县南张保村顶穷的一个劳动妇女，他家六口人，有三间土壤窝窝，全家盖着两条破被子。这回她当选了贫农团代表，是全村出色的一个妇女骨干。下面是她的诉苦：

俺娘十五岁上就卖给了人家了，家里穷没房，净串房檐住。俺娘搬过七次家，白天俺娘领着大的、抱着小的要饭吃。全村讨吃混了十几年。我十五岁上闹荒年，要饭吃全赶不上门。有一次到了财主的门上，我怕狗咬，绕了几个摸摸（几个圈的意思）不敢进去，可是饿得心里翻上倒下地直叫唤。俺娘进去了，刚登门边人家那狗一叫唤就吓倒了。从里院走出一个大肚子的老头，手里拿着拐棍，说：“谁敢进我的门！你们胆不小，快滚蛋！”从那天俺娘又吓又饿就病了。穷人有病只好等死，吃还没有呢，哪里有钱治病？一天比一天重，不到三天就死了。死时嘱咐俺爹说：“要饭吃，饿着，也别卖了咱这孩子们！”俺全家搂着俺娘的脑袋哭成了一团。俺娘的脸和黄表纸一样，皮包着骨头。人家财主埋人吹吹打打的，俺家把盖着的一条破被子一撕两半，裹起来就埋了。

俺娘一死全家就失散了，东的东，西的西。俺爹说：“书本，你娘说不叫我卖了你们，这不是当爹的心狠，净是穷挤得呀！不能看着饿死你兄弟，这是咱家的后代。”我听了爹的话，只是在炕上打扑拉地滚，哭不出泪来了。俺爹又说：“本，给你找了个婆家，使了一百廿块钱，明天就去吧！到那里吃顿饱饭，再死也就不亏哪！”我哭了一夜。第二天走时，俺兄弟扯着我：“姐姐，我想娘！你□么去呀?”一下子通了我的心，我抱着五六岁的兄弟，半天没有说出话。我忍着哭对他说：“你在家等吧，我去给你买好东西去!”把他哄下我就走了，到村外我还听着喊：“姐姐，给我买好东西回来!”

只说到婆家吃顿饱饭吧，谁知道婆家也是穷得呱呱的。俺十七岁上有的大闺女，十八岁上又添了个二闺女，光长人没有东西。孩子他爹出去锤破鞋，家里只留下俺娘们。一个粮食粒全没有，只有一点棒子巴，弄点青角菜，上锅炒炒吃。后来这个也吃不上了，俺就领着一个抱着一个去要饭。到黑下，一掀被窝孩子就哭，一个被子哪能盖得过来，你扯他拉，冻得这个哭那个叫，俺娘们蹴蹴在炕的一头。

一天一天地，光盼着麦熟拾点麦子，多少掺上个粮食粒也享享福，哪知道穷人拾麦子全不行。麦熟了，俺大闺女去拾麦子，在地主宋方贵的地边一过，他就硬说俺偷了他的，夺过篮子去踩成了个稀胡拉烂，一棍子打得俺秀花顺嘴流血。穷不敢惹人家，连哼都不敢哼就回来了。穷人没志气，不拾就得饿着，后晌又去了。刚走到地主张二芒的地边，那个不顺眼的东西，站在地里说：“拾我麦子不怕磨破了裤裆?!”瞪着个三角眼，拿皮鞭子□打人呢！嘴里还嚷着：“你们甭穿□□新褂来晃荡晃荡的，作小□子□腰我也不要你们这穷东西，家里有的是人。”

麦熟过了，家里一个麦子粒也没存下，还是挨饿。全家正发愁呢，孩子她爹挑着破挑子回来了，挣了三块钱，在炕上一扔，孩子们不知道是什么，乱问：“爹！这是什么呀?”他爹说：“洋元，给你们买烧饼吃。”俺那个三岁的小闺女，把头一扭说：“爹！不买烧饼，咱们买粮食吃吧!”咳呀！我那儿来，三岁就知道买粮食吃，这是饿怕咧。

买了点粮食，打算全家得吃几天，哪知□□下保卫团（土匪、□□、黑管）又把俺才买的点粮食，一兜喽着弄走了。咳呀！只恨穷人不死呀！走得慢了穷赶上，走得快了赶上穷，越渴越吃盐。第二天，我说："孩他爹，你们在家里混吧，我领着两个闺女出远门要饭吃去。"孩子他爹眼里含着泪花，对我说："去，咳！去行喽哇！可别卖了咱秀荣呀！"一早我领着两个孩子就走了。

出远门要饭不容易！到东头宋银河（本村地主）家去借一升高粱，没敢张大嘴，自说关着个亲戚面子，怎么也白不了；可是人家□还□埋着呢，不给挖，外边不多，得留着喂牲口。你看这是亲戚，他妈狗屁！

俺领着闺女走到北□合俺二姑家。她家也不富，俺二姑给了四个糠饼子，一人吃了一个，还剩着一个，老二闺女非要再吃一块，大闺女说："放着一会饿了再吃！"为一个糠饼子姐俩吵了一顿架。俺们到了饶阳北边，也是要不饱，天下的财主们净是黑心狼。

无路可走了，俺大闺女才十五岁了，八月初一给她找了个婆家，拿了二斗红高粱，初二就跟着人家过去了。俺闺女头里走，我在后边跟着，俺闺女走会回头望望，俺闺女不愿去呀！可是饿得又没办法，回过头来说："娘！回家的时候来叫我，咱们一块回去。"我那泪"刷！"就下来了。我忍着哭，说："花，你去吧！等好年头，咱们有吃喽，叫你家去住。"当时我心里糊涂了，我老跟着人家干什么呢？我一抬头，离村好几里地了，俺小闺女扯着我："娘！咱们回家吧！"弄着二斗红高粱回来，我一端碗就想起这是吃我的女儿的肉，是拿亲生闺女换来的呀！

俺三辈都是十五岁上卖给人家的，我今天才明白了，受苦、受穷、挨饿净是地主富农给俺的。我三十六年的苦受到头了，我什么都

不怕，有共产党给我做主，闹好喽，先说不挨饿，地主没有一个好东西。(新华社冀中分社稿)

（《晋察冀日报》1948 年 1 月 27 日）

蔚县农民王生有翻身诉苦歌

蔚县十三区抢风崖村，斗出大地主王得□的白羊一群、十二条牛、两头毛驴、各色布九十三匹、□□四百二十斤，其他如土地、食粮、房屋、农具、衣服等很多，王生有从此才翻了身，他们村里农民合伙按他的诉苦讲话编成了歌：

一

整一年，揽活人儿真可怜，早早起，迟迟眠，清晨起来把水担，放下水担就扫院；扫罢院，才吃饭，大地主把我两样看。他喝烧酒吃白面，吃罢饭，茶来端；我们吃那喂猪的坏山药蛋，坐在冷地下吃凉饭。看我可怜不可怜！大地主，生得精，笔下算盘算得清，放土帐（注），五分利；放钱账，整三分，剥削得我们越受越贫穷。

二

毛主席，大恩人，救济我们大翻身。穿上白蓝布，米面吃不清，打倒大地主，解解我们的心头恨。大地主，想当年，他的架子如泰山，穷人和他说句话，他拿鼻子来答言，一句话，就瞪眼。到这时，我们□□看一看。

三

毛主席，救命星，领导咱们翻了身。咱们大家有饭吃，永远不忘救命人，咱们大家团结起，要和蒋贼把命拼，打垮进攻的反动派，保卫果实和家中。（转载《察哈尔日报》）

（注）放土账是借债的人，把地当给债主，限定几年，在限

期内赎地，要拿利钱，过了期限，光归本不拿利。

（抢风崖村翻身农民王生有、石青林、王德尚、王得舟、王成明、王得过、李□）

（《晋察冀日报》1948年1月27日转载）

实事求是

从边区开完土地会议，干部到达乡村，进行平分土地和整党，到现在已经有一个来月了。经过全边区两万多下乡的干部，和广大农民群众，特别是雇贫农在一起，共同努力，各机关、各部队，从上到下，全体一致给雇贫农撑腰，村支部政权中的阶级异己分子、官僚蜕化分子和地主富农出身的党员干部，开除党籍的、停止党籍的，撤职的，有上万的数目，给了地主富农封建残余势力新的重大的打击。就是我们党里边过去那样不纯洁的情形，现在成分上也已经有了一个大改变。同时，因为全党开展了反倾向斗争，调整了干部，村子里搬掉了石头，坏作风也跟着去掉了很多。农民群众，特别是雇贫农群众，有一部分已经真正抬起了头，贫农团也初步组织起来了，有的已有了很高的威信。还有少数地方，开始组织了新农会，广大农民群众已经一步一步地开始结成了一个进行土地改革的队伍。这是一个很大的成绩。看现在的情形，我们边区的土地改革运动，有了这一个来月的努力，已经打下了一些基础。尽管我们的工作还有许多严重的缺点或错误，群众队伍还不够巩固，不够强大，可是，有了这一个来月打下的底子，继续改正缺点，发扬优点，整编队伍，土地改革运动就一定可以进一步开展起来。

要把土地改革彻底做好，要把全国和边区土地会议的方针正确实行起来，彻底实现《土地法大纲》，消灭封建，平分土地，最要紧的是按情况办事，就是要根据各种不同的地区，不同的村子，不同的具体情形，定出各种不同的做法。这就是实事求是，就是老老实实，照当地实在的情形办事，不是按空气办事，不是投机，也不是按自己的高兴办事。现在我们有些同志，常常不管当地情形怎样，不管当地工作基础怎样，把党的一般决定机械地执行。比如有的地方，土地复查比较彻底，支部比较纯洁，或者已经初步整理了，也有了相当坚强的贫农团和新农会的组织，可是我们的同志，偏偏还要重新闹一遍。这不光是表现一种主观主义的作风，也还表现了一部分同志对党和人民事业采取一种不负责任的态度。我们开边区土地会议的时候，对各种地区不同的情形和不同的做法没有说清楚，这是一个缺点，现在要把这个问题说清楚。

我们边区在抗战的时候，就有几种不同的地区，有巩固区，有游击区，有敌占区，情形很不一样，工作很不平衡。巩固区的村庄，实行减租减息比较彻底；游击区的村庄，实行减租减息就很不彻底；敌占区就没有经过减租减息，或者减过之后，又被敌人破坏了；游击区有许多村子又是两面政权，两面负担的。反攻以后，各地区都展开反奸清算运动，可是有的规模很大，有的规模就比较小，也是不平衡的。前年《五四指示》以后，各地方开始土地改革，去年五月又经过了大复查。可是，有的地区，有些村子，做得比较彻底，例如涞水等县的若干地区，贫农所有的土地甚至已经占了第一位；有些地区做得还很不彻底，有的地区简直没有做，有的出过乱子。这些情形也很不一样，也是不平衡的，第一种地区很少，第二种地区最多。加上党的不纯的情形，有的地方，有些支部给地主富农、狗腿子、官僚蜕化分子操纵了，封建残余势力就没有打垮；有的地方，有些支部较纯洁，情形又是一个样子。

现在要平分土地，要整党，就一定要根据这些不同的地区、不同的村子、不同的情形，用不同的方法来实现党的方针和政策。大概说，现在有三种地区，情况基本上不同，做法也都应该有些不同。

第一种是土地复查比较彻底的老解放区的若干村庄。这里有相当大的党的组织，这里土地改革已经相当彻底，封建阶级的土地财产已经由农民彻底加以分配，无地少地农民得到了大量的土地和财产，但是党的组织却尚未彻底加以整顿。根据《土地法大纲》的规定，在这些村庄，如果农民不要求重分，就可以不必重分。如果有个别分配不够十分合理的，只要再适当调剂一下就可以。这样的村庄，现在主要是贯彻实行民主，整顿作风，整顿党，整顿各种组织和制度，开展大生产运动，发展互助变工，发放贷款，组织包括全体人民群众的生产；同时开展民主的政治教育。就是说，工作中心应该是民主（包括整党）生产和教育。

第二种是土地复查不彻底，或者没有经过复查的老解放区的大部村庄。这里有相当大的党的组织，并且经过了几次群众运动，封建势力有了很大削弱，地主富农财产已经不很多了，无地少地的雇贫农也不很多了。在这些村庄，应该按照《土地法大纲》，按照占有关系，即占有生产手段与否和占有的多少来正确地划分阶级，组织贫农团新农会，彻底消灭封建残余，有多少就要消灭多少；对贫苦农民的要求，应该是能够满足多少就尽可能满足多少。如果实在不能够充分满足，今后还可用，也只好用政府的贷款，发展群众的生产，并且开展前方和后方部队机关的节约运动，努力节省民力，用生产节约的方法，进一步帮助农民，做到经济上的彻底翻身。同时，在这样的地区，因为过去有些地主富农出身的党员干部利用党与政府的关系，保持了相当一部封建剥削的残余。此外还有少数坏干部，为非作歹，有的自私自利，保护自己利益，或者侵占群众胜利果实；有的闹宗派，欺压群众；有的强迫命令，作风不好，引起群众的反对或不满。现在实行平分土地的时候，当然主要的是消灭封建，我们已停止了村一级地主富农成分党员的党籍，这些人应该以地主富农论，可是还必须连带整顿干部和群众的关系。边区土地会议决定搬掉石头，去掉障碍，集中力量向封建势力斗争，这个方针是对的，必须坚持下去。另外，根据最近各地方的经验，同时还必须邀请多于党员二三倍的党外的雇贫农和中农群众，参加党的支部大会，帮助我们批评、检举和初步审查党员干部，解决党员干部和群众中间的各种问题。这样更便于土地改革的进行。

第三种是新解放区。这里头还要分两种：一种是日寇投降以后又经过国民党的反动统治，才被我们解放不久的地区。如石家庄邻近地区，那里封建势力和敌伪残余、国民党反革命爪牙合在一起压榨着群众，广大群众要求伸冤雪恨；那里的农民有百分之六十以上没地没房，或者少地少房。我们必须组织贫农团和农会领导那里的广大群众，向封建势力和罪大恶极的汉奸、战犯和蒋匪爪牙展开清算复仇，摧毁国民党的组织，挖掉蒋介石的根。在这里，把反国民党斗争与对地主斗争结合，达到消灭封建、彻底平分土地的目的。另外，在日寇投降以后就被我们解放的半老区，已经进行过反奸清算斗争，可是地主还有比较多比较好的土地和财产，无地少地的农民还占人口的百分之四十以上，党的组织很不纯洁，我们也必须按照《土地法大纲》，按当地的实际情形，把平分土地和整党适当地结合起来。

这几种地区还有很复杂的情形，这个区和那个区、这个村和那个村都不一样，上面只是说个大概，实际做起来，还要调查研究各种具体情况，按照各个村的情况定出具体的做法。一句话，就是要实事求是，照着《土地法大纲》，照着上级党的决定，照着实际情况，按照当地群众的要求来办事。我们的目的是一定要彻底消灭封建，使无地少地农民得到土地与其他财产，发展群众的生产，建设新民主主义的经济。也只有在土地改革之后进行大规模的生产运动，加上机关部队的生产与节约，爱惜民力，减轻浪费性质的人民负担，贯彻实行民主，使人民大众，特别是劳动人民自己做主、自己办事，有更多力量去发展生产，才能彻底达到经济上和政治上翻身。在目前农村中，首先就是要彻底消灭封建，解放农民的生产力，解放雇贫农。但因为边区各地的情况很不平衡，封建消灭的程度不同，因此群众要求也不同，工作重点与做法也应不同。各地同志要走群众路线，实事求是地按情况办事，在封建消灭比较彻底的地区，或者土地问题已经不多的地区，只有把民主生产、节约与土地问题结合起来。在今年春耕以前，如果能在大部地区把土地和必要的农具、牲口以及一部分粮食，先分配了，其他财产以后再陆续搞，那样，对群众的生产就更有好处，对群众就更加有利。

（编者注：这篇社论，希望各地工作团同志们，很好地跟群众讨论实行，并且把群众的意见和发现的问题，告诉我们。）

（《晋察冀日报》1948年1月30日）

“像俺们这样的能入党吗？”

——记大道村贫农团副主席齐梦林

邵民

当我第一次和他见面时，他兴奋地用手比喻着说：“咱过去和这一样扣扣着，现在是翻了。今天能到大会上说两句，咱做梦也想不到！”

齐梦林，中等个子，性格忠诚直爽，举动坚定而热情。今年四十六岁，满面皱纹，看去足有五十多岁的样子。他小时讨过饭，十四岁上就开始给人家放牛当雇工，足足扛了二十三年长活，直到民国二十九年开荒滩，才第一次地在自己土地上耕种。他四十二岁上才成家，现有一女一子四口人，有荒滩地四亩地，分得三分园子和开垦的三分荒地。

他从来被人看不起。去年秋天征收公粮时，他和一些雇贫农讨论分配的办法，当时站在地主富农立场的支书顾俊章说：“错到这个时代，穷小子们说什么给这个分配多少，那个分配多少。吉堂子（齐梦林小名）看看他的根底儿，他凭什么？”齐梦林今天提起这事来，肯定地答复道：“咱也不是秀才底儿，咱也不是举人底儿，咱是扛长活拉月工的底儿！”开始以劳动人民的身份向封建剥削阶级斗争了。

齐梦林参加了贫农团，被选为小组长，再由小组长被选为贫民团副主席。

他过去自信心很低，感到自己说不了话办不了事。抗战以来说没当过干部吧，当过一两年自卫队的小班长，出差时派人派不动，就抱着头哭。这次他当选副主席时就怕担任不下来，工作中说话和气态度诚恳，他极力防止过去有些坏干部那种不民主作风。在斗争地主时坚决勇敢，大会上、小会上愤恨地诉苦发言。他积极负责，大道村是个交通站，来往军队经常住宿，村公所值日的解决不了的问题就找他。他给战士找热炕找被子，有时一闹闹个半夜。在评定阶级成分时实事求是，他认为万不能查三辈，“查三辈有的富农他爷爷也许是贫农，现在是贫农的上辈也许是地主”。他说：“咱们村里就算没一户地主富农时，也不能把不是富农的闹成富农。”他已赢得了许多贫农与中农的拥护和称赞。中农顾守山说：“人家齐梦林说话直巴，可是没□过态度，自打当了副主席后见了人就是笑，心地强，不偏三向四的。万不想他还有这么两下儿，没人说人家不是。”最近贫农代表会上，讨论通过准备提议他当代理村长。

他参加了几次支部大会。在选举支部书记时，齐梦林高高地举起手来，工作组的老胡同志笑着说：“你别举手，……”他马上脸红了感到很羞臊，心里想“叫咱参加会做什么？也不叫咱选举”。经老胡同志好好给他解释后，他才知道支部选举非党员没有选举权。他笑了，他说：“这也觉着很光荣很高兴。”但他总觉着自己不是个共产党员是个大缺陷。当晚找到老胡同志问：“像俺们这样的能入党吗？”老胡同志告诉他只要积极工作、办事公道（按党章的规定够了入党条件，再经过党的一定组织批准就能加入——编者）就可以入。经过列席参加了几次支部大会后，他说：“现在才知道共产党是无产阶级政党，不是要地主、富农、流氓；过去我自说光要老财、有知识的，不要穷小子，……过去也没人和咱说过。”

他要求入党，他正在兴奋地工作着，争取做个共产党员。

（《晋察冀日报》1948年2月10日，《副刊》）

党内要“照顾小资产阶级”吗？

华明

一个区级干部谈了下面这样一个问题，因为是一个有关组织原则与建党原则的问题，所以要在这里谈一下。

他奉上级指示，叫推荐一个干部到县政府去当科长，已经把人推荐出来并已当了科长。未几，地委未批准，那个人的科长便当不成了。组织上又调那个人当城关区长，那个人以为当不成科长了，感觉很丢人，便连城关区区长也不干了，共产党员也不干了，挂冠而去，脱党回家抱孩子去了。

事情的简单情节便是如此。

我们这位区级干部，以此之故，也对上级颇为不满，说上级太着重了组织建党，不是思想建党，该地委不应该不批准，如果批准了，那个人的思想也许就搞通了，不会回家了；并说，据他的了解，那个人的工作还很好云云；还说，地委不批准，使他也很难堪。他的思想也搞不通，人是他推荐的，不批准，使他的面子也下不来，因而说：“我就是一个小资产阶级，就有点小资产阶级意识，上级在处理问题时，就应该照顾我这个小资产阶级呀！”

什么叫搞通思想？在他的了解，迁就小资产阶级意识，顾全小资产阶级面子，就是搞通思想。

按照他的了解，我们党是一个统一战线的组织，在党内也要照顾各阶级的利益。这位同志是在党内替小资产阶级呼吁，要求党承认小资产阶级及其思想在党内的合法地位。我们党员中也还有地主阶级出身的，如他们也出来要求照顾地主阶级利益，那我们就不能搞什么土地改革了。这位同志似乎还把党与社会分不清，或者好像认为我们党也是一个各阶级的联盟。

我认为这个同志在这个问题的认识上是完全错误的。

首先，推荐出来的人，未经上级批准，即叫他走马上任，这在组织手续上就是错误的。

其次，地委不批准，完全正确。其不批准，一定有他不能批准的道理，地委不批准的正确，已经由那个人的逃跑作了结论。这个人到我们党内来，不是为了革命，而是为了做官，做官的目的达不到，就开小差了。这个好，叫作“各得其所”。按照我们这位同志的意见，要搞通那个人的思想，就只有给他一个官做，给他的官越大，他的思想越能搞“通”，他的工作越能做“好”，不过还要加上一句：我们党所受的损害也就越大。

要弄清楚，所谓搞通思想，是要把非无产阶级思想改造成无产阶级思想，并不是去迁就非无产阶级思想，使他的非无产阶级欲望处处都能得到满足，使他感到心满意足，他就不会埋怨，说怪话了。不是这样去搞通思想的，这样去搞通思想，“思想越搞通”，党的麻烦就越不得了。

要求党在党内照顾小资产阶级，那就是要求党要对小资产阶级作无原则的迁就，要求党要按照小资产阶级的愿望办事，要求党按照小资产阶级的思想建党。为了照顾小资产阶级，连无产阶级政党的组织原则也可以不要了。

要弄清楚，思想建党不是这样的建法，我们的党是无产阶级政党，不是一个小资产阶级的党。我们党的党员成分，虽然小资产阶级出身的党员数量很大，而我们党的性质并未因此而有所改变，就是因为我们党的领导思想是无产阶级思想，任何阶级出身的党员都要按照无产阶级思想的标准去改造自己的思想，把自己的思想提高到无产阶级思想的水平。在我们党内，除了无产阶级思想以外，任何其他阶级的思想都是不合法的。凡属党员，不管是什么阶级出身，都是以共产党员——无产阶级先锋队战士的身份在为党工作，而不是以他原来阶级出身的身份在为党工作。每个党员，入了党以后，他的思想都要加以改造，都应无产阶级化。虽然各个党员的思想无产阶级化的程度不同，但完全无产阶级化，是我们努力的目标，要力求达到无产阶级化，即毛主席所说的要思想入党。党有权利要求小资产阶级出身的党员改造思想，以求符合于无产阶级思想，而小资产阶级出身的党员，却没有权利要求党在党内照顾小资产阶级，要求党迁就他的小资产阶级思想。如果每个小资产阶级出身的党员都向党作这样的要求，那我们党的性质就真要起变化了，变成一个小资产阶级性质的党了。所谓思想建党，就是要把各种各样出身的党员的思想加以改造，统一起来，统一于无产阶级思想，而不是统一于任何其他阶级的思想。

思想建党的方针是完全正确的，但若认为思想教育是万能的，那也是不对的。着重思想教育，也不能忽视阶级成分，否则的话，党章上规定新党员的候备期，不同阶级出身的新党员有不同的候备期，那就是多余的了。有同志对新党章还规定不同的候备期提出疑问，就是把思想教育看成是万能的。同此观点，有些太落后的党员逃跑叛变投敌者，有人也归咎于党未好好对他进行思想教育，说党应负责任。这种观点也是错误的。一切叛徒，不管他以何原因叛党投敌，责任都由他自己负，党是不能为他负责的。一切叛变分子，都是投机分子，他的人生观都还未确定，还说得上什么终身为无产阶级事业奋斗！一个人能不能改造，首先要从他的品质上来确定。

（《晋察冀日报》1948 年 2 月 10 日，《副刊》）

血　和　泪

——记浑源海村雇贫农诉苦

海村工作组

一、一把草惹下大乱

二刘子偷悄悄在大地主田开州的坟园里割了一把草，叫人家捉住了，一股劲地磕头叫爷爷，央告人家。田开州还是不□，硬罚二刘子做了五碗菜、三盘馍馍，订上鼓吹，烧香点纸，在田家坟园里磕头祭了祖。

二、穷骨头吃了“风水”

贫农马本福只有二亩地，地界离田开州的坟园还有三四十步远。本福的老婆死啦！就埋在自己地里，可是田开州说本福：“埋得不是地方”，因为“占了”他家的“上坟头”，“吃了”他家的“风水”啦！强要本福起骨另葬。本福说了顿好话，暂时拖开了，可是田开州怎么会轻易让过呢？可巧本福的二女因为穷得没法过要改嫁，田开州就仗着“村长”的职位，强要十二块白洋的“拦街钱”，不给，就又不能改嫁。本福没办法，只好给了十二块。

三、为交租淹死亲生女

田二哑的爹，欠下田开州十六块钱租，老汉被逼得没办法，丢下老婆孩子偷跑到口外去了。二哑的娘拿了聘闺女收下的七块钱给田开州，还是顶不住。回家后没法可想，把自己的亲生女，活活地，□在水盆里淹死，给人家去奶娃娃顶租子。

四、为块脏糕几乎跌断腰

田更望小时候，光着肚子在地主田荫州院里玩。田荫州为取乐开心，拿了一块糕，就像拿着肉要狗似的，在院里引逗更望。穷孩子更望见了糕早就馋得忍不住了。于是就在田荫州的戏弄下转院跑，后来田荫州说更望“你上房去我就给你吃”，更望就爬上房去，田荫州又说：“你从房上跳下来，我就给你吃。”可怜的更望，就为了吃糕，不顾一切地把眼一闭跳了下来，摔得直叫娘。田荫州才把糕抛给更望，更望拿起糕来一咬，觉着又脏又辣，才知道糕里是包着□子和辣椒面，但是肚里饿得像猫挖，也舍不得吐出来，就咽了。

五、一足踢掉两颗牙

汉奸恶霸地主田树茂，仗着鬼子当了大工头，吃空名，强要工，压榨穷人的血汗。南婴孩的奶奶租种着他的七亩地，年景坏，历年欠下地租九十块，央告他缓一缓再给，不答应，强拿了皮褥被子作抵押。后来老人东凑西借弄够九十块去给他时，田树茂正和伪警察五盏四盘地喝酒作乐，田一见老人就生了气，昧了良心，硬讹老人是短一百块。老人反驳了两句，田跳下炕一脚就踢掉老人的两颗牙，老人满嘴流着血，向田承认了一百元才算完事。

（《晋察冀日报》1948年2月10日，《副刊》）

张宝山

宋平　津天

张宝山今年六十七岁咧，他是安国县舍二村人。小时候一家子十口人，种着四亩地，生活困难，吃糠咽菜。宝山十五岁上就到安国城里给一家醋铺里扛小活，后来又到过点心铺扎花店学过徒，挨打挨骂活又累，十八岁上两个眼就坏咧。学买卖不行了，就找了个瞎子跟着学唱，卖洋针、洋火，混饭吃。二十六岁上又找了个没眼的媳妇，两口唱着要饭吃。他诉起那个苦来真叫人难受哇！他说："冬天上财主门上要饭，唱半天唱出一点东西来，人家不叫吃，非再唱一段才叫吃呢。人家说'鹰饱不抓兔''兔饱不出窝'……赶唱完了一接那半碗汤汤，早就冻成冰了。黑间两口子赶得哪就在哪休，不是仵破庙，就是碾磨棚。手脚都冻烂了哇！"

现在他参加了贫农团，可积极啦，多怎开会也拉不下他，他说："要不着共产党，俺两口子一辈子也翻不了身。"他本来会唱，这回他心里一痛快，就编起小段来了。他编了一段大鼓，书名叫《穷比富》，是说的财主怎样吃喝玩乐摆阔，穷人怎样受罪这回要翻身……他还编了一套叫《一座院两朵花》，现在把他这一段登在咱们报上，大伙看看学学。

一座院两朵花

一座院，两朵花，贫农中农是一家；贫农就在前头走，中农后面跟着他。贫农搭上立房架，有中农，提泥搬砖垒上它。盖上房，咱（贫农）也住，他（中农）也住，贫农中农是一家。咱们见了大地

主，齐心合力斗争他，砸了他的“压迫骨”，拔了他的“剥削牙”。一座院，两朵花，大家伙子享荣华。(张宝山编)

（《晋察冀日报》1948年2月10日，《副刊》）

梦也想不到还有今天的幸福

妇女张玉花 口述　刘德华 李冀川 记

我叫张玉花，今年四十岁，是灵邱下关人。我娘家和婆家祖祖辈辈都是受地主的剥削压迫，直到共产党来以前，都过的是没吃少穿的苦生活。

我娘家住在阜平黄崖村，租种了地主阎小五的三亩坡地，租子要三石六，父亲又开了四亩山荒，每年打的粮食连上山药、萝贝交租还不够。父亲成年忙死忙活的，母亲每天给人家缝缝补补，一家五六口人，还是免不了讨吃要饭。腊月三九天，没有衣服穿，白天赤身露体地打柴火，晚上一家人盖一块破席片，冻得不能睡，一夜起身烤火五六回，一家愁得没办法。为了省吃“推嘴”，大姐在九岁上，二姐在六岁上，四妹五岁时，娘和爹含着泪把她们给了人家，有的童养出去。我六岁时，爹就要把我童养给姑母当媳妇，我看见姐姐妹妹都一去不回来，哭着硬不去。我姑母也很穷，养活不起，直到十六岁时我才去了。

我男人叫郭二保，他家里穷得更可怜。有一年的八月十五，蒸了五个糠圈圈。大嫂奶着小孩饿得要命，想和婆婆、小弟分吃一个，可是婆婆硬叫给男人们留着，不让吃。只得喝了些蒸汤水泡酸菜，大嫂饿得流不出奶，小孩哭得很伤心，晚上就上吊死了。第二天一早，哥哥去谢子坪他岳父家，告诉情由，老丈母便大骂：“你家七八口人，谁也饿不死，为什么单饿死我女儿呢?”又说，“我女儿怎死，你也怎死。”大哥原就不耐烦，成年动弹，吃不上□饱饭，嫂嫂饿死，又受了丈母的气，心一横就在门背后，找了一条绳，吊死在谢子坪龙王庙里。这天，家家户户热闹地过节，我家却躺了两个死人。婆婆、翁翁一看没办法，一个疯了，一个病了。这时我丈夫才六岁，三弟保成、小侄新春都在怀抱，翁翁这样穷，还得招呼这几个小孩。翁翁到地里做活，也把他们带出去。人多饭少，不够吃，翁翁便把地里的细沙子混在汤里。翁翁也就这样冻饿得死了。以后丈夫只得领上三弟小侄讨饭吃。他二十六岁时和我结了婚，还是经常打短工，卖柴火，我揽的做鞋，生活还是没法过。丈夫只得出口外，我住了娘家。三岁的小孩就是因为娘家没吃的饿死了。我每天盼着他（丈夫）赚钱回来，买点粮食，想不到钱没赚下，却带病回来了，生活更加没办法了。这时地主陈杏林的女人生了小孩，我就去伺候人家。谁知□了地主给我吃的饭连鸡狗吃的都不如。每天给我和鸡狗另做一锅饭，当中的喂了鸡狗，上边的浆皮和锅底的焦巴渣，让我和着冷水吃。晚上不让我在家里尿，怕惊了她们的觉，她小便则叫我把尿盆送在她被窝里，我说了一句“你尿不叫我尿”，她便向我脸上唾了好几口，还骂：“你这伺候人的，还能和我比呀！”我尿□得实在不行了，要出去，和她说，她说怕我带回鬼来，惊着她的小孩。

第二天一早很冷，她又硬叫我去河里洗尿布，冻了手在热炕上温温，她打了我两个耳光子，还说：“我不冷你冷！”到仓房里□米面，怕我偷，还要派一个人跟上，无人时回来还要搜一搜。满月了，好容易赚到一块工钱，要了三四回，给了一块“睁眼”的洋钱，化不了，又向她换去。她就气愤愤地换了一个，照脸给我□来，骂道：“我几千几万的也都能化了，你穷得连一个也化不了，看你那个穷头的样子！”咳！回想我一生的苦水，真是倒不尽。

自从共产党来了，第二年就给我调剂了二亩地，土地改革又添了四亩，还不时地帮助，贷粮贷款，生活渐渐地改善了。买了一头□，还买了七亩地。今年又要平分土地，我更不愁穿吃了。只说穷人祖辈儿孙也翻不了身，梦也想不到还有今天的幸福。

（《晋察冀日报》1948 年 2 月 10 日，《副刊》）

血海深仇

——记万寿堂王掌柜对“十九号”的控诉

□□□

【石庄分社稿】你说十九号是阎王殿吗？□！要是真的有阎王，他一定不赞成你那样说。你想，阎王不过是专门要人的命；十九号的特务，那是一伙谋财害命的匪帮。

东花园万寿堂药铺的掌柜王祥峥，他被十九号关过一百天，财产弄光，还险些送了命，一说起这事，王掌柜的眼圈就红了，气得说不上话来！

“那是阴历六月里，一天晚上，来了一个‘十九号’的狗腿，用纸包着一支手枪，他说：我是奉了解放区李区长命令来的，叫你给我掩护□支枪。我说：我们买卖人，不管这些事情。他说：你不给掩护，把你全家杀死，你要报告，我就咬你和我通同坐□。就这样把枪放下了。他出门没有多久，进来了十来个人，□上也是，指名要枪，我把枪给了他们；这一下，就把全铺四个人一起捆绑上走了。

“夜已深，一路上天昏地黑，一进‘十九号’的门，就听到一片哭叫声，天啊！这到了什么地方，我这命一定完了。定了定神，才知道那是特务在拷审一伙老百姓。

“过了七天才过堂，一开口就问：你这买卖八路给了你多少钱？我说没有，特务们捏造了一篇口供，说我是奉命到石门来搞敌工的，八路给了我一百五十万。我做买卖开药铺，哪里能认这种口供。特务们叫我跪下，两只手高高吊起，腿肚子上放上杠子，一面站上三四个人会使劲把扛子向腿肚子里一滚，先还□□痛，一阵阵地出着冷汗，一会儿就什么都不知道了。

“醒过来一看，我已经滚成个泥人。特务们趁我死过去的时候，在口供上□□了我的手印，说我已经在口供上画了押，为什么不承认？

“过了几天又问我，我说通八路究竟有什么证明，特务们两眼一瞪说：‘□子为钱，来人！’立时间就如狼似虎地来了一群恶狗，拿着五尺大棒，把我捆了个结实，喝了一声打，棒子就像雨点似的落下来，一起打了一百零七棒——这是人家给咱数的，我什么也顾不上了，又昏了过去。

“那天晚上，特务头子徐安远在院里对卫队讲话，他说：‘你们不会查户口，不只是看户口对不对，你看屋里设备不对要抓，口音不对也要抓，衣服不对更要抓；现在东北屋里押的人已经不多了，你们就办不出一点成绩，你们凭什么吃饭？’

“当天黑夜，果然就抓回来了二十多个人，杀人魔王又说话了：‘我们的卫队真能办事，抓回来的一个也不屈，真个儿是八路。’你听听这话，这是一伙绑匪啊！他们把杀人当买卖！

“过了五个星期，给我上软的了，他们说：‘你认认我们是什么机关，八路给你的钱都拿出来，我们就放你；你不拿，把材料一整理，送你到军部。我们想杀人，只用些笔尖的力量。把钱拿出来，包你不死。’我恳求他们说，拿钱可以，那个口供我可不能承认。那个特务生气了：‘你是整个儿的混蛋，你知道“十九号”是什么机关？你想想吧，想清楚了再问你。’

“我们每天起来朝北跪着，满脸眼泪，噜噜祷告。我们是和善良民，竟然遭这种不白之冤，平日只知道国民党黑暗，没想到黑暗到这种地步！

“唉！天神也保佑不了，和我在一起的还有大桥街永德裕药铺的王国士，永安街中和恒药铺的贾文锦、王振海，同和裕药铺的王焕然，还有一个吴子珍。这都是那伙绑匪无缘无故抓进来的一些好人，他们没收了药铺发了财还不算，还想叫‘死无质对’。一天晚上一辆汽车停在‘十九号’门口，卫兵进去说：‘药铺的一案出来。’一个个叫出去剥光衣裳推上了汽车。叫到第二个，我知道不行了，站起来对同狱的一个朋友□：‘老弟！来世见吧！你要万一能出去，给我家里带个信，叫他们各奔衣食吧！……’我脱下棉袍，拉着他的手，痛哭起来。”

王掌柜说不下去了，眼泪流下来，手发着抖，记者也直觉得心上发冷。无辜的人民，就是这样被国民党特务们害死的！停了半晌，王掌柜又说起来。

“五个人拉出去都刺了，埋在花园饭店后面，总算没叫我。

“还有一个□城人，我不知道他姓名，三青团把他送来，硬说他是八路的干部，一次次地拷问，那人着了急，从审问的楼上窜下来摔在地上，昏过去了。把人逼得跳楼，天大的冤屈啊！特务们□□起来：‘他妈的，你到这儿来表什么骨头，“十九号”死几个人算什么，不问你啦，送你回老家。’立刻就交三青团杀了。他没有钱买命，只有死！

“山东□县有个柳株林，是个孝子，挖沟把他娘的墓占了，他拉了一挂牛车，来起棺，‘十九号’硬说他是八路的干部，押了一百十七天。特务们想出了发财的好办法，每天一万块饭钱，牛吃草也是每天一万。特务对姓柳的说：‘二百三十四万，卖了你的牛车也不够。’姓柳的给他跪下哀求，特务们没收了牛车说是‘饶恕’了他，你想想这算饶恕？

“受尽了冤屈的人民，没有申诉的地方，在牢里的墙根背地□起诗：

入了十九号，就用严刑拷，有钱就能放，没钱办不到；

难友这许多，不冤有几名，不招棒子打，招了把命坑！

“这些话够多么伤心。我卖了药铺，卖了朋友在我这儿寄放的东西，□亲□好友东凑西借，花了五百五十万出来了。不解放，一定还要来第二次，非要我的命不可。人死了，他们得财害命也就没人对证了啊！

“现在解放了，□价□宣，有碗饭吃了，可是借了人家的钱，不还人家于心何忍；还人家，我又有什么办法。

“一百天监牢，五百五十万，国民党害得我好苦！”

王掌柜再也忍不住了，痛哭起来，一边哭一边骂国民党“十九号”不是人！

（《晋察冀日报》1948 年 2 月 16 日）

除夕新景

——正定南岗村年节速写

吴群

今年除夕，正定南岗村，呈现了一片新鲜、欢乐的景象。街头已经装饰起来，每隔十来步一串吊挂随风飘舞，两边是一对红布六角灯。与往年不同的是吊挂上有了字，那五光十色的花心中写上了："消灭封建""平分土地""挖掉蒋根""活捉蒋贼"……

后半晌，雪花飘落。掀开李成家的草帘，见他正在捏饺子，这位给人做活苦了一辈子的老汉告诉我，要不是贫农团分给他胜利果实九斤麦子三斤肉，那他就吃不成饺子。他边捏边说："想起今个的甜，就想起早先的苦，要不价捏着饺子直想哭。俺家好多年没尝个饺子，到年三十这功夫，借块豆腐，贴几个渣饼子俺全家吃得可香，就算换啦好饭食了。'多年红眼熬瞎子，多年做活熬花子'，俺成年累月给人做活，吃不上穿不上，不养小，不养老。那年在于桥给刘洛利家做活，大年下也没给好的吃，天不明吃的饺子，我咬着觉得尽圪埌，天亮拿个剩的一看就是麸子面的……"

小篮里有几块豆腐，我问："这是做下的□?"他答："没有地，哪来豆子做豆腐，是纺线赚下钱买的。等过了年吧，分给我地，种上豆子，种上麦子……"说下去，他满面皱纹的脸洋溢着微笑。

军属李宅姐家，锅灶一天没住火，她娘一边做菜一边讲："年个这功夫，还乡队还在这院住呢，逼得俺全家逃难到里双店那边，要不解放正定消灭了还乡队，俺们还是回不了本乡本土过年。"

走到西头老铁匠常福德门前，他正在打铁炉上安锅煮饺子，一块肉、一篮蒸好的枣花馍吊在墙边。去春解放后分给他三亩地打下六七斗麦子，眼下贫农团又分给他麦子和猪肉。他手拉风箱，眼不住看才买来贴在跟前的新灶君（《新农历》，辛集出版），嘴念道："毛主席真叫救大命"，"毛主席真待见穷人呀"。饺子捞到碗里，老常两口吃着说着："我年年要饭一直到十八岁上，就没吃过饺子。"他老伴说："我这苦也比上你了，逃荒到正定城，孤单一个就靠拾粪卖粪要饭过活。住人一个房脚，一月也要二百子，到年下我给不起，没法就搬到南门关爷庙里住。年三十，初一也得拾粪，为了饿不死，手冻得像发面卷子。"提提苦，想想甜，老俩喜喜欢欢过小年。

雪住了。街上传来锣鼓声。间或有炮竹爆响。

（《晋察冀日报》1948年2月19日）

王田为什么哭了？

王乐天

王田才是十七岁的女孩子，可是个子长得很发实，看来像个十八九的大闺女。因为从小就贫苦，做饭、纺线、做鞋袜、锄地，各样活早就都能做了。这次组织贫农团，她姐（王符）、她娘连她全家共三口人，都成了贫农团员，并且还编在了一个小组里，王田倒当了副组长。她符姐也不甘落后，虽然不是正、副组长，也跑前跑后地成了有名的积极分子。阴历正月初三，博士庄支部开整党大会，她姐俩都被贫农团挑选成代表，出席了大会。大会在初四下午结束前，公开宣布接收了两个贫农积极分子入党。当晚，这个消息传遍了全村，贫农团小组都酝酿起来，小田她们这个组，也都嚷嚷开，这个说："若允许我参加了党，我准能按那八条办事。"（指共产党入党誓词）那个说："反正我愿意参加，我有缺点一定克服，不知人家要我不？"王符说："我参加你们大家看看够条件不够？反正我一定在这条道上走。"大家接着乱说："准行准行！又积极，又忠实，又稳重。"王田觉着对她符姐都那样赞扬，她自己又觉得条件比她姐一点不低，就是因为年龄只差一岁，就不够资格，很不服气，靠着墙，一句话也不说，显着格外不痛快。人们看出她这个样子，有的说："田，怎么样？不是也挺好啊！"可是有人接了话："她才十七咧，十八岁以上才能参加共产党哩。"这一句话，刺激得王田低下头去哭起来了，人们直劝也劝不过来，漫谈也谈不上劲了。田她娘急着说："你们就说俺田十八咧，不行吗？"人们说："不行，共产党讲老实话。"这一句话，使田更哭上劲了。别的人见劝不过来，都回家睡觉了。田还是哭，直哭了一夜没睡觉。第二天，吃早饭也吃不下去，哭丧着脸。工作组张普鲁同志知道了，去安慰她说："像你这样的，虽然年龄差一岁，也可以讨论讨论。"王田这才有了点笑模样，可是眼皮肿了大高。

（《晋察冀日报》1948年3月2日）

踏破辽河千里雪

□山

“兄弟部队”

新年前后，记者随军横跨冰冻的辽河平原，在开阔的原野上，部队从头望不见尾。日夜滚滚的脚步声，炮车声，在无边的雪地上闯开一条条□阔的大道，千军万马指向沈阳。不时听到战士们这样欢呼：“看，兄弟部队来了”。没有亲身经历“三下江南”和“四保临江”的人，很难体会到这句话的全部感情。前年十二月间，蒋匪还狂吠着“到哈尔滨过年”，保卫人民的东北首府的部队，正在炸毁松花江北岸的铁桥，拔掉铁轨，在冰冻的公路上挖掘防御坦克的壕沟。而被隔绝在南满临江一隅的解放军，则遭到数倍于己的敌人猛扑。那时许多人还没有穿上棉衣，战士们挤在冰雪压塌的荒山马棚边吃着冰饭团。“四个县城、一座山头、两道荒沟”，这就是所有的地区。而敌人又以九个师的优势兵力做第四次猛犯。当天空似乎还是黑暗的时候，当坚持南满地区似乎绝不可能的时候，战士们只有一个呼声：“打出去!”他们决心要把敌人□个七零八落，他们相信北满兄弟部队会打过来的，因为在松花江北岸的人们，也只有一个呼声：“打出去!”正是这种人民军队的英雄气概，冲破了最艰难的日子，把东北战场从松花江畔和长白山麓移到辽河平原，隔绝了一年的兄弟部队，终于到沈阳的大门口会师了。“看这是打新一军的北满老大哥”，“看这就是新六军的死对头”，“打虎能手”（匪新六军自称“虎威部队”）。战士们边走边谈，虽然天空中敌机正在跟踪扫射，但人们也按不住见面时的狂欢。

“人民的硬骨头”

在出征宣誓大会上，有一个名叫伊小虎的新解放战士，走到全连被蒋介石杀害的父母灵前和大家一样地大哭起来：“父亲，你死得太冤啊，国民党抓兵你出过三次行利钱买我，可是第四次你再买不起我，离家二里路你就叫逼死了。你现在埋在哪里，我都不知道啊！现在共产党把我救出来了，我参加自己的队伍了，我非给爹报仇不可！不消灭蒋贼我对不住你啊！”复仇怒火使他变成“人民的硬骨头”。战场上他叫树茬子从脚心扎透，但他没让人知道，扛着机枪照样冲锋；跟着行军，伤口已经化脓，脚肿得穿不上鞋，他光脚走没掉下一步，一拐拐的，还替旁人扛重机枪。班长硬要看他的脚，才发现伤口肉全烂了，坏肉里塞满沙子。卫生员问他：“为什么早不说？”他说：“我早说了，还捞上打仗吗，还能亲自给父亲报仇？”第二天行军，大家硬把他拉上病号车，他慢慢地爬下来又追上队伍，脚上只□条绷带，坚持了三天行军。

“不怕你下雪刮风，挡不住我复仇立功”，“只能冻坏我的皮冻坏我的肉，冻不坏我共产党员的硬骨头”。这是响遍全军的出征誓言。武器上红色的“枪托铭”写着每个战士的仇恨和决心。“刺刀见血，誓报父仇”，“消灭死对头，要报血泪仇”。解放战士要立功赎罪打回老家算总账，翻身农民战士要挖掉蒋介石这仇根，保田保家乡，解放天下穷哥儿们，争取做一个光荣的毛泽东战士。刚刚放下锄头的农民和被俘不久的蒋军士兵，就这样□成所向无敌的英雄。纵横辽河平原的人民军队，就这样突破了千里雪野，打彰武、打新立屯、打辽阳、打鞍山，进入沈阳的卫□要点，钳住北宁线的咽喉地区，在足迹所到之处，为一九四八年创造更大的胜利。（新华社东北四日电）

（《晋察冀日报》1948 年 3 月 7 日）

给胡适一封公开信

蓝公武

编者按：蓝公武先生，现任北岳区民教厅长。过去曾任北平第一届国会议员，民国元年到八年，历任北平国民公报社长，北大教师，办《庸言》《大中》《改造》等杂志，并任《北平晨报》《北平英文导报》董事，后任中大教授。“五四”后，曾与胡适办杜威讲演会。一九四五年由北平来解放区。

适之兄：

最近读了你给周□生的一封信。多年不见，你竟厚颜无耻到这样的程度，不能不使我惊讶而要向你说几句话。

美国帝国主义在这两三年中，在德日两国所有的布置措施，其用意在利用德日为威□近邻进攻苏联的堡垒，是一件摆在世界面前尽人皆知的事，乃至美国的战争贩子也并不隐讳，常常公然提到。你替美国战争贩子代辩所提出的三点理由，抹杀事实，实在是强词夺理，肉麻得令人难受。

而你所说，苏联是个侵略国家，并且拿你自己做个例子，说先前对苏联如何热望后来如何灰心。这乃是你利益熏心头脑昏乱所致。中国人民对苏联的感想和你大不相同，我且举几桩事实来说。抗战一开始，打电话来鼓励中国人民，保证尽力支持中国抗战的是斯大林。不久即有苏联飞机五百架开至中国听蒋政府调度，并且规定每损失一架即补充一架，这五百架飞机在抗战期间尽了很大的任务。中国在抗战初期军火都是用自己财力从国外购买来的，得不到英美丝毫帮助。退到重庆，四周被封锁，获得军火更其是一桩难事。那时唯有苏联自西北国境运来大批军火。使中国得以继续抗战。这些事都能使中国人民永远记忆感谢不尽的。而英美呢？英国在七七事变前，派李兹洛斯来东方，和日本商量平分中国的经济利益。事变后畏日如虎，为了保全津沪的英国租界，什么都能忍受。乃至日机轰炸其驻华大使，也不敢计较。孙科赴英商借二千万镑，受到拒绝。外长西门并在议会公开宣言中日正在战争，英国不能借款。其无耻如此。至于美国，在太平洋战役发生以前，大量出卖军火给日本。对于中国丝毫没有帮助。其后在日美谈判时，却时时有出卖中国的危险。当时若不是日本偷袭夏威夷，则日美谈判的结局，不知将置中国于何地。这几件事中国人民也永远不能忘记的。特别是苏联进兵东北，一面迫使日本无条件降服，一面解放整个东北，使东北今天完全成为中国人民所有之东北。抚今追昔，中国人民对于苏联又不能不深深感荷的。你过去对于苏联热望的是什么？今天所灰心的又是些什么？你得说说。你在九一八后，是一个主张放弃东北的人。上海报纸曾登载过你对于东北的感想，你说再过五十年也没有希望。后来你又主张收回察北冀东，作为承认“满洲国”的条件。你这主张成了蒋政府的唯一国是。双方谈判，颇有成果。但是一面爆发了西安事变，一面又促成了日本军阀的急进政策，以致你的主张不能实现，辜负了你的热望。我从未听说过你对于苏联有什么热望，你对于日本却是抱有很大热望的。我虽没有考证癖，但对于你这些情形，却颇有些考证材料。总之，你是个主张将东北送给日本的人，你不配再来说什么热望不热望。

然而今天东北的情形怎么样？你虽然灰心了，却并没有辜负了中国人民热烈的期望。整个东北在中国人民之手。并没有什么不平等条约，也没有外来的侵略势力。全东北没有屯驻的外国军队。所有全部经济权利，完全在中国人民手中，没有任何外国资本染指其间。人民解放军所有军火都是从日本和蒋介石那里夺来，或是自己制造所补充的。军队中也没有什么外国军事顾问。这和蒋占区情形整个相反。至于中俄边界确如你所热望，双方并未驻兵对峙。总之，东北今日成了民主独立的中国国土，为建设未来新中国的模范，全国人民正在欢欣鼓舞。你为什么要灰心呢？你平日对于中国小说好做一些死无对证的考据，今天对于这些活生生的事实，你何妨到东北解放区来做一番亲身经历的考证。你若是肯来，我保证东北民主政府必定是礼遇有加的。任何部分都可让你□自由观察。解放区是和蒋占区完全不同的，一切公开，实事求是。既没有要想掩蔽的秘密，也没有惧怕批评的习惯。你来了以后必定恍然大悟解放区之所以为解放区了。临了我再问你一句话，美国在蒋占区，侵犯了全部主权，订立了许多不平等条约，占领了许多军事基地，驻屯了相当数量的军队，夺取了许多经济利益，彼此相互关系，已如宗主国之对属国。你良知未泯，每日所闻所见，难道对于你的所谓西方民主国家，依然抱有热望，丝毫不感觉到灰心呢？我对于三十年前的你，颇抱有热望，到了今天真不能不令我灰心。习俗移人，一至于此，我不能不为之浩叹。我劝你与其在蒋占区说那些鬼话，过那种毫无意义的生活，不如到解放区来漫游一次，我敢担保，这于你是有极大好处的。你更须知道今天中国的青年，已不是容易可以欺骗的了。为了祖国，为了自己的生存，正在那里不顾生死努力奋斗。像你这样三十年毫无进步的人，如何再能领导他们？这是你应当深自觉悟的。深望你以后说话要慎重一些，不要再暴露自己的丑恶。

蓝公武谨白

（《晋察冀日报》1948 年 3 月 14 日）

田贵芳见了太阳

文昭

田贵芳一露面，新的消息就像春风一样吹遍上西村，男男女女都说：“这闺女苦够了。”“傅鑫同志把她救出来了。”田贵芳的爹叫个计清兰，是邻村出了名的“傲骨儿”，五台一区（半老区）上西村的人有的叫他“活死人”，也有叫他“别调人”，现在七十二岁了。

计清兰的爹是秀才，他也是个秀才，从小念五经四书，念到三十岁，后来教书二十年。他三十六岁的那年，把爹和娘死了。老婆也死了，丢下两个女儿。后来遭下继母，大的妙仙已经二十四岁，二的根燕二十二了，还不给找个人家。姐妹俩另做饭吃，挖了家里一升荞麦，后老婆教唆上计清兰，把她们打了一顿。姐妹俩再没活法，每人穿了一身新衣裳，把旧衣裳一把火烧了，喝上绿颜色死到炕上。旧衙门只判了计清兰夫妇两年徒刑。他活到五十岁的时候，第二个老婆也死了，丢下一儿两女。这时候，一来，教死书再吃不开，也再没女人愿意跟他，就回家种了地。以前张嘴吃饭，伸手穿衣，这会儿又要种地，又要做饭。喂着一头驴，只会送粪、刨地、割驴草，别人一亩打四大斗，他只打一斗半，收回庄稼来□几颗打几颗。做饭只会做“谷垒”，熬糊糊，不会蒸窝窝。家里有地二十八亩，有房有树，一说就□□的们给留下的不能卖，不懂人间世理，一开口就要咬文，谁也不挨近他。有一次他叫邻家一个女人给他缝了双袜子，骂人家做坏了，不给工钱，从此再没人给他做衣裳。院里喂一条恶狗。还有他的规矩是：“避禁三姑六婆。”因这，谁也不到他院里来，成了一座死院。看他的样儿，穿着件大蓝袄儿，烂得披片不堪，腰里紧着根大绳，冬天赤脚板，夏天穿皮袄，真是个活死人。

儿子大了出了门，大闺女圈大以后，嫁出去。二闺女就叫田贵芳，五岁以后就不让出大门，有一次田补林家，在墙外头给贵芳说了句话，还叫他骂了一顿。长大以后，问她爹说："我活个甚呀！"计清兰把眼一瞪："当姑子。"一天下午，邻家听见他又打闺女，到房上来听，谁也不敢打劝，一直到满天星斗的时候，还听见砰砰地打着，灰爹、爹灰地骂着。计清兰出去以后，田贵芳一个人守着这座孤院，除了房上的朽草、院里的柏树、满地的驴粪、烂窗子、破瓮子以外，再没有东西和她做伴。计清兰这样古怪、□□，有两个道理：一是"怕染"，他说："'近朱者赤，近墨者黑'，怕染上东西。"二是"怕是非"，主张"各人自扫门前雪，不管他人瓦上霜"。去年冬天，贫农王水泉向计清兰说："听说你闺女已二十一了，还不□个人家，你没听说，世上三般不能留，□□、□□、大闺女，只管□个甚呀？"计清兰说，媒妁之言，必待父母之命，高门不来，低门不去，耽搁起了。

正月里平分土地，贵芳的叔叔在贫农团看库房，听人讲说妇女们解放的事，动了心，就和另一个伙计崔全合说："我哥那个闺女，以后闹个甚呀！"崔全合就把这个事告诉女工作员傅鑫说："你快去解放那个妇女吧！"她马上就叫了一个七来喜，一块到计清兰家里。这天恰好他到东冶卖炭去了，拉住大门一叫，大狗扑出来狂吠着，听见一个女人喊："作甚么哩！"又叫："你出来！"稍等，有一个影子晃出来，一开门，只见这女儿，满头黄毛，乱得像沙蓬草一样，土眉土眼，显皮露肉，肩上披挂着破布片子，裤裆快掉在地上，惊慌地看着来人。如果没有准备，真能把你吓跑。傅鑫问她说："你为甚穿得这样破？"她说："没□衣裳呀。"又问："你为甚不出来？"她说："爹不让。"傅鑫说："出来就能生产穿衣裳，快出来吧！"她说："看你这穿得真好。"说着向门口迈了一步，向街上望着。傅鑫就势拉了她一把，就把她引出来，问她叫甚？她说："贵芳。"引到她叔叔家里，贵芳看着傅鑫，就快哭了，说："你为甚前年不来，那时来了我少挨顿打。那年秋天，一些穿的也没啰，就叫爹卖棵树，他当下脱下鞋来，直往我头上打，真把我打晕了。一天早上起迟了，叫他把秤钟摔在我肚子上，你摸摸。"用手摸了一下，真有个圪垯。她伸开手指，有一个小拇指也被打得曲折了。问她："你的头发那么乱也不梳梳？"她说："乱得不行了，就用笤帚扫一扫□□。""正月里闹烘火，你也不看看？""爹说社会上没□我，不准出去，听见了，只能手抓住墙头，伸出头去看一下，很快缩回来，□着墙根，听人家唱。怕爹看见。"后来给她说好，你暂且回去，等你爹回来给他说说，叫你出来，就穿上好衣裳了。

贵芳子发愁地又走回去。到晚上，计清兰气愤愤地跑来向傅鑫叫着："你把我闺女抬到哪里了？快给我！"傅鑫火极了，说："你问我要，我还问你要哩！你已经逼死两个，这个也叫你害了。"很快又叫上普玉兰、计旺，一块到他家找贵芳去。院里家里不见一个人影。普玉兰是她叔叔，心眼明，他家里后墙板壁里边，有个地窖，把板门上的绳子解开，计旺打着灯，普玉兰下窖去，摸着一只手，拉出一个土人来，浑身哆嗦，出来见了傅鑫扑过去一把抓住她的手说："你叫我死呀还叫我活？叫活就把我引出去，再不回这个家来，再叫我回来就是一死。"原来是她爹一回来，知道她出来见了工作人员，就把她圈在地窖里，跑出来吓唬人。他们相跟着又到她叔叔家里，安慰她说：明早把头梳一下，给你借身衣裳。第二天一去，她就欢喜了。她婶婶说："你看她，把个梳子也坏了。"田贵芳活了二十二也没见过梳子，洗脸时把梳子泡在水里，泡成两半了。有人给她梨吃，她连梨儿也认不得，脸上只顾□笑。后来把她爹叫出来，决定叫他在三八节大会上坦白，他还想叫贵芳回去，就跑到普玉兰家里，人们跟去一大群，计清兰说："狗子，你回家吧！"贵芳眉毛一竖用手指着他说："不用结记啦，不回去啦！""我□你找个人家。""找也找得迟啦！""我给你做件衣裳。""你不是我的爹，我也不是你的闺女，一针一线也不穿你的了。"计清兰没希望就出去了。

家里的女人们都说你这么大了，找个对象吧！有个更积极的指着地下一个说："跟了他吧！"贵芳看了一眼说："我不。"放羊走工长了二十六的刘四，正在后炕里坐着，看着贵芳，贵芳也看了他几眼，刘四一听对象长，对象圆，心里想自己年大家贫没条件，就下炕走了。水泉看出他心思，跟他出去向他说："你看那闺女怎样？"刘四说："怕有些呆，她爹那样，咱不敢。"水泉说："不呆，是□扮坏了，我给你铺□。两方愿意就行。"水泉返进家去，给贵芳说："我给你找个对象吧。"贵芳说："我不在本村找，不想见他（爹）。"水泉说："你在你家，他在他家，过了这气头上，还能不父子了吗？你看了那个后炕□过的人行不行？"贵芳停了一下说："愿意。"这一下叫满家的人都替刘四欢喜，贵芳也有点笑了。

第二天刘四到贫农团借出两身新衣裳，贵芳子穿上青裤子海蓝袄，戴了一顶花帽子，脸洗得白白的，漂亮了几十分。刘四穿一件棉滚身，年轻了很多。媒人王水泉跟上，贵芳的叔叔牵出驴来叫她骑上，一块到区上领结婚证去。回来时，贵芳扭过脸来向水泉说："你救人可要救到底呀！"水泉说："领上结婚证，成了人家，还不是救到底吗？"打趣地问她说，"你看刘四胡子那么长，也不嫌？"贵芳说："能种地受苦就行。"她问刘四说："眼底有吃的吗？"刘四高了兴就打趣说："明儿就相跟上讨吃去。"三个人都笑了。水泉向刘四说"你给她买个帽子吧！"刘四说："天热了，买块手巾吧。"贵芳说"冬天敢不戴。"刘四又说："买个绒帽子。"贵芳说："我嫌不好看。"三个人又笑了。回去以后就结婚，计清兰插出来说："今这日子不好，是妨哥哥的。”刘四发了火说：“什么日子好不好，咱不讲迷信。”刘四的哥哥嫂嫂都说，兄弟娶媳妇应该吃糕，等一两天磨点黄米。因这，过了两三天在正月二十五结了婚，刘四给贵芳说：“我嫂嫂就是妇女代表，以后一开会你就跟她去，想到哪转到哪转，转得就心开了。”贵芳见人就说：“傅鑫是个好人，她救了我了。”

（《晋察冀日报》1948 年 3 月 21 日）

望 南 山

杨朔

【新华社前线三日电】在惨痛的日子里，就像求神的人那样虔诚，蔚县川的人民日夜都盼着南山。这一片黑苍苍的大山，把他们隔断在傅作义的毒手里，但又有石门峪、四十里峪等许多活路往南直通涞源，那边正是自由民主的解放区。他们受着傅作义的糟害，想着山那边的幸福，一天不定多少遍注视着山上的道路，总希望会有自己的军队下来。黑夜不管多大的风、多大的雪，当他们逃避抓丁，□宿在南山脚去，山头一有点风声、草声也要侧着耳朵听上半天，“是不是南山上下来人啦”！他们从早盼到晚，从春盼到冬。不知哪来的信说“大队就要过来了”，家家户户也不用商量，全都背着保长大乡偷偷地存起粮食，砍下柴草，准备下咸盐。孩子要吃，大人悄悄哄着说：“咱们饿点不要紧，别叫人家同志们来了受了委屈。”可是一天两天，人们眼都望穿了，山道上还是风卷着雪，不见人影。大云□的周定芳等急了，冒着风雪，翻过山出去五六十里地。回来时，人们围上去，但他用要哭的声音说：“同志们丢了咱啦!”其实，解放军一时一刻也没忘记这些受难的人民。腊尽春回，正是三月二十号的傍晚，大固城的刘老汉，忽然两眼含着泪，喜地嚷道：“嗳！嗳！大队来了!”人们顺着他的手指看去，果见南山上走下一串黑色的人影，大家也忘记避讳抓人，□声数着一个、两个，怎么只有八十？回头另数还是八十，直数到第三遍也没多出半个来。于是有人叹气说：“这八十个人还是不行呀!”但到晚上，一处枪响，整个蔚县川的傅作义据点都受到猛烈的攻击，解放军正像长江大河，一夜之间，从南山的各个山口，汹涌而来，迅速把顽匪的据点冲洗干净。各村各庄只要解放军一走过，人们就拥在街上欢迎，有的一拉着战士的手就说："好呀，恩人可盼来了！"

（《晋察冀日报》1948 年 4 月 6 日）

四平一瞥

华山

【新华社东北前线电】十三日清晨，记者穿过三道林子的层层工事残骸，从北门突破口走进市区。当时市中心正进行着最后一阵激战，但灰暗而弹痕累累的住宅，已经升起平静的炊烟。

十月以来，守敌不让居民烧火和点灯，堡垒和铁丝网包住每个路口。敌兵禁止居民出门一步，现在居民们踏过横卧在泥水里的障碍物，把堡垒工事里的一袋袋大米扛回家去，割下八十八师兵营里的死马肉，用鹿砦和破地垒的木料煮成旱饼。“两年来没吃过这样好的饭了。”一个工人对我说。

横贯市区南北的火车站，穿行着一群群铁路工人，他们在挖掘地雷，视察物资，那里曾经是每天进出六十趟列车的巨大市道场，现在停满了僵死的机关车、盖满凌乱的车皮、残破的铁路建筑物。“咱后方早先也是这样，”老解放区来的工友们说，“都是咱自己动手修复的。”总攻刚开始，他们便跟随战斗部队亲自在炮火下守卫三十几个车头，使全部资材得以完好无损，他们并从地洞里找出当地的铁路员工，向他们介绍自己在解放区工作的情形。这些失业了一年多的四平工友，纷纷收拾零件，挖出埋在土里的工具；四散求生的四平铁路职工，也纷纷赶回报名，五天内复业人数有五千之多，达到了伪满全盛时代的记录。

二十日下午，记者第二次进城，天桥附近的烟囱已经冒烟了，小型发电机在炮弹穿透了的工厂里吼着，电汽工人正在街头架线，一个小商人在街上踏着泥水跑过，拉长嗓子喊，高价收买灯泡。天桥南侧摆满了摊贩，一头摆到道西的原日本住宅区，另一头和道东市场接在一起。不久之前，这是中心街市堡垒地带，现在已变成喧嚷的露天市场。“红钱四百元一斤，白钱四千元一斤”——市民把东北本币叫作“红钱”，伪九省流通券叫作“白钱”。两者比值由原来一比五变成一比十，一比十五，到了二十一号，就没准头了。一个顾客挣红了脸，嚷着“旁人卖六万元，你为啥卖八万”，摊贩冷冷回答说：“你拿‘红钱’我只要四千，这白钱上沈阳花去吧。”

警备司令部的解放官兵收容所门口，挤满了穿着乌黑的美式破军装的士兵和拄拐杖的敌轻伤员。一群挤住在一间澡堂里的伤兵，战斗刚结束就被老百姓撵出大门，伙计们边撵边骂道：“这可不是你们的时候了。”一月以前，蒋匪向民家拿走过年的肉，原主还得装着看不见，现在到处躲藏的匪官兵却被老百姓赶出大门，遣送登记处。有个八十八师的士兵哭丧着脸请求道：“就让我在四平当老百姓得了，我连这次当了四次俘虏，到沈阳去，迟早还要让你们抓回来的。”一些烫发的□军家属，哭着要回郑家屯娘家去。原七十一军盘踞郑家屯时，班排长用两石军粮就可强买一个姑娘，玩厌了把她们卖到沈阳大窑子，又可以赚一笔钱。她们哭着说：“行个好，解放，咱回娘家吧，再不跟那遭殃军了。”

记者在稀泥汤似的路上迈不开腿，一个老百姓伸手拉我跳上台阶，他曾在本街做了十一年石匠，亲自修过这条马路，他说：“早先街上都是光溜明净的，国民党市长换了三个，一个个装满钱袋走了，留下遍地垃圾——同志，你看得出这是石子路吗？两旁原来的林木现在也都把他们砍倒修工事去了。”

（《晋察冀日报》1948 年 4 月 9 日）

四平之援

华山

【新华社东北六日电】四平收复后，记者在市内蒋匪“永久工事”的地下室里拣起一堆狼籍满地的匪军电稿，这是在解放军攻克四阳平前四平、沈阳、长春匪徒乞求增援的电文，充分表现了蒋匪兵力空虚的窘相。

当解放军扫清矿区后守敌七十一军八十八师师长彭锷，八日给蒋匪电叫苦道：“兵少不能全面防御，恶战更将展开。”蒋匪复电说“已饬卫总司令火速派队驰援”。但□□一月即连失五城之卫立煌连近在门前的辽阳、鞍山都不敢增援，哪还顾得上远援困守四平的彭锷，因此他只能空洞“嘉勉”一番。彭不得要领，又直接电新民军部诉苦，求将原属八十八师之二六二团“归还建制”，该团团长杨某复电说：“刻不能归还建制。”并向彭进言说，“以目前被动局势度之，自力更生仍属十分之八，援军可靠者十分之二，人心如此耳。”新民匪军部亦回电要他“宜为独立作战准备”。

这时解放军已进抵西南城郊，主力并猛攻北门，彭锷于是又急电沈（阳）、长（春）之蒋匪新六军、新一军等“友邻”呼援。其致第九兵团司令官廖耀湘电称：“如四平被陷，则再赶调五个军亦难挽回。”要求廖匪向卫匪“从旁进言早定大计”，但被解放军打成“头等残废”的新一军，被困长春自救无门，而新六军则龟缩在后路已绝的沈阳，也在等待蒋匪“早定大计”哩。因此他们的回电只是“空投一千六百包香烟，以资慰劳”，但从天而降的还不是香烟，而是解放军密集的炮弹。

十一日黎明，告援无门的彭锷，只得电求他的老上级——四战四败丧兵六师，被撤职，现在南京吃着一份“参议”闲饭的陈明仁了。彭电说：“北山高地全失，城门苦战，若不断然来援，敌（按指解放军）进占四平，打通平齐（齐齐哈尔）、平梅（河口）两线，东北局势难以收拾了。”他想请这位当客的老上级能向蒋贼“进言”“早定大计”。此时解放军已完成总攻部署，对援兵已绝望的彭锷，现在又要求新五军增援了，但卫匪的复电却说：俟天气好转，即派大批前往。于是彭锷最后声泪俱下地哀求卫匪说：“敌（解放军）突以雷霆之势，步炮紧密配合，企图中央突破，势在必得，周内如有援军北上，必能鼓励职部官兵殉国（蒋）之精神，否则请总司令裁夺”。而这位“总司令”裁夺结果，却电复彭锷说：“已核准发给多种维他命×万粒，即日空投，妥为分配官兵服用，以资调剂。”

到十一日夜半，已完全走投无路的彭锷，最后是急电新民他的部下二六二团杨团长说：“孤军远历 ，时间宝贵，务祈策动八十三师、九十一师两师长，向军长（进言），发下以七十一军官兵自动请求救援四平之呼声，促成总部（卫匪）断然之行动。”但哭的结果，军长安琪只回电说：“弟为兄等表扬战绩于全国，期固守到底。”

十二日晨，卫匪还有一封电报给彭锷，要他“争取余裕时间，创造历史未有之伟大胜利”。但是这时城里已七处洞开，而到处通电“与四平共存亡”的彭锷也早换上了便衣逃之夭夭，指挥所只留下了脱下的“将军制服”、彭锷勋章和一堆污浊的电稿。翌晨，八十八师终于在东北完成了它的第四次覆殁。

（《晋察冀日报》1948年4月9日）

点心的故事

舒云　张帆

“瑞宝齐”是天镇城里最大的一家点心铺。一九四五年秋，我军解放该城的第二天，一个战士找到瑞宝齐的魏掌柜说要给他钱。魏掌柜一愣：“干什么的钱？”战士说：“我吃了你的点心。”魏掌柜听了很奇怪：“你什么时候吃了我的点心？吃了多少？”战士很抱歉地说：“昨天晚上打仗，饿极了，吃了你大约有两斤点心。”魏掌柜不肯要钱，战士很恳切地说：“我们八路军不拿人民一针一线，更不能白吃商店的东西。”他问明点心市价五百元一斤，便留下一千元走了。

魏掌柜看着钱，摸着他那丛生的短胡须思索着：“天下还有这样的军队呢！”

前年傅作义、阎锡山匪帮侵占了天镇，大肆造谣，说八路军的政策变了，要再打开天镇，不论好坏人，一律杀，并且还印发许多污蔑我军及解放区土地改革的宣传品和漫画。魏掌柜对这些欺骗的宣传，是半信半疑的。“八路军过去那么好，绝不会变得那么坏。”可是他又没有把握，因此在今年三月二十三日，我军进攻天镇城时，他藏到后院。炮弹把他的窗纸震破了，他估计解放军要打进城来，他又高兴又害怕。当我军肃清城内敌人后，枪炮声停止了，“嘟嘟”着吹着联络哨子。魏掌柜心里忽上忽下，他很清楚地听到门口有人坐着大声谈话，可是总没有人敲门。他心里盘算，老躲着也不是事呀，俺也不是坏人，为什么躲着？于是他从后院走到柜台前，偷偷地从门缝往外看，见到街上有老百姓来来往往，一点事也没有。

他大胆地开了门，在伙房里烧了一锅开水，放上两张桌子，摆上纸烟和各式各样的点心，准备招待解放军。

可是没有一个解放军战士进来吃喝，他站在门口，见到几个战士，就把他们请进来。我们的战士，经过爬山涉水的长途行军，前晚又冒风雪攻城，已经两夜一天没有睡觉、没有好好地吃一点东西，现在他们面前摆着各式各样的点心，魏掌柜又一再说，请吃点填补填补吧！不要钱！可是谁也不动他的点心，只是喝水。魏掌柜见他们不吃，就改变了话语："烟酒不分家，吸烟吧！"他抓几根烟递给战士们。

战士们再三婉谢后，吸着烟说："请你把点心收起来留着卖吧！我们没人吃。"

魏掌柜心里的大石头掉下了，解放军的政策没变，傅阎匪帮的造谣欺骗落空了。当天，魏掌柜第一个开门营业，两天中卖了几十万元。

（《晋察冀日报》1948年4月16日）

夜渡桑干河的英雄们

朱□

桑干河内，像盖锅板大小的流冰，冲击着滚滚的水浪，偶尔也有门扇般的冰块，顺流急下。在晚间，站在河岸上穿着棉袄都感到冷气逼人。解放军某部的三十四个英雄和二十个民兵勇士为了破坏平绥线土木至沙城间的铁路，在上月二十一日夜晚，迅速渡过了这一河流。在渡河□□，教导员刘义同志，首先脱光了衣服，他号召战友们说："都要三五成群，分成小集团，互相帮助。让民兵同志在中央，别让水冲倒了。"每个人把炸药、手榴弹用自己的衣服包扎起来，用枪挑在肩上，枪托淹没在水里，打着浪花，一个拉一个地跳下去。河底流沙，时常陷腿，大家又帮着拔出来。一个民兵，顺水流了四五丈远，在下游的同志，赶紧过去抱住。机枪班的李小被冲倒后眼看着被水淹没了，解放战士安学法，丢掉自己衣服，一手把他捞上来，□着走。过河以后，大家跑步通过二十里路的傅占区，到达目的地。只五分钟时间，长达二十里路的铁轨，地震似的咆哮，炸成了粉碎。驻守沙城和土木的敌人吓得不敢探头。任务胜利完成了，爆炸英雄们，还得渡河回来。后半夜里，河底流沙结成了冰底，脚踏下去陷得更厉害。石子都变成了大大小小的冰块，走起来特别吃力。在河的浅处，结了断续的薄冰，像刀子一样，已经有十多个同志被冰碰伤了。小炮组长王学文划破了腿和脚，但□都没有丧气，一个个咬牙渡过了两次桑干河。到了岸上，郝连长冻得差不多失去了知觉。很多人没有了穿衣服能力。岸上的弟兄们，向他们发出了欢呼。副团长亲自架着人们走动，机炮连的同志们，自动脱下了干衣服给他们穿上，这使得我们经受了冰冷的英雄们，心眼里□着莫大的温暖、莫大的兴奋。

（《晋察冀日报》1948 年 4 月 21 日）

割　肉

郝志信

张庚从小就受尽了地主的剥削和压迫……

张庚是灵寿二区寺岭村人，今年五十岁啦。

他租种着陈庄大地主三合堂在寺岭的十来亩山坡地，住着地主庄子，每年交了租子什么也剩不下，他一家子就靠割卖柴为生。

民国六年发大水，籽粒未收，就欠下了三合堂的租子。到十一年上，新租不短了，地主又非叫他补清旧租不行。张庚不用说补租子，十一月天气还穿着破单裤，可是地主不管那，直一劲地逼。

这天，三合堂给张庚出了个条子，意思说：“租子不来，人就来。”

张庚一见，不敢说不去。就在阴历十一月十二那天，到了三合堂，见了掌柜哀求说：“租子实在交不起——您看我这冷天穿单裤……你老高高手我说过去了……”

掌柜满脸横肉，瞪眼喊着：“不用说别的！交不了租子，拔锅锁门子……”

张庚听到□□□□□□□□□□吓得心惊胆战，房、地全是地主的，离开这儿，到哪里去呀？他愣在那里老半天，想来想去，没有办法，最后一狠心便问掌柜的：“是要租子呢？还是别的也要？”

“什么我也要！”

“你要人肉不？”

“要哩……”

张庚不再说别的，一转身跑到厨房，拿起杀猪刀子，对着掌柜的，把破单裤卷起，右手拿着明晃晃的刀，猛地向左腿上“嚓！”地一下，割下了二三两重的一块肉，左手心托着肉，硬着心问地主：

“这块肉能顶多少租子？”

“啊呀！好厉害的张庚！……”血淋淋的人肉，一时吓住掌柜的，但是稍停，却大怒起来：“好厉害的张庚，好厉害的张庚呀，竟敢在这里行凶吗，想诬赖人吗？就是你小子死了，爷爷们也没功夫赔命——好吧，以后见话吧……”

张庚提着自己的肉，拐着血淋淋的腿，疯狂地向街上跑去……

张庚的娘在家里听到割肉的消息，吓得先跪在当院高呼：“老天爷呀！救命吧！……”喊完，她也疯了似的向陈庄跑去，碰见有头有脸（有势力的）的人，先磕头，后说话——向人家求救。

找到三合堂的人，就跪下求饶：“你老人家不要和他一样哩，他有点疯症病……”

张庚的娘磕了无数的头，说了无数的好话，地主总算答应了一句“以后再说”。

听了这句话，张庚娘千恩万谢，才找人把张庚抬了回去。

次年二月间，三合堂忽然来了十二个人，一进门二话不说，就是拔锅锁门子，并大骂：“滚你们娘的吧，张庚这小子太狠，他还杀人哩……”

张庚的伤还没好，躺在炕上呜呜地啼哭……

他娘跪在地上，流着眼泪苦苦哀告……

最后还是托了几个有脸面的人保下租子，地主看着保人面子，留下了张庚，但欠租按三分利背了起来。

现在张庚一家六口人全参加了贫农团，工作很积极，他时常摸着腿上的伤疤，对他的孩子们说：

“地主是咱的冤家对头。”

“共产党是咱的救命恩人。”

（《晋察冀日报》1948 年 4 月 27 日）

季米特洛夫的矿工

——欧游漫记

刘宁一

【新华社陕北二十七日电】向索非亚的东南走七十华里的路程，是一个山岗地带，这里有一个一万四千人的煤矿。一九〇六年，季米特洛夫同志就在这里把矿工工会组织起来，所以这里帕尔尼克的矿工，都是很骄傲地说："我们是季米特洛夫的矿工。"算来已经奋斗四十多年了。当然在那年以前，他们早就遭受残酷的压迫了。据说那时和中国的国民党区域的工人生活差不多，过着非人的生活。而今得到解放了，他们很欢喜，在新的生活下追述着过去的痛苦。汽车经过索非亚工人休养所的旁边，顺着蔓延的山道扬着灰尘带着朝阳驶去，在他们慢慢的讲述中，我的脑海里猛然忆起了蒋管区工人受饥寒、恐怖、监狱、屠杀非人生活的一幅悲惨的图画来。

突然车子停在一个丁香树围绕的门前，那垂杨柳下红楼的前面走来了一群体格强壮的男子，满脸的笑容，其中一个五六十岁的强壮老人，伸出了他的大手和我紧紧地拥抱、亲吻，这是帕尔尼克的煤矿工会负责的人员。

到了他们的会议厅里、自由客厅里自由地寒暄起彼此矿工的生活和斗争。老主席从墙上取下了一张老旧的照片，上面是一排面容瘦削而精神敏锐的矿工，老主席含笑地告诉我们，那中间一位青年就是季米特洛夫同志，旁边一位，就是他自己。这是他藏了四十一年的一张工会成立纪念的宝贝。当和法西斯战争的时候，每一想到他们是季米特洛夫的矿工，就立刻会增加无限的勇气。现在他们在他们的季大哥领导的国土上，得到了幸福的自由的生活。

民族解放后，为了解决煤荒问题全体职工作了极大的自我牺牲，拼命生产。经过了两年努力，人民的工厂逐渐恢复了，煤的生产数量大大提高了，工人的生活也得到改善了。他们每天是八小时工作制，工人参加了管理生产，煤的生产不是为资本家赚钱，而是为自己的国家人民。他们住的地方不是从前像我国唐山的矿工，两百人轮流睡在七十个平排的木板铺位上，而是一半住在自己的家庭里，一半住在工房里。工房是四层的楼房，四个人一间房，铺着毯子，盖着雪白的被单，面对着垂柳，听着无线电的广播。那些在家里的矿工，上下班用大汽车接送，工资每天至少可得五百拉瓦，每礼拜伙食除面包以外，还配给一公斤菜油（合一百六十拉瓦）、一公斤奶油（合四百拉瓦）、十一个鸡蛋、一磅肉，青菜是无限制的，而每餐工人所付的价钱仅五十拉瓦。所以一天的工资，可以吃十顿很好的饭。矿上每年发给一套工衣、一套日常衣服、两双鞋、两套衬衣裤。对于挖煤工人更优待，每日两餐中有一餐免费，在地上工作的每月可得一万五千拉瓦，在地下工作的每月可得两万拉瓦。

工会办了三个幼稚园、一个大的医院，连工人家属人口计算在内，每一千人有位医生。他们的工房下面一层是一个大的俱乐部，有图书、学校、壁报、戏剧、音乐、电影，工人组织了剧团、音乐会、歌咏团、足球队、排球队、游泳队、滑雪队、拳术团和跳舞会，每到晚上，有广播播送音乐、新闻和本矿的情形，各处工房都可以收听。

在地下工作的防火防水防危险，不但有了今后的保险，而且特别注意到安风筒、搭棚子的预防工作，一切医药由厂方负责。工人工作十五年及年老了，可以完全不做工拿养老金；工人因工受伤、因病歇工的，工资照付。工人的小孩有国家津贴，一个小孩每月三百拉瓦，两个的七百拉瓦，三个的一千二，如此累进。这些保险金完全由国家负责，每月按照工人工资的总数百分之七点二在工资以外拿出，这一笔款子交与保险委员会负责支配。

工人的生产自由了、幸福了，工人兴奋地进行生产竞赛，战前每一工人连井上井下平均产量零点七五吨，现在已达到平均一吨了，涌现出很多劳动英雄。

这里的工会十分虚心，他们要求我们提供意见，唯恐我们不了解他们的报道，分头引我们到了工房、医院、托儿所、食堂，一切的地方。的确我们见到的活的材料比较他们讲的丰富得多，比如说工会的东面是为工人设备的一个休息的地方。

柳树的垂条拂在地面，中间平铺着一条黄沙大路，走到柳荫的深处，远看一排朱红的栏杆，下面就是一条碧绿的小溪水，水上花鸭子一双双一对对地在荷叶下自由来往。旁边是一个酒店，酒店的前面就是一个奇花盛放的露天舞场，黄沙土中间一个铁柱上面垂下别致的电灯，伸到柳树的梢头。每到夜晚青年男女在这里露天舞场上尽情歌舞。

这是矿工的生活吗？我不相信，我在怀疑，但是这里除了矿工又有什么人呢？帝国主义吗？地主吗？法西斯吗？都不存在了，这个幸福只有季米特洛夫的矿工享受了。正由于工人得到了好的生活，更要拼命努力生产。我在他们的矿工大会上，介绍了我们解放区的矿工，为了新民主经济的繁荣，我们正为着提高生产效率、提高质量、减低成本而竞赛，产生了大批的工作积极、学习努力、有创造能力、肯帮助别人的劳动英雄。全场大呼："向中国解放区工人看齐。"

矿工大会场上，千千万万的矿工拥挤着，他们欢呼鼓掌，我不懂得他们讲些什么，只懂得其中两个名字毛泽东、季米特洛夫。我受到这些热情的激动，我的心发出了一股高度的热，有如火热。又向矿工弟兄们讲述了国民党区矿工所受的压迫，讲述解放区矿工为了中国的独立和平民主，为了工人的彻底解放，在对蒋介石和美帝国主义作流血的斗争。主席以宏大的声调向他的兄弟们说：

“我们要抗议蒋介石残杀中国的矿工。”

“我们要效法中国解放区工人，为独立、和平、民主和人民的建设而努力。”

“打倒美国的走狗蒋介石。”

“打倒美帝国主义。”

“中国解放万岁！”

一九四七年十月二十七日于伦敦

（《晋察冀日报》1948 年 5 月 1 日）

烈 士 证

导正

阳原城刚解放，解放军正在打扫战场，就有个六十多岁的老汉跑过来，头戴一顶破火车头皮帽，弯着腰，衣服褴褛不堪，眼睛却闪射出喜悦的光彩。哨兵问他："干吗的?"老汉说："自己人!"一面凑拢来，笑着小声问道："你识字不?"便从腰里摸出一个猪尿泡包着的小荷包，小心地打开，露出一张崭新的烈士证，上写"晋察冀革命军人张学德，年二十一岁，一九四五年冬天，英勇牺牲于集宁开明门"，上端有毛主席、朱总司令的肖像。

这老汉叫张□富，有个老伴，两个娃娃，大的叫张学才，二的就叫张学德。原是城南下辛庄人，有六亩地，日本人在时，没吃的了，活契卖给恶霸杨中烈，自己带着一家人到城里地藏王庙看庙。二儿子（张学德）死后，老伴常啼哭，老汉总是忍着泪解释说："二小为咱穷人死了，他死得体面。别哭了，反正哭也哭不活!"体面是真体面，区长亲自发给他烈士证，还抚恤二百斤小米，临走时，区长给他说："老大伯，这烈士证，你要保存好。有它你就受不了治!"从此，老汉把烈士证包得好好的，不是帽子里顶着，就是背上背着。

过了年，闹清算，区里又把他的六亩水地和地契统统要回来，山里原有四十棵树，叫杨中烈砍了二十棵，现在地里有杨中烈养种的六亩青苗，便顶给他。但是杨中烈诡计多端，知道张老汉出名的心善，差人私下对他说："老杨家辛辛苦苦种了会儿你让一步，六亩青苗还是两家对半收，你看行不行?"说得老汉果然动了善心，答应下来。可是秋收时，杨中烈竟硬收了四亩。就在这年秋末，察南八路军要撤退，老汉明白只有跟着八路军走，才有活路，于是劝大儿子学才也参了军。傅作义侵进城后，老汉赶紧找到一只猪尿泡，包好烈士证，在地藏王脚下，揭起块砖，挖个小坑放进去。

大肚子们开始倒算了。杨中烈大明白天，亲自领着一群狗腿子把老汉那二亩地的收成，共有二斗谷、二斗半黍子、三百斤山药，连那二十三个干草，也抢个精光。这个王八蛋还怕有后患，下狠心要害掉老汉这条老命。端午节夜里，老汉正在庙里烤火，突地进来一个便衣、两个当兵的，说："老汉出来问句话。"老汉赤着脚跑出去，马上就被架走，秘密送到伪县保安队，三天没给吃一颗米，第四天头上，求情给了一块锅巴。过第一堂，刽子手宣布罪状："据报告，第一，你通匪，送情报；第二，你盼八路军回来。"老汉苦笑着答道："请好好调查，连这高高娃娃，不敢说我老汉赖。"前后过了四堂，老汉没说一句实话，心里想："我已经是六十岁的人了，再也没有六十岁了，死了又怕什么！"敌人无可奈何，大狱里圈他整整八十天，放了出来，但把他老两口一齐从庙里轰出来。

一年零四个月了，老汉一天天计算着苦难的日子。他梦过二儿子在高处站着，正想扑上去，二儿子说了句："爹！等着罢，你受不了治。"忽地不见了。他常常在深更半夜走到门口，脸向南山直盯盯地望着。他听说，大儿子在南山八路军的炮队里，当了排长，他盼大儿子能随八路军打回来，搭救大家。过年过节，他就溜进庙里，洗净两手，把烈士证取出来，放在地藏王前面，敬起香来，虔诚地跪下祷告说："毛主席！盼你们兴旺，早日打回来，把傅作义和大肚子们灭了罢！"三月二十三日黄昏，解放阳原的战斗开始了。在猛烈的枪炮声里，老汉喜得又把烈士证取出来，点上香，跪在地下，敬起毛主席和总司令来，当他听见解放军在远处房上喊"缴枪！缴枪！"时，他情不自禁地喊出声道："求神保佑，快打啊！"而在枪声刚一停止时他早乐得冲出来，重新找到一年来牵肠挂肚的解放军了。

（《晋察冀日报》1948 年 5 月 9 日）

远征绥远散记

张帆

打到傅匪老巢

三月初，我□渡过几条河流，□□巍峨□□的北岳恒山，踏破长城，千军万马，浩浩荡荡指向傅作义老巢绥远。在几天最难走的山地行军中，有的战士脚上打了泡，血水浸到鞋袜里，还坚持前进；大炮不能通过高山和冰水滚滚的大河时，战士们把它卸下来扛过去。在千里的大进军中，士气始终旺盛，大家只有一个心愿："打出去向傅作义报仇。"

许多战士派代表到营、团，要求主攻任务，某部团、营接到班、排、连的请战书达四十封；三营还嘱咐到团的代表："一定把任务带回来。"

有些战士把自己的立功计划贴在武器上。某部六连的战士在武器上写了许多讨傅的枪杆诗，他们在转盘机枪上写着："转盘，转盘，过去你帮了蒋贼把人民反，南沟头战斗你才把身翻，这次战斗，你要把威风显，立了功时，人人把你称□。"掷弹筒上写了："掷弹筒，掷弹筒，你没在我手立过功，这次你要□足劲，把敌人堡垒轰炸平，战斗下来我立了功，《子弟兵报》上你显名。"三八枪上写："三八枪，三八枪，向家庄战斗你逞顽强，这次你帮助我捉住傅作义，咱俩名儿天下扬。"这些朴素的诗，表现了战士们的战斗热情和复仇立功的火焰。

三大自由

三月中旬，我们进抵平绥线，二十日二十三时至次日中午，解放了阳高、聚乐堡、王官屯、周士庄等据点。绥东丰镇的傅作义部，以为我们一定西进，弃城逃窜了。二十四日，我军收复天镇，全歼傅作义补训十七师等部四千余人。丰镇傅作义部以为我们要东进，又回城来，可是我军一部又以神兵天降之势，突然袭去，傅作义部慌张逃窜，被我生俘百余。记者第二次入城时，市面秩序已经恢复。许多人诉说傅作义部逃窜前，在街上见人就开枪。一个人告诉我，这里有一首民谣："丰镇人民直叫苦，来了个县长叫魏虎，挖战壕，修碉堡，米面涨到二万五，饿得肚子嘟嘟鼓，每天还得修碉堡。"随后他又加了一句，"什么战壕碉堡也挡不住八路军了"。

在东关，我听见许多群众谈论："八路军来了，咱们有三大自由，出入城门自由，夜间睡觉自由，买卖自由。"在缴获的文件中，我看到一张石印的丰镇《社会周报》，登着这样一条新闻："去年八月二十五日，城中刘喜和之妻张氏怀孕，因觉肚痛，由娘家黄家沟回城。因行仓促，未开路条。至交通门时，军警不准入城，逗留两小时，该张氏竟在交通门侧产一男婴儿，该婴当即毙命，张氏生死未卜。"我看了这条新闻，才明白为什么群众把入城门的自由列在前头，为什么丰镇人民这么渴望我军收复。

不错过一分钟不放过一个敌人

绥远高原山区，地形单纯，能跑马，村小人稀，一般农民几乎被傅匪掠劫得只剩空缸破柜锅碗而已。

在扫清□入绥远的道上，某部四十四岁的解放战士段朝宗，行军百余里、拉痢十一次也不掉队。战士们都说："只要叫我们打上敌人，再行军远点也不怕。""敌人跑到哪里，我们赶到哪里，非歼灭他不行。"这连续的长征行军中，某部四连好些战士们进行了"比一比，看一看"的评功热潮，你和我比，我和你比，大家互相比，看谁还差点劲。他们走路时比，休息时比，到宿营地也比，现全营开展了这一运动。在进击“绥南屏障”的凉城时，某部六连经过一天一夜的连续行军后，接到歼击敌人的命令，他们立即又出发急行军六十里，无一掉队。他们边走边开会布置工作，口号是：“不怕爬山，不怕日晒，累了也走，肚饿也走，嘴干也走，不错过一分钟，不放过一个敌人。”

攻城战斗中，某部一连机枪班长张致山坚决完成他的立功计划：“身挂轻花不下战场，要指挥战斗，也要完成任务。如果挂花不能指挥时，希望每个同志要听互助组长的指挥。”他在离敌人一百米的地方向敌开火，突然右手手指挂花，血染红机关枪，流到子弹上，机枪卡壳不响了，他不顾手的疼痛，又把机枪修好，继续射击。战士史风如要替他打，他不肯，一定要自己用机枪掩护步兵冲锋。步兵占领城外第一个堡垒时，他又带机枪掩护攻第二个堡垒，他一直坚持到战斗结束，充分表现了人民解放军的英雄本色。

两种“三不走”

四月七日我们离开和林格尔的后元山村，照例给房东扫地，可是房东老太太无论如何不叫扫，我们告诉她，我们这个部队有三不走运动：“第一，不给房东打扫清洁不走；第二，不给房东水缸挑满水不走；第三，借了东西不还不走，损坏了东西不赔不走。”老太太立刻说：“西军（指傅作义部）也有三不走：第一，不抢了东西不走；第二，不打人、不骂人不走；第三，不吃光不走。”说完大家笑了。我们又给她扫地，她还是不叫扫，问她这是什么风俗？最后她才说：“扫了地，怕你们不来了。西军在时，我天天扫地，就想叫他们快滚蛋，永远别来。”在雨中我们出发了，她在村边像送亲人一样，眺望着我们登上山头。

（《晋察冀日报》1948年5月11日）

英国的煤荒和矿工

——欧游漫记

刘宁一

【新华社陕北十四日电】若按中国的旧“命运学”讲来，英国的流年运一是“五行都缺，白虎照命”。在五行之中第一谈到“金”，缺金、缺金镑、缺五金、缺机器，因而每天闹恐慌。和人家订商约，只能要求人家交货，自己拿不出东西。因为自己没有钱，又怕要人家的货。“木”的问题更为严重，也不出树，所长的树全是适合于中国古画歪歪曲曲不成材，这就使树盖房造纸都成问题了。至于谈到“水”，当然应该不缺，然而在另一方面，船只不够，航路只得让美国步步逼近，慢慢会挤得它缺了水。“火”，本来是不少，一六六六年的伦敦大火，二次大战的大火更多了，但现在煤很恐慌，无法克服，这就引起瓦斯、电力一切问题。“土”，在三百年前，就被羊连田带谷给吃光了，现在英国只有烂石头和草地。五行都缺，已经是“大数难逃”，却又来了丘吉尔和丘吉尔之流，这就加上“白虎照命”。

有些反动分子故意把根本原因丢开，对美帝国主义退让，对大资本家保护，对新民主主义及社会主义国家歧视；而求解决之路，企图从增加零售税，减工资、减食物，加强劳动强度去着手。我为了真正了解其贫困原因，曾跑了很多路，会了很多人，亲自下到一千尺深的矿井去看看，是否是工人的责任。

“把军队调回来去挖煤!”这是去年一次大雪时的呼声。一年了，据谈现在驻扎在海外的部队，还不缺一百五十万，钱花得很多。煤矿在战前有一百万矿工，年产二万四千万吨，现在只有七十一万七千矿工。而且机器又是从战争以来没有换过，旧的旧了，坏的坏了；人也是老的老了，病的病了；矿井也深了，洞子也远了。纵然如此，煤的生产效率还是很高，今年还可达一万九千万吨煤。矿工会会员有六十六万人，总书记名叫阿特·霍尔纳，他是一个共产党员，威尔士煤矿的老工人。这一工会，是工党、共产党及各种信仰的工人统一战线组织。自从今年五月实行每星期五天工作制之后，工人的生产效率更提高了。工会对于工人的保险很注意，大的透火透水是很少的。现在煤矿是国家经营，虽然管理机关还存留着过去的一班人，但工人可以参加生产委员会，他们为了人民的燃料，为了国家经济的自力更生，愿尽一切的努力，解决这一困难。只可惜人力太缺乏，挖起煤来人不够，待遇还不好，扬起锄来还没有大劲；机器很不够，要加快也没办法。这样，吸引着我，一定到煤矿去看看。

十月二十三日，我到了南威尔士加的夫的西北盆地煤矿。那里有两百多个矿井，现在有十万零八千工人，战前是二十五万人。这一带都是起伏不断的小山，从伦敦出发要坐三个半钟头的火车，沿路的风景还不错，羊还啃着草根，枯黄的树木站着起伏的山地，偶尔可以看见一小片花园，细弱的番茄茎上，还挂着几颗铃铛大的果子。我们的车进了加的夫站已经六点钟了，我们不愿意麻烦人，索性自己找一个旅馆住一夜，明天再找工会吧。哪晓得和其他城市一样，旅铺已没有屋子。我和两位朋友在秋雨淋淋的街上跑了一个多钟头，问了十多家，一概拒绝了。露宿吗？又下雨，只好向后转，又回到车站，自叹白花了六磅多车费。在绝望当中，给工会打个电话问问，天晚了，恐怕人也找不到。可巧工会劳动保险部的主任在那里，代替我们找了一个旅馆，解决了问题。

煤矿区还离加的夫有四十公里，是煤矿工人最有力量的一个区域。这里的工人，熟练工人占百分之五十六，井下工人占百分之六十，共八万五千人，他们的工资分为论件和论日。论件的每礼拜可拿到八磅十四个先令，论日的可拿到五磅十二个先令，总平均在井上的每礼拜四磅五个先令，在井下的五磅十三个先令。工人工资的差别分为七等。工作时间在井上的八个半钟头。在井下的七小时半，连上井下井也要八小时半。每礼拜做五天，比以前做六天出的煤还多。

关于劳动保险的问题，比煤矿国营以前少得多了。去年一年的统计，重伤在内约一万人，平均每十人中一人受伤，永久残废的每百人中有二人。这就是说，开矿如作战，伤亡日日有。现在所谓进步了，是由于工会不断地向矿方交涉，如对于预防大规模的透火和塌陷，通风筒搭架子，向煤层中灌水等问题。工人受伤后，根据政府公布的一般保险法，工人不能做工的，本人每礼拜两磅五个先令，太太和小孩二十二先令。矿工认为这一普遍办法是不公平的，矿工比任何工人危险得多，这种保险，实际上还有很多阻碍得不到，工会要求一个补充办法，并增加每一受伤工人保险金至四磅，并明确规定养老退休的年龄和条件。特别对于设备问题，工会更予以严格督促，如果是工人的疏忽而致死亡，由矿方赔偿四百磅；如果是矿方疏忽，赔出二千磅，使矿方不能从设备上偷工省料。这一切改善的要求，并不是因为要矿工特殊化，而是想使矿工更安心地进行生产。的确，直至今日，英国人民都以做矿工为畏途，虽然今天的机器少，人手少，而这一区十万零八千工人在上礼拜的生产总量，就达四十二万七千吨。

十月二十五日，陶勒尔同志同我们到井下去。从电灯房带上电灯，换上窑衣，从载煤的车上一直钻入了一千尺的下层，那里还不是最深处，从大井口走进三华里的样子，这里的运煤车，已经没有马拖的，都是电力拖车。车子蠕动地跑向井上，而英国的黑脸大汉，还在洞的深处。我们也就半俯着腰往里走，从总洞进了石门，如在旋回的帆布上一直溜到一个小洞里，洞里有二十多工人流着汗提着锄，在五尺厚的煤层搏斗。我们随即参加了生产，那煤是坚硬的大块，亮晶晶、黑压压、张牙舞爪地向着这些要面包的人抵抗。工人们咬紧牙齿，向煤层进攻，把煤块用铁铲抛到那帆布上。帆布送到车子上，车子又送到井口。井上听到铃声，启动开关，那蒸汽机呼呼地吐出了白气，把车子吊上来。黑色英国工人一咬牙齿，把车推到旁边，倒到火车的箱子里。火车就把它送到城里烧机器、烧瓦斯，给坐在沙发上的白手套的人烘暖了。雕梁画栋，他们就在那里开会提出：

“煤矿工人工作时间太短了，应该延长时间，减少工资，增加物价，取消面包津贴，增加零售税，以解决经济危机呵！”

在井下，是什么也听不到，什么也看不到，额前的电灯直对着煤，耳朵里塞满了机器的声音、挖煤的声音，那硫磺气、瓦斯味和煤的灰尘，充满了空气，从井口□下的风，微弱地送到这洞子的末尾，使人的肺腑充满着黑的空气。矿工们还是不在乎这一点，煤是黑的，肉也是黑的，一切是黑的，只有挖一码（一吨的二十分之十九）所得三个先令是白的。这工资的鞭策，驱使着他们忘记了疲劳与卫生，忘记了公园与绿草。每一个工人，每天能挖出八吨，那打石头的、搭棚子的、掌大钻的、管机器的，也都是为了一天的工资，在紧张地与寿命搏斗。忽然一位朋友说：

“不要忘记，活捉了蒋介石，千万不要杀掉，送他挖煤。”

这个提议很好，可适用于国际公法。凡说工人不要改善生活的人，都应送他去挖煤，只有这样，他们才懂得为什么工人要反对他们。否则，他们到死也不明白。

各国的工人是一家，一点不错。大家一见如故，坐在煤上交谈着彼此的生活，他们在关心着中国的矿工、中国的工人，述谈着他们的工会历史和现在的情况。他们在恶劣的空气中吞食着面包，用瓶子里带来的凉水送到肚里去。我们要回去了，彼此伸出了黑手，紧紧地握别。

到了上面工会办的食堂里吃过饭，又踏上了归途。一些机器工人送到汽车站，工会的负责人再三说，旅馆的一切费用由他们负责，以示招待他们的客人。汽车又驶上那岗峦起伏的小镇，在那烟气笼罩的公路上驰去。两旁的小楼，一排排地静置着，孩子们在街上玩着、打闹着，天井里晾的衣衫，被那山风吹得在小松树的枝旁飘着，主妇们提篮子领了一些山芋和面包回到家中。这大概是矿工们的住家了，我知道孩子们的爸爸就在他们玩耍的地底下流着汗。

工人的力量出足了，煤还是不够，食物还是不够，一切不够。一百五十万的军队，还是在海外殖民地。美国的金元，是不是像伦敦的大雾一样而来，不要任何代价呢？

一九四七年十月三十日　伦敦

（《晋察冀日报》1948 年 5 月 17 日）

胡匪的西洋镜

——胡匪侵占延安后，制造“胜利”丑态百出

【新华社西北十五日电】去年胡匪侵占延安后，即大事宣传所谓进攻延安的辉煌战绩，蒋匪国防部新闻局并专门创造了《收复延安》一书，说什么“进攻延安之役，‘匪军’被俘及投诚者达万余名”，“‘匪’最顽强之三五八、三五九及教二旅‘全部被歼’”。这些“胜利”，当时就已为识者所嗤笑，并为以后的事实所粉碎。此次延安收复，延市市民及许多曾参与其事的解放官兵，纷纷揭露当时胡匪虚构胜利的真相甚详，西洋镜全部拆穿。记者姑摘记一部，看看胡匪怎样造他们的“胜利”。

胡匪侵占延安空城后，即慌忙派人到各处抓了两三千老百姓，先在延安城里集中一周后，便开到延市北关王家坪和新市场里之原路西客栈，成立了所谓第一、第二两个“爱国青年招待所”，并由蒋匪第一战区长官部编成大队、中队和班。起初这些老百姓都以为是叫当兵，闹了几天，后来每人发了一顶毡帽，匪军队长□给大家讲话说：“不久外边的人就要来参观了，他们来问你们时，你们就说是八路军，说错了要枪毙。”大家这才稍明白一点，当时因人不够，就又抓了许多老汉，剃了胡子勉强充数。另外从太关中蒋区抓来的“自卫纵队”，也参加了进去，接着便开始训练，有的当教二旅，有的当新四旅，有的当三五九旅。被派至“教二旅”战士的市民常志德对记者说：“胡匪队长教他说教二旅旅长是‘罗亚平’，在金盆湾被打死的，全旅都消灭了，其他团营连长等名字，由他自己编，每排都这样教了一遍，都要记得很熟，且再三叮咛，大家动作要迅速，答话不要打哼哼。”随后便试验。在试验中，该所的各“负责人”，都照以往

所教的询问一遍，很多老百姓因答不上，挨了打。如匪队长问延市蓝家坪一个老乡："你是做什么的？"该市民冲口而答："我是老百姓。"队长即迎面给了两个耳光，并说："这是我问哩，叫人家记者来问，不是就糟糕了吗。"七里铺老乡乔风仁，伪装的是教二旅一个营长，队长问他："你怎样被俘的？"乔即照所教说道："在金盆湾和国军作战，我带着一个连，第一排先上山被打垮了，第二排不上去，第三排投诚了，我被活捉了。"他就得了队长的夸奖。但在行动和语言上，抓来的群众还是和真"八路军"差得很远，于是又训练整理内务、唱歌、游戏等等。一个农民王君□向记者说："人家心里难受得像刀子割一样，胡儿蛮子还要叫你□老鼠戏要呢。"就这样训练了十多天，去年四月初，蒋匪邓文仪所领导的"中外记者参观团"，匪西安绥署参谋长盛文所领导的"陕西观察团"，"武汉学生参观团""京沪慰问团"等都来了，这便忙坏招待所的人们，他们怕出岔子，自己也化装成"八路军"，但终于还是出了岔子。一位美国记者问从临镇抓来的一位原来是移民的老汉说：

"你是做什么的？"老汉答："我是个俘虏。"

"你过去做什么？"

"我当民兵。"

"民兵做什么？"

"就是开了两年荒。"

这一下惹得大家忍不住大笑。后来另一个中国记者问到胡小拴时，因问的问题事前队长没有教过答不上来，急得他说："我是个老百姓，卖东西的，你问的我不知道。"

一个被俘的胡军官兵告记者说："胡宗南不只在延安这样，在西安也是如此。"曾在西安伪装过"教二旅"的保安团士兵金水荣说，青训纵队（即蒋特监□爱国青年的集中营，又称"劳动营"）全体三十多个队的嫌疑政治犯，在记者团来时，也都化装了“八路军”，一队至十三队化装为三五九旅，十六队至三十队化装“教二旅”，人不够就又将胡军自己部队也换上破烂衣服，装“八路军”。同样受训练，同样也会人因说错而挨打。

延市至七里铺以南河东边，约有二里长的一片平川上，密集地突起有一千多个坟堆，前面还插有写着番号和姓名的木牌，这就是胡匪为捏造进攻延安战斗所制造的假坟。记者于五月二日随七里铺老乡亲去参观了一番，在胡居兴老汉的一垧地里，就有六十多个坟堆。老乡说：“这都是假的，不信咱们挖开一个看一看。”随着借用正在开荒的镢头顺手挖开了一个，里面什么也没有。据胡居兴老汉说，去年胡匪占了延安，第二天就派来两营多队伍，一清早就堆起了这么多堆堆。他们（指胡匪）说，把“教二旅”全部消灭了，杀死“教二旅”的人很多，十多个一个木牌子，后来参观团及中外记者还来参观。胡居兴愤愤地说：“那些坟是假的谁都知道，胡宗南对活老百姓还打骂哩，对‘死人’倒这样孝顺。”另一个正在种菜的农民笑了笑说：“这里头倒有一个是真的，胡匪一个排长，到□□沟抢□时，被咱的游击队打死了，后来埋在那里。”

“雪里埋不住死人”，欺骗总掩盖不住活的事实。

（《晋察冀日报》1948 年 5 月 18 日）

今日长春

【新华社东北十八日电】黑暗中的长春，是怎样盼望着黎明的到来？蒋匪的统治给长春六十多万人带来了饥饿与寒冷。从去年冬天起，米、煤价格一直上涨，到今年三月间，米一斤从蒋币三万元突涨到十万以上，煤根本没有。匪军在市内和城郊二道河子、宋泣洼子、南岭等地大肆拆毁民房门窗当木柴卖，索价每斤六七百元，大发强盗财。当市民开始挖掘伪满时代的煤炭堆作为燃料时，蒋军见有利可图，忽然又派人看守起来，说："要掘可以，先得给钱。"伪长春市政府已两月未发薪，一般公务员走投无路。教育科长秦兰堂已当光卖净，一天，秦值班未归，他妻把两个小孩勒死，随着她亦悬梁自尽。另一对教员夫妇，睡在一起，天亮一看，妻却冻死在身边。现市民中能经常吃到豆腐渣和糠混玉米面粥的人，就算中产阶级了。

前些时匪军六十军从吉林逃出，那些侥幸到了长春的，都狼狈不堪，一个个都面黄肌瘦，重武器已×光，一半的人没有了枪。长春伪警备司令李鸿说，他们当了"八路的输送团"。吉林匪军一到长春，人口突增，物价也随之猛涨，蒋匪毫无办法，被蒋军强迫受骗南撤的少数吉林市民到了长春，根本无法生活，苦不堪言，纷纷返回吉林。吉林中学学生赵元□回吉林后，眼见在民主政权管理下市民脱离了饥饿，民主秩序立即建立，工商业生气蓬勃，才恍然大悟，后悔当初受骗。顺城街助产士王某同丈夫逃走途中，三个孩子失去两个，丈夫也冲散了，带着不少贵重药品及黄金，一路上被蒋军"检查"一光，她说："千不该万不该跟着瞎跑。"

长春的学校已空前冷落。教员们为了饭碗，虽还照例上课，但学生已不到一半，学生们大批地到吉林、九台解放区来升学。匪长春警备司令李鸿因此非常痛恨青年学生，四月十五号半夜，他出动大批军警，包围长大，每一小单位房舍门口架一挺机枪，戒严至第二天晌午方解除，捕去男生八十余名、女生六名。但这次大举镇压的结果，是更多的长春学生跑到解放区寻找光明出路。“到解放区去”，已成为长春市学生的口号。一位跑到吉林的长大经济系同学说：“时局不同了，很多教员都敢公开咒骂蒋介石和蒋管区的黑暗，同学也敢公开轻视学生中的特务走狗了。”

匪首李鸿曾搜罗不少胡子，编成独立团，和他的部队一起天天到四乡抢粮、抢马、抢妇女，东南市郊每家均被洗劫数次之多，仓草沟一百二十户，只剩下二十户，其余的都跑到解放区来了。五十多户的小奉屣，现在只剩下一对老头儿老婆儿住在一间破房里。一天“遭殃军”到仓革沟村来，一姓何的没有跑，他们的粮早被抢光，蒋匪就用铁丝活活地把他穿死。一姓张的粮被抢光，妻还被匪徒强奸，然后又打死。妇女横遭蒋匪奸污，老百姓在水深火热中天天渴望大炮响。四道街一个老头子说：“唉，我们就怕炮不响。”因为他们知道，如果炮声响得厉害，就是解放军进城的日子到了，天就亮了。

（《晋察冀日报》1948 年 5 月 21 日）

粮　　食

萧逸

在寿阳地区活动着的解放军，有一次晚上通过了无人区，悄悄地直挺到敌人深后方的一个小村子里。为了保守军事秘密，进行了戒严，没有告诉居民部队的真实情况。

天还没有亮，老百姓都起来了。大家以为阎匪来了，脸上都带着紧张和恐怖，都想设法逃出村去。战士们在街沿躺着，管理员在号着房子，另外几个战士找到了伪村干部。

“咱们天明要走路，给咱们借些吃粮。”他们说，“你们先准备着，咱们等会儿就来取。”

村干部很谦恭地招待他们，又给烟抽，又倒水喝，同时又问：“老总，你们是哪一部分的？”

几个战士愣了一下，说：“你问这干吗？”说着就走了。

这个消息很快传到了全村子了，紧张的更紧张，恐怖的更恐怖，依照每个人的经验，今天又是倒霉的日子，挨打逃不了。尤其粮食问题，阎匪不吃糠窝窝的，但是老百姓确实也不愿给他吃更好的。最后，大家想了一个办法，决心先下手为强，把村子里年纪最大的胡子最白的老汉，还有老太太集合了二十来人，带了自家吃的糠菜高粱饼送去，去恳求官长宽恕他们。

他们一找到官长住的地方，就全跪在门口了。哨兵很奇怪，立刻报告了首长。

我们的指挥员出来时，老百姓一面叫长官救救，一面都把自己吃的干粮托在手心上。

官长说：“老乡，你们这干吗？”

开始老乡同时说话，什么人也听不出说些什么，后来那指挥员说："你们有意见一个一个说。"有一个年纪最老的老乡就抖抖索索地上前一步说：

"官长，年时遭了灾荒，粮食一颗也没陈下的，老百姓都吃的糠菜饼。"他说着，大家又把那红黑一团的干粮拿出来了，指挥员皱了皱眉想了一想说："你有什么意见？"

那些代表又同声说："长官行个好，怜悯怜悯咱百姓，部队吃饭没粮食，派饭，就顶上这个干粮，今年年成好再来咱们好看些个。"

指挥员想来，那是很自然的事，人民困难，部队当然也和人民吃一样的，用不着这样诚惶诚恐的，于是很和蔼地说："你们回去罢，你们吃什么，咱们也吃什么。"

在回去的路上，人民代表又高兴，又快乐，又奇怪。大家你一句，我一句，说着这会阎匪这样和气，又不骂，又不打，尤其"你吃什么咱们也吃什么"，这是从来没听见过的，这是怎么回事？

这个消息很快地传到全村了，而住了队伍的房东老百姓也感到了一种不同。阎匪来了就要把他们赶出去，到家先翻翻柜子，用枪托敲敲墙壁、地上、炕，看哪里有空音埋着东西，倒霉的人还要挨几个枪托，但今天他们却悄悄地倒在炕上睡觉了，讲话都是很和蔼的。

不知谁，看看这样子，顺口溜出了："这像八路军呀！"

这句话很快地传到全村了。当传到一个老太太的家里时，她觉得年纪老了，说两句不怕，于是她就慢慢地走进屋里，她开始很巧妙地问："你们要喝水吗？炕凉给你们再烧烧罢？"最后她大胆地摸了摸战士的衣服（因为灯光暗，看起来军衣颜色是和阎匪一样的），她就肯定地说："你们是八路军。"

"老太太，你别问这个。"一些战士向她解释。

老太太厉声说："你们是八路军还不让我说吗？"

于是她一面往外走，一面见人就说："他们穿的是粗布衣服！"

这时，每一个有咱们战士住的人家，都有着老百姓，尤其是妇女，争着来证明“你们是八路军”。

最后，被疲倦所统治的战士们实在没办法了，不能再保守这军事秘密了，承认了事实：“咱们是八路军，是人民解放军，没错。”

全村立刻被希望高兴所统治，刚来时的一阵惊慌像乌云一样散尽了。

约有一个钟头，那几个年纪最大、胡子最白的人又找到那指挥员住的地方去了。他们已不畏畏缩缩，也没有带那糠菜饼，而且这回多了几个年青的。

一到岗哨门口，他们就大声地□起来：

“我们要见见团长。”

哨兵答：“睡了。”

“睡了也要见。”

哨兵没奈何地到了里面，一会，果然那个解放军的指挥员一面揉着眼睛，一面赶快走出来。

“你们又要什么？”他问。

老百姓又同时解释了许多，最后说：

“咱们给你们挖米去了，不给吃派饭了。”

这位指挥员很奇怪，他早已忘记了才发生的事，说：“挖什么米？”

老乡们都哈哈大笑，他们对自己所演出的那幕喜剧也感到有趣，跟着他们又严肃地说道，他们只有把粮食埋在地下，才能多少避免被阎匪抢去，保留一些活命。

后来有一个老汉咕咕噜噜地埋怨似的说：“谁叫你们不说是八路军，瞒着我们，害人怕了半天，差一点真叫你们吃糠饼子了。”

（《晋察冀日报》1948年5月30日）

“临汾突然出太阳”

——临汾解放后 人民歌颂我军

【新华社晋冀鲁豫三十日电】“阴天没有晴天长，临汾突然出太阳，要问太阳在哪里，就是中国共产党。”这是临汾解放后出现的民谣。

五月十七日晚攻入城内的解放军，十八日上午就已全部整队出城。民主政府和城防部队，忙着安抚市民，建立秩序。逃在四郊的市民，连日扛着行李，抱着小孩，陆续回来了。

自来水公司十八日就复工放水。复兴铁工厂和附设的电磨厂的工人们，也自动开了工，汽车工人几天来在蒋机轰炸下抢修了好几十辆汽车。商人们看到解放军秋毫无犯的纪律，听到工作人员讲解保护工商业政策，都高兴地忙着整理门面。东关大街的荣泰昌、东大街的万金堂等，都已开门营业，戏院也在二十日开了场。原商会李会长和许多商人，都主动找政府工作人员商谈恢复市面办法。四百多家商号得以复业，想到石家庄买卖货物。他们诉苦说：在蒋阎匪统治下，已经四五个月没有做买卖了，货物被蒋阎匪抢光征光，洋布都给征去做了作工事用的沙袋，铺板门板拆去做了工事，店员也一批批都抓去当兵和修工事，什么生意也做不成了。商民梁城志对我军人员说：“顽固军（指蒋阎军）把人快逼死了，好在你们来把我们解放了。”

基督教医院在民主政府鼓励下，收容蒋阎伤兵，并继续门诊。临汾卫生医院院长自动找解放军卫生部，商讨医院继续开办的事，现在该院每天门诊一百多市民。蒋军陆军野战四七医院和七七医院，经我接收后，我方即召集原有工作人员和医生，要他们继续安心工作，首先收容蒋军受伤官兵，共收容了三千多人。但蒋介石匪帮十九日竟派飞机来轰炸临汾野战医院，已经被我救治在医院中的蒋军受伤官兵，又被炸死炸伤五十一人。蒋军伤兵们都气得破口大骂，大家说：“蒋介石狗娘养的，老子们替你卖命，现在挂了彩，你又派飞机来炸老子，不报这个仇，不是人。”当时好些伤兵就找解放军驻医院的干部说：“伤好了我一定参加解放军。”

临汾师范、三联中学、临汾中学、女子师范等校，都在积极准备复课，学生们已纷纷返校。在临汾师范一次座谈会上，教职员和学生都控诉蒋阎匪的压迫。解放前他们受蒋阎匪军队、警察、“人民服务队”、保警队、宪兵稽查队等七种统治压迫，行动毫无自由，曾在十七天中有学生四十五人被捕，七人被杀。该校教务主任刘功远更说出了他对解放军认识变化的过程，他说他初见解放军很害怕，一个战士问他干什么的，他说：“是老百姓教书的。”战士说：“啊！是教员。”他因受过蒋匪欺骗，听说称为“教员”，就更害怕。那位战士立刻很和气地说：“不要怕，我们对教员是保护的。”这时他还将信将疑，后来看见解放军对学校十分尊重，他才安心了。会上教员学生们都要求解放军工作人员供给他们以解放区的书报杂志。

解放军的纪律严明，已成为临汾街谈巷议的材料。看见我方工作人员就诉说蒋阎匪帮无穷无尽的压迫。这次解放军进城，曾把无人照管的工厂商店保护起来，凡是私人的正当财产均等待原主来发还。在自来水公司，解放军离开时，曾请职工们检查，是否少了东西，职工们感动地说：“一点也没有少，咱的队伍太好啦。”

（《晋察冀日报》1948 年 6 月 2 日）

战士们给我的教育

——记攻克洛阳的突击营第一连连长许盛堂对军事民主运动的谈话

在以前打仗的时候，战前我从不考虑告诉战士些什么，专等着“打响了”再说。敌情和地形也只是依靠上级的传达，从不主动去调查研究。一到战斗，只给战士任务，“完成也得完成，完不成也得完成”。许昌战斗时，我指挥一个班去夺地堡，不给战士想办法，简单地下道命令，“不管你怎么样，把地堡给我拿下来就行”。打野外阻击战时，也是同样的情形，我把战士按□在工事里，命令他们死在里头也不许后退一步。

当提出发扬军事民主检查指挥领导时，战士们给我提了很多意见，开始我不服气，一边听一边想：“你们说我指挥不好，我还说你们动作不好呢。”后来意见越提越多，这个说：“赵庄战斗时连长不传达情况，也不用脑子研究，谁知道怎么打法。”那个说：“连长以后可不能再马马虎虎，你想想，你说错一句话，俺们牺牲了不要紧，完不成任务怎么办。”大家给我查了个“拼命主义”。仔细反省，真是一点不错。我向来只知道要战士冲，要求战士拼命，至于怎么冲、怎么拼就不知道了。

那几天我心里很苦恼，会上大家提意见，我闷着头记；会后反复考虑，想得很苦，渐渐觉得战士们的意见不亏人。从那时起，我就把战士给我提的今后改进战斗指挥的十四条意见，搁在心里，有空就想。现在我才懂得每个战士都是有他一定的才能的，问题是如何去发挥这些才能。如许昌战斗时，上级传达说：“护城河岸五十米远宽，准备架桥。”这可把我难坏了，没法子，开会让战士们讨论试试看。

这时我毫无信心，但战士们讨论出了架桥办法，并试验成功了。另外发扬军事民主以后，大家叫我做总结，这把我难坏了。后来我想还是叫大家总结，我写提纲请各班讨论，充实内容，结果总结出来了。这次打洛阳我决心按战士给我提的那十四条改进战斗指挥的意见去做。在离洛阳十几里时，我就调查了一天敌情，再爬到附近去看地形，观察敌人地堡，有多少枪眼，有多少城墙垛口。回来大家研究，再带上排的干部去看敌人工事，研究如何突破东门，如何占领城楼，进门后怎样分工，向哪里发展。战士们也自动看地形，向群众调查，调查好了来找我研究。这时我不先发表意见，先仔细听他们的意见。突击班长小陈在三查时给我提了很多意见，这次他比以前更细心地研究、更积极和我商量怎样打法。战士们经过军事民主后，更服从指挥了，在大家同心努力下，我们这个连终于完成了突破洛阳的艰巨任务，这个任务的完成是应归功于军事民主和战士的才能的。

（《晋察冀日报》1948年6月3日）

丑恶慌乱与分崩离析

——记南京的猪仔国民大会

【新华社陕北二日电】三月二十九日开幕的南京猪仔“国民大会”于五月一日宣布闭幕。蒋介石反动集团的丑态越来越不成样子，在人民胜利的面前越发慌乱、其内部越发互相倾轧、其分崩离析越发表面化，是这场活剧所表现的三大特色。在这场所上演之前及其演出之后，从蒋区报纸的报道看来，奇形怪相比之袁世凯、曹锟的“国会”真是青出于蓝。其中特别丑恶的是五项节目，即“代表”之争、主席团之争、检讨军事之争、修改伪宪之争与伪副总统之争。

参加这个“国大”的猪仔代表百分之七十五是国民党员，卖身投靠的民社党与青年党以及胡适、莫德惠等几名蒋介石的随从，即是这幕丑剧的龙套配角。猪仔代表自己也把这个“国大”称为“党民大会”。(《益世报》）悲惨的是连“国民大会”也开不好。首先是“代表”资格问题，就引起了丑恶的纠纷。□个纠纷从开会之前一直闹到闭会为止，原来“代表”产生是由国民党中央圈定和民青两党提名的办法规定下来的，蒋记国务会□曾经决定“党员非经提名不得当选”，但是日见土崩瓦解的国民党，对于它的党徒也正在丧失控制的力量，各地未经“提名”而在贿选中，由所谓“选民”签署选出的国民党员仍有六百多名。国民党命令他们让给曾经“提名”的党员和民青两党，他们就组织了所谓“民选代表联谊会”实行反抗，这就使伪选的臭毛□越搅越臭。为了解决这个滑稽的问题，国民党想出了一个滑稽的办法，凡“退让”的都做所谓“戡乱委员会”委员，以简任一级待遇，底薪七百二。接着国民党中常会又作了一个更滑稽的决定，“当两年再让，到时不让开除党籍”。接着蒋介石还来了一场滑稽的亲自“召见”。但是，“底薪七百二”也好，“党籍”也好，蒋介石“召见”也好，在政治市场上都已经一样的毫无价值，因此，□买卖毫无效果。到了伪“国大”开幕的前一天，有一个自称“候补民主烈士”的“民选代表”居然买了一具棺材，声称“要进会场就进棺材”。并为了争取“美援”起见，特应美国记者之请躺在棺材里伸出头来拍了一张照片。另有十个人则坐在大会堂内实行“绝食”，闹到开会那天，蒋介石为了粉饰门面，就动员了一批彪形大汉把那个“民选代表联谊会”包围起来，把十个“甘地”像小鸡似的挟出会场，并且用卡车把“烈士”的棺材偷偷搬走，沉入长江。具体的棺材是不见了，但是棺材作为伪“国大”的象征，作为蒋介石统治走向死亡的象征，却不是任何卡车所能搬走的了。

三月二十九日这幕丑剧锣鼓开台了。天津一家报纸称之为“有如下等歌剧院”，叫骂和“嘘”声成为每会必具的特点。三十日至四月五日开预备会议，因为主席团的人选和伪副总统的竞选大有关系，争夺主席席位便成为国民党各派在预备会中吵闹的题目。“为竞选主席团展开的炽烈活动一如在证券市场上竞行情，姿态万千。各方控制力甚大，有些‘代表’因争候选人彼此瞪眼噘嘴。”（《益世报》）三日选举主席鸡鸣狗盗一齐出场，有人嚷叫选票不要漏了人，有骂混蛋，有喊退票，有喊打的，会场一片大乱。五十多个没有拿到票的猪仔挤到主席台上，质问他们为什么没有票，而会上竟有一人投了三四张票的。

四月六日起开正式大会，按照蒋介石的意图，只要选了他当总统就散会完事，可是这丑戏是在蒋介石的军事危局严重到不可收拾的情况下扮演的，坐在会堂里的大小反动派们，都感到恐惧。讨论议事规则时，纷纷要求检讨蒋匪政府的施政方针，因此正式会议的第一天就闹得下不了台，结果用了停电使扩音器失效的手段才算强迫休会。这个问题一直闹了三天，天天都是顿足拍桌声、嘘声和“滚下来”的咆哮声。最后一天下等歌剧的下等导演蒋介石自己登场了，他看台上台下到处都在豕突狼奔争夺着扩音器，只好装痴装呆静静地坐在台上的隐蔽席位上，读他手里的报纸。(美联社)

从九日起蒋介石和他的僚属被迫做施政报告，他们的一套鬼话让自己的喽啰们也不愿听。蒋介石报告时，连“总统”候选人程潜都呼呼入睡。在蒋匪中央社自称的“疲劳报告”期间，会场上疏疏落落，“有养神的、有闲谈的、有吃花生的，女‘代表’有脱鞋弄足的、有梳头的。”（《益世报》）但是即使在这样的报告期间，猪仔们也不是完全安静的，他们什么都可以不管，但他们不能忘记“检讨军事”。为了安定人心，蒋介石在会上大讲神话，说他的统治“基础是绝对的安全”，军事计划都“已完全达到了”，“金融的基础非常的牢固”。对于这篇神话，亲蒋介石的合众社也报道说，南京大多数中立观察家都是以大大的怀疑来对待这一演说，把命运寄托在这个独夫身上的，许多猪仔代表不□大大的怀疑，而且公然□出他的虚伪。四月十日“河南代表”周炎宇认为蒋的报告不确实，上台说：“我对主席昨天的报告不满。”此语一出，全场顿时骚动，一部“代表”起立喊打，然全体“河南代表”支持。其中一个高个高呼：“开封郑州都要丢了，还不准说话吗?”（《益世报》）十二日，“白崇禧报告军事形势，激起激烈辩论，纷纷埋怨政府腐败无能……隐瞒事实真相”(美联社)。白崇禧的报告几次为全场代表要求高呼“请报告东北、华北战略”“要想办法呀！想办法减轻严重的军事形势以挽危亡”的吼声所打断。军事报告刚一结束，“鲁‘代表’赵庸夫几乎手抱住麦克风以发抖的声音连喊‘枪毙’陈诚。”（《益世报》）“下午军事检讨……河北、山东、山西、热河等省‘代表’纷纷说明各该省形势严重亦不下于东北。江苏‘代表’起而阐明自古江淮不保，江南难安。安徽‘代表’高呼皖北不得了，湖北‘代表’大声疾呼请大家不要忽视华中。”（中央社）十三日俞鸿钧“正打算报告经济问题，被一个情绪激动的‘代表’从扩音器前推开，这个‘代表’大喊道，共产党已经取得了东北、华北和华中的一部，他们会横渡黄河，而且可能横渡长江，并向南京推进。你们为什么还不让我们讲讲军事的真实情况呢？”（美联社）“当何应钦说大会须遵守议程时，他就给‘代表’轰了下去，会场的嘶声吼声几达一小时。”（合众社）全场像一堆热锅上的蚂蚁，秩序混乱到无法维持。“谷正纲上台大声疾呼要求各‘代表’警惕大局的危险，谓平蓉二地已发生学潮，不应在此浪费时间，应当择要讨论，早日完成选举。”（《益世报》）只能用大局危险的恐惧来镇定大家危险的恐惧，足见反动派在人民面前慌张成了什么样子。

四月十五日以后讨论修改伪宪，就由闹进到打了。独裁者蒋介石手中的伪宪法，本来就是保护独裁的装饰品，但因无人理会，所以事实上也起不了什么欺骗的作用。蒋介石为了要引起人们的注意，就故意制造了一个所谓“修改宪法”的运动，说得这部“宪法”好像颇为“民主”的样子，同时他和民、青两党及一部分国民党员，又故意装出并不赞成修改“宪法”，只要加上一个所谓“戡乱时期临时条款”，装得这伙反对多数的少数好像颇为忠于民主的样子。就是这样，居然把一群白痴由一个斗牛场又赶进了另一个斗牛场。据中外新闻记者的描写，十五日某女“代表”发言，仅说出不赞同修改“宪法”几字，即被全场嘘骂甚至叫打，全场混乱。（中央社）十六日“宪法”修改案审议委员会开会时，“代表”间的情绪激动，引起了短时期的拳斗，有一“代表”曾宣布“我现在并且永远反对干涉宪法”。另一委员便起而一拳，打人者在没有被认出是谁之前，便溜出会场了。（美联社）十七日“会场内外均笼罩于紧张气氛中”，“早上民社党王培壹发言说：‘什么修改宪法提案□署的人都有问题，大代表控制小代表……’话犹未了，一片‘什么话’‘狗屁’‘打、打、打’之声，全场鼎沸，人人离座，拂袖挥拳。”（《平明日报》）同时在会场门外一群民选“代表”则与宪兵凶殴，闹得大会全体退席。在所谓修宪审查会中，也是一片鸦鸣雀噪，最后才在蒋介石监督之下，以起立表决通过了所谓审查报告会后，蒋介石特地训了一顿话，说是：“看到刚才会场上的情形，我不能不说几句话……，诸位在这里开会最紧要的就是守秩序……，如果还不守秩序，给中外人士看到愈要感到极端的悲观。”（《新星报》）十八日由胡適、莫德惠等提出的“戡乱时期临时条款”，按蒋介石的计划通过了，蒋介石可以安排好做“总统”了。但是虽然如此，“中外人士”还是不免于“感到极端的悲观”，因为同一天CC团又指使了一群安徽人到会场示威，高呼“打倒李品仙”。警察用手枪皮套打了他们，十二人受伤，数人伤势甚重。（路透社）这个信号表示反动派内部的斗争，不是更和缓了，而是更紧张了，由假面目的斗争转到真面目的斗争，转到“副总统”的争夺战，亦即蒋介石王位继承的争夺战上来了。

做“总统”本来是蒋介石的宿愿，但是这个政治流氓毫不逢时，等到他安排好做“总统”的时候，他已经完全坠入灭亡的深渊，他甚至没有办法找到另一个人当“总统”而又能保持他垂危的统治。一生追逐“总统”的蒋介石，最后是被“总统”所追逐着，是被袁世凯、曹锟的阴魂所追逐着，是被反动统治者无法逃脱的断头台命运所追逐着。但是蒋介石的悲剧还不止此而已，反动的统治阶级连同他的主子美帝国主义者，在决定替蒋介石做喜事的时候，同时就决定了替他做丧事，决定了找一个“反蒋”的“副总统”来“作老朽的蒋介石之继任者”，以便在大势更加不妙的时候，“副总统”可以用“反蒋”姿态出而延长反动派的寿命。因此得到美国老板的赏识、为善观风色的政学系和杂牌军阀所支持的李宗仁，就决心与受CC系和蒋介石自己以支持的孙科竞选“副总统”了。在几个候选人的互相攻讦中，南京《新民报》公然刊载南京交通服务社的启事说：“蒋公应利用其国际威望，不时欧游访问……。李先生倘能□选，对于安定时局胜任有余，对外亦具条件。”就是说，蒋介石活该滚蛋，李宗仁理合“善后”。CC的中央社特别广播了这个启事，来压迫李宗仁退却。同时蒋介石动员了国民党一切力量帮助孙科，“有些‘代表’甚至接到如不服从党的指示，即将开除党籍的威胁”。程潜还“奉到蒋的直接命令退出竞选，借此以使孙科在选举中从容获胜。”（路透社）在这样的斗争以及其他无数稀奇古怪的斗争中，“副总统”的选举一连举行了三次，都没有结果，最后李宗仁宣布退出选举，并声称，将要离开南京，这样蒋介石在美国意志的面前屈服了，李宗仁在美国意志的背后“胜利”了。某中国报纸曾载一项消息称，美大使司徒雷登在劝请孙科退出上，曾起作用。（合众社）司徒雷登对此作了“地无银三十两”式的辟谣。美国报纸几乎一致替李宗仁捧场。纽约《先锋论坛报》四月二十五日上海电讯说：“假如与中共讲和的时机来到，李将远较蒋易为共方接受。”

中国人民对于这个臭得刺鼻的所谓“国民大会”以及什么“总统”“副总统”，从一开始就是加以鄙视的，人们只把它看作一串肮脏的笑话，一篇闻所未闻的新“官场现形记”。蒋介石集团满头大汗地演出了这幕“国民大会”，满以为可以粉饰一下太平，而结果却是他的内部更加分崩离析，统治危机更加严重。这个猪仔国大刚一闭幕，美金黑市价格即突破蒋币一百二十万元，比起三月底来涨了三倍，物价立即猛涨。上海的米每担涨到蒋币五百万元，一夜之间激涨五十万。“市场投机者”正在利用国民党内选举问题上的分裂，使经济情势更加恶化。（路透社）五月三日蒋介石曾经向任“国大代表”

的千余党员发表演讲，他说：“我将鞠躬尽瘁死而后已。”蒋在此次秘密会中，发言时，“其声调因情感激动而嘶哑”。（美联社）蒋介石现在只有和他的统治一道，和四大家族的封建买办垄断财产一道“死而后已”。“袁世凯当了皇帝，曹锟做了总统，随之而来的便是一败涂地、众叛亲离、树倒猢狲散，北洋军阀集团也接着归于覆没。蒋介石把这条老路已经快要走到尽头，但是这一回不但蒋介石要归于灭亡，整个中国反动派也要一起归于最后的灭亡了。”

（《晋察冀日报》1948年6月6日）

追记强渡淮河时的刘伯承将军

——某旅政委的谈片

卢耀武 作

【中原前线二十七日电】□□年秋天，刘邓反攻大军南渡淮河，千里跃进，深入蒋匪心脏作战的时候，大别山的老百姓传说了许多神话。有的说，五黄六月下着棉花圪垯那样大的雪，解放军是踏着冰通过淮河的。有的说是每人背了一个葫芦，浮过来的。又有的说，是起了一阵大黄风，把刘伯承将军的六十万人马满山遍野一飘就飘到大别山来的。实际情形是怎样呢？某旅政委某某同志谈了一个动人的故事。

“打到大别山去，建立新的根据地！”——当敌人发觉我军这一伟大的战略企图时，就拼凑了十几个旅死追我军。在我军突破了敌人的封锁，强渡汝河后，敌人就企图在汝河与淮河之间来阻止我大军前进。

八月二十六日晚，我军到达淮河北岸某地渡口，这里集结约有×个旅的人马要过河。根据旅长和我的调查，河水本来可以徒涉，当地渡河之前淮河上游突然涨水，我军所要赖以渡河的只是靠敌人破坏和劫走后所剩下的十来只小大船。司令部李达参谋长告诉我说：敌人的四十八师、七师、五十八师、十师、三师、六十五师、五十二师、骑一旅等十九个旅紧跟着我军。敌八十五师的先头部队距我们只有三十多里，已经和我后卫部队接触了，我军必须在今明两天渡过淮河。因此他叫我旅必须在夜十二点以前渡完。

我连忙跑去监督渡河。部队拥挤在渡口，秩序不够好，我费劲整顿了一番，但要在十二点以前渡完是不可能的。我又去找李参谋长，他一直紧闭着嘴沉思着，最后说："那么，一定要在下两点渡完。"我又跑到渡口去，渡河的秩序已经大大改善，一分钟都没有浪费，算起来勉强可以按时过完。但是忽然起了一阵大风，每一船的来往时间要增加一倍以上，显然所规定的时间是完全不够分配的了。我焦虑得再去报告李参谋长，他无可奈何地把时间推到拂晓以前，其实这仍然是很困难的。我想我旅只占这个渡口渡河部队的×分之一，如果我旅就占去一个整夜还多的时间，那么其余的人怎么办呢？我没有信心地又走向码头去指挥队伍过河，一会儿我去到旅指挥所。

旅指挥所设在河北岸一间小屋子里，刘、邓等首长们都在这里，大家很久不说一句话，都在用脑筋非战胜淮河不可。一直在沉思着的刘司令员忽然问我："河水真的不能徒涉吗？""河水很深不能徒涉。"我肯定地回答。"到处都一样深吗？到处都不能徒涉吗？"刘司令员又问。我说河上的老百姓都这样说："淮河忽涨忽落，从来没有人敢在水涨得正深的时候徒涉。""你们实在亲自侦察或试过没有？"我说："先锋团和我们自己都侦察过，试过。"刘司令员还是细心地反复追问淮河各方面的情形，最后半惑疑地问道："你们是不是找老乡调查了？有没有多找几个老乡问问？"刘司令员走到河岸上静默地望了望汹涌澎湃的淮河浪浪，立即决定先把他的指挥部人员渡过一部分去。

我回到渡口去布置，不一会刘司令员走来了，他拿了一根很长的竹竿，不知是谁给他找来这样一根不合适的手杖。刘司令员登上船时，天快要黎明，月亮已经落下去了。迷茫中，我看见他在船边一上一下地活动着，我很奇怪他到底在做什么。忽然我听见他在船上大声喊我："××，能架桥呀！我试了好多地方，河水都不太深呵！"并且用力地喊："告诉李参谋长，叫他坚决架桥。"这时我才恍然大悟，原来刘司令员是在船边亲自用竹竿测量水的深度，我执行了他的命令。临上船时我又接到他一封信，上写："河水不深流速甚缓，速告李参谋长架桥。"我到了南岸，刘司令员正站在河边看我们渡河，见了我又叫我用他的名义写信给李参谋长，要想尽一切办法坚决迅速架桥。他并且吩咐我，要在字的旁边加上圈圈。我写完读给他听了一遍，他说：在那圈圈的外边，再套上一层圈圈。信发出去了，他用严肃的口吻对我说："粗枝大叶就要害死人。"并且用那根竹竿在地上重重地点着，又重复了一句，"要害死人。"我静静地站在他魁梧的身影前，他那永远挂着慈祥的和蔼面孔一直沉在严肃里。他的话一字一句像千斤重锤打在我的心上。在他临走时，他又对我说："××同志！越是到紧急关头，领导干部越是要沉着细心，实地侦察。"他用力地看着我，像要把这些话刻在我的脑子里一样。

不一会我旅一个团政委给我来了一封信，告诉我，河水能够徒涉。我赶紧把那个团政委请来问个明白，原来是一个马夫掉了队上不去船，于是从河的上游徒涉过来。我高兴得了不得，我想起刘司令员那句"粗枝大叶就要害死人"的话一点也不错。我赶紧把这个好消息写信报告刘司令员。我刚刚把信装进信封，想不到又得他的来信，他说：他亲自看见上游有人牵马渡河，可以徒涉，叫我立即转告李参谋长，不要架桥了，叫部队迅速徒涉，于是部队很快地就开始徒涉了。我带着无比的欣慰的心情，走到刘司令员那里，这时太阳已经露出地平线。这位不知疲倦的老人微笑着站在山头上俯视着淮河的浊流，望着他那无敌的常胜军，千军万马沿着用竹竿标志着的水上路标，分成四路、五路、六路，浩浩荡荡踏过淮河，战胜了千里南征中最后的一个险关。

（《晋察冀日报》1948 年 6 月 10 日）

论小学教师在职学习

柳湜

一、在职学习是目前小学教师提高自己最重要的形式

为了纪念教师节，我特把教师在职学习的问题提出来，希望引起大家的注意。同志们，你们对于在职学习要把它看成是目前提高自己最重要的形式，领导上也应认识到组织教师学习的重要性。这不能单纯看作是一般的学习号召，而应把它当作是一个政治任务。

冀中的教师，现在几乎普遍地都有学习小组，这是很好的。有的学习小组，听说搞得很好，教师们在业务上发生的困难，都提到小组来讨论，一个人不能解决的问题，大伙一谈，问题就解决了；一人不懂的事，其他人懂得的，也就得到解答了。但一般的是不能使人满意的，开会变成了一种形式，不是解决教学上、自己阅读上发生的问题，而是大家发发牢骚，无目的罗列一通。不然就是单纯地传达上级的指示、布置什么工作，弄得大家没有兴趣。

过去学习小组的经验，实在应该总结一下，我看最大的缺点有这样几个罢。

第一，这种组织，还不是一种教师自觉的，根据自己需要组织起来的，至少自觉自动性不够、群众性不够，这是由于还有不少教师没有认识到学习的重要，没有学习热情，同时在领导上没有很好的启发。

第二，是对在职学习缺乏一个正确的方针，领导上没有把教师在职学习规定成一种制度，没有指示出学习的方向、学习什么、怎样学习。因此，个人学习也无计划，有学习小组，但学习小组不是建立在

个人学习的基础上的，集体学习不以个人学习做基础，常常变成缺乏生气，没有内容。平日自己不阅读，不研究，不思索，跑到小组会上，总只能说几句空话，说多了，彼此都不愿意听，或者遇到什么就说什么，不能解决大家的需要。

第三，领导上没有研究如何组织这些小组，没有把政治、文化业务水平较高的爱学习的教师适当地分配到各小区。因此，如果一个小组的人，政治文化业务水平都低，没有一个比较高一些的人，就会对一个极普通的问题也不能解决，在大家都感到没有办法时，那组织也就完了。

第四，有许多阻碍教师学习的具体问题，没有解决，如时间不够、工作负担太重、小组不能解决的有关教学及一般阅读上不懂的问题，没有地方负责替他们解决。

当然还有种种原因，但有了这几个原因，那学习小组不能起在职学习应有的作用，就可以理解了。

然而，我们仍然重视目前普遍存在的学习小组，不是不要它，而是加强改造它，并以它为基础，在新的精神下，造成一种学习高潮，使在职学习成为一种教师自觉的、有组织、有计划的学习运动。这一运动主要的要教师自己来搞，大家来搞，再加上一个领导。

二、根据需要自觉自学互教的方针

教师在职学习既然是教师自己提高自己的一种自觉的学习运动，它的组织必须建立在教师自觉和需要的基础上。学习和工作是结合的，学习是为了工作或为了提高工作，它有它明确的目的。你目前最迫切需要什么，就先学什么；你在做什么，就学什么。教师的教导准备过程，也就是你的学习过程。

需要有共同的需要，也有各人不同的需要。大家都是人民的教师，人民的教师要求有一定的政治、文化、业务水平，这是每个教师共同进修的方向，务必逐渐提高自己，达到那个标准。个人则因自己所受的教育、出身、环境、努力等等的不同，发生很大的差别，产生了不同的需要。但这两者又是统一的，即你从你的需要出发，终结的目的却相同。

因此在学习上，有集体的学习，也应有个人学习计划。个人按自己的需要缓急订出计划，按时自修，在一定的时期达到你的目的，不应单单依靠集体学习。在有一般性的学习上，如时事、政策、教学方法等问题，就必须集体讨论、共同研究。从组织上说学习小组要督促检查个人的学习，在没有养成个人学习习惯的地方，应特别强调在有组织领导下的个人学习。

怎样进行学习呢？是自修、自修、自修。有了疑问，大家相互来解决。谁在哪一方面比别人强，谁就是哪一方面的先生，自己学会了什么，就要马上传给别人，相互做先生，相互做学生。学习兴趣高的，要带动学习兴趣低的，勤的带动懒的，先进的带动落后的，相互督促，携手前进。这是同志间的互助，也是一种义务。谁要“知识自私”，不肯帮助别人；谁要是不肯学习，甘于落后；就要受到批评。

三、三个方面，主要是提高文化

从整个冀中教师的现实情况以及客观要求说，在职学习有三个方面，但主要的是提高文化，我们要求从现有水准提高一步，或半步。

第一，学习文化。我们的教师中，绝大部分只受过高小教育，甚至高小还没有毕业，他们的语文、算数、史地、自然科学的常识都很缺乏，做一个小学教师必备的工具是还没有取得的，这要我们在工作中赶快来补习，但其中最主要的又是读写能力。

有不少教师还不能粗通小学课本的文字，有的字不识，有的意思不懂，认错字，作文日记上改错字。群众对这方面常有批评，说我们的教育“不顶事”，“识不了字”，说我们的教师“不像一个教师”，都完全是事实，因为读的能力太差也限制了在其他方面的进步。至于算数弄错，很多常识课解释不了，唱歌不识谱，都是相当普遍的现象。

像这些同志，他们就应该从搞清小学课本入手，在教一课之前，总得准备一下，在准备中，把自己不懂的字、意义、内容等等先向别人学习一番，学会了，再去教学生。已经有不少的人这样做过，这叫作“零买零卖”。“零买零卖”并不丢人，只有自以为是，乱来一通，把字教错，意思讲歪，那不仅丢人，那叫作“误人子弟”，对人民不忠实。能负责，不弄错的，自己程度虽低，那仍要称他做好教师。

真正要教好小学课程，也不仅是大致懂得就够。小学课本看来虽浅，但浅中包含了很多大道理在，有思想，有科学，有政策，有艺术等等方面，一不小心，就会难住你的。有许多聪明的小孩，常常提出了问题，难住了先生，这类例子，中国外国都有。儿童常任教师是无所不能的。实际说，做一个小学教师，就应有无所不包的常识，有各方面的基本知识，我们所懂得的东西，实在还太少了。所以就是自己文化还不错的教师，也仍要继续不断地提高。

第二，学习业务。我们教师中，大半都是没有学过师范课程的，不懂教学、训导儿童的方法，不懂得怎样维持课堂的秩序，怎样教儿童学习，使儿童理解，怎样使儿童自治，怎样改造顽劣儿童。我们的青年教师，为了这些，不知流了多少汗水。我常见有的学校弄得乱嘈嘈，课堂不像课堂，游戏不成游戏，儿童不听教师的话，教师就是一个没有办法。

我们在这方面还保留许多封建的残余，譬如，因为在学校无秩序，教师没办法的基础上，体罚就被保存了；教学方法上，还保留了私塾的读死书、流口歌（我不是绝对反对诵读）等等。因此业务的改造是当前迫切的任务。

学习业务不是要叫大家回到那套旧日的师范课程、教学训导方法，而是要大家在教学过程中创造新的，摸索教导的规律。人民教育家陶行知先生已指示过我们一条探索新的道路，且听听陶先生所作的《教师歌》罢。

（一）

来！来！来！
来到小孩子的队伍里，
发现你的小孩。
你不能教导小孩，
除非是发现了你的小孩。

（二）

来！来！来！
来到小孩子的队伍里，
了解你的小孩。
你不能教导小孩，
除非是了解了你的小孩。

（三）

来！来！来！
来到小孩子的队伍里，
解放你的小孩。
你不能教导小孩，
除非是解放了你的小孩。

（四）

来！来！来！

来到小孩子的队伍里，
信仰你的小孩。
你不能教导小孩，
除非是信仰了你的小孩。

（五）

来！来！来！
来到小孩子的队伍里，
变成一个小孩，
你不能教导小孩。
除非是变成了小孩。

这首歌召号了我们的教师“到小孩子队伍里去”，不要站在小孩子的头上，成为孩子们的统治者。这里说明教育上有两条路线，一条是代表封建的、旧的路线；一条是代表人民的、新的路线。你走向孩子队伍里，是你做教师的起点。到孩子队伍去干什么呢？去“发现”他们，就是去做调查研究，进而是“了解”他们的生活、心理、特点。你“了解了”他们，就要把那束缚孩子们的精神的东西替他们解除，这有的属于他们的家庭，或社会风俗习惯的，甚至学校环境内的。要使他们的精神生动活泼，无所顾忌，他们敢说敢笑，天真毕露。孩子就是孩子，不是一个小老头、小政治家。以外你还要“信仰”他们，即相信儿童有儿童的能力、创造性，不要拿成人的观点，看不起儿童。做到这一步了，陶先生还不满意，说是仍“不能教导小孩”，要教导小孩，你还要自己“变成”一个小孩。这就是说，在儿童眼里，你已经不是一个“阎王”“暴君”，承认了你是他们队伍里的人，是他们自己的人。这样，你才能教导小孩，算是一个教师了。

这里，陶先生描画出教育上一幅生动的群众路线的规律，也是一切群众工作的规律，照着这路线走去，就会有奇迹出现，并且这奇迹已经在夏□然、陶端宇等模范教师的创造上表现了。

这是解决你们业务上的总方向。

其次，对于过去教育上已证明比较有效的方法、前人的经验，也是应该有批评地吸收学习的，我们各解放区的教育上的新的经验，你们一个县、一个区里其他同志的经验，都应好好研究。研究的方法，主要是记录你所带领的那群孩子的活动，了解孩子，先向他们学习，然后参考各种方法，读书（教学方法之类），参观别人教学，相互举行示教，相互批评，总结自己的经验。

还有，培养小先生，勇敢使用小先生，建立小先生制度。小先生制度，在今天我们的学校内应占一定的地位。

业务学习是要你们自己在工作中去摸索的，你们就从自己的学校、今天的条件、你们的经验水平去搞罢。这里谈了一些原则的问题，也许有些同志还不易领悟，但是，我是要求你们尽可能领会它的。

第三，学习政治。革命的教师不能不懂政治，因为我们的教育是为政治服务的，是和现实的人民的伟大斗争相衔接的。我们的教师已经不是关在校门以内的所谓“教书先生”，而同时是一个村的主要文化工作者，每一时期的革命的中心工作的参与者。对于政府的政策法令在村中的传播者，我们不能不比一般群众更应关心政治、学习政治。

学习什么呢？主要的是报纸，教师们每天一定要读报纸，不仅选择自己爱读的，应全部都读，全张都读，各方面都得留心。学习小组要定期举行讨论，每一时期的中心工作布置到村以前，应先在学习小组进行研究讨论，要懂得一个大概，到村以后，要帮助村干部进行向群众的宣传解释。

这是在职学习中一个重要项目。

四、搬开妨碍学习的一切障碍物

要使在职学习成为运动，必须搬开一切妨害学习的障碍物，有许多具体问题必须解决，有许多不正确的观点必须克服。

第一，要留给教师学习的时间。现在一提到学习，有的教师就说："学习是好嘛，但可惜我没有时间。"这也不是没有理由。现在我们的教师负担是过重了，县级领导机关要赶快考虑以下几个问题，迅速设法解决。

（一）一个学校学生增多，到了一定程度，即应增加教师。一班最高限度不能超过××人，要有规定，讲研究，现在有的学校一班达一百人是不合理的。

（二）要解除教师自己烧饭，烧饭太费时间。

（三）平日参加村里的工作应有限制，只应做些文教有关的，或帮助村干看□什么，村中应另找识字的人帮助村里的书写等事，不应什么事也找教员，一切推在教员身上。现在有的村三个教员□抽出一人专门替村办公，甚至把全体教员抽到别村工作，是非常不合理的，这种现象必须纠正。

（四）中心工作也应只是在宣传教育上的配合，不能占去全部教员的时间，更不能把教员抽出学校，一做多少天。

（五）教师的薪粮、柴禾应按时发给，不应让教师为了买柴换米等事，耽误时间。

如果这些问题适当解决，可以解放出许多时间来，以外教师自己也要节省时间，如：

（一）学校应有一定制度，上课、放学、补课都有规定，夜晚就可以不要学生到教师处玩或补课，致妨碍教师学习。

（二）用小先生，代替教师做一些工作。

（三）培养学生自治，从学生自治中，解放教师一些不必要的工作。

（四）从自己生活上处处抓紧时间，做事有计划、有条理、敏捷都能节省出时间来的。

规定每天平均两小时学习，是完全可能的。

但在教师思想上存在有“做了猴儿王，不要把书翻”的观点，必须改变。

第二，克服对学习冷淡和敌视的态度。教师中有一小部分人根本就对学习无兴趣，不仅不看书报，对其他一切新鲜事物都不感兴趣。他的生活浑浑然，没有思想，不用脑筋，他没有，也不要任何精神粮食，自甘愚昧，不求上进。这种人，我们仍应说服教育，帮助他进步，但对他那种冷淡态度，应和它坚决地斗争，因为这类冷淡，容易变成一种传染病，有侵蚀别人情绪的作用。

第三，要说服那些没有养成学习习惯，和对学习无信心的人。习惯要相当时间才能养成，无信心当是学习的敌人。有的同志说，过去在高小，除念课本外，我没有读过什么书，一切的学习都是用耳听，从小就没有养成自己看书研究的习惯。当了教师工作忙，也没有什么书看，区里、县里开会，也是“听”。这是过去我们教育上一个缺点，单“听”，不看、不想，就缺乏自动性，不能造成习惯。“听”原也是必要的，如果不同时又看又想，就会发生一种副作用，依靠别人或上级，失去自学信心，觉得自己总是不行。要告诉这些同志，学习习惯，可以慢慢养成，开始不习惯，久一点就习惯了，兴趣也是可以慢慢增长的。至于自学是否可以成功呢？那只要你看近十年来多少同志完全是由自己钻研，在一面工作，一面打仗中一点一滴学了不少的东西，他们很多变成领导干部了。这样的例子，到处都有，请问问他们是怎样成功的罢。

以上不过随手拉来几点谈谈，但如果不去掉这些事实上和思想上的障碍，所谓自觉的学习运动就不会起来。

同志们，努力去掉这些障碍罢！

五、如何领导

最后，就剩有对这一运动的领导了。要把这一运动搞起来，除开对教师在职学习有正确的认识以外，就得认真来研究组织的问题。如何在教师间进行酝酿、解决具体问题，如何规定教师在职学习的制度，如何调整各区的教师，均待研究。此外，县级教育科，应把组织教师学习，列为自己业务的一个重要部分。专署教育科则负责督促、检查帮助。今后各级教育工作报告，要同时报告教师的学习。各县于麦收后，须有重点、有步骤地，在教师学习小组的基础上，开始新的运动。教育厅则拟设专人，管理这项工作。凡一切学习上不能解决的问题，无论属于教育的，或其他学科的，无论个人或学习小组，均可直接向教育厅提出询问，我们当负解释答□的责任。我们最近即拟出版的《冀中教育》，也就是为了帮助教师学习，交换业务经验的，我们希望把一两年的时间，将教师在职学习很有系统地建立起来，变成一个一万多人的师范大学，同时达到把现任教师提高一步的目的。

在麦假各县的教师座谈会中，希望将我的这项建议，提出讨论，根据各地的具体情况提出正式的组织方案来；并请冀中各县教师学习小组，把你们过去的工作经验及今后的意见，具体地告诉我们，凡个人自学成功的经验也请详细地写成报道寄来，我们当于《冀中教育》上发表，以便造成学习的风气。同志们！我们用提高自己来准备革命在全中国的胜利罢！

（《晋察冀日报》1948 年 6 月 12，13 日连载）